FEUILLETON DU JOURNAL *LE RADICAL*

LES BLANCS

—

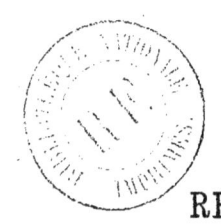

RÉCIT DE L'AN III

PAR

S. MERVILLE

PARIS

IMPRIMERIE DU JOURNAL *LE RADICAL*

8, RUE D'ARGOUT, 8

—

1877

LES BLANCS

RÉCIT DE L'AN III

PREMIÈRE PARTIE

I

Au nom du Roi

On était à la fin du mois de mai 1795. C'était jour de marché à Auray, petite ville du Morbihan que la récente convention de la Mabilais laissait au pouvoir régulier de la République. On venait de recevoir la nouvelle de la soumission de Stofflet, et l'on affectait à Paris une grande joie de cette rapide pacification des provinces de l'Ouest.

A la vérité, le général Hoche, qui commandait l'armée de Brest, n'avait pris aucune part à cette convention, conclue par l'entremise de Cormatin, l'âme damnée de M. de Puisaye, avec les principaux chefs chouans de la Bretagne. Le jeune vainqueur des lignes de Wissembourg la considérait comme une paix boiteuse, non parce qu'il avait été exclu des conférences, mais parce qu'il n'ignorait pas les menées de l'abbé Bernier en Anjou, les intrigues qui se nouaient à Londres entre les émigrés et le gouvernement anglais, enfin le peu de foi qu'il fallait ajouter aux promesses de Cormatin.

Malheureusement, dans leur aveugle précipitation, les commissaires du gouvernement ne songeaient qu'à l'honneur qui rejaillirait sur eux d'avoir si promptement terminé une guerre désastreuse, et, malgré les avertissements désintéressés de Hoche, ils cédèrent avec une imprudente facilité aux plus incroyables exigences des chefs royalistes.

C'est ainsi que, dans le foyer même de l'insurrection, ils accordèrent l'exemption de la conscription pour une année, en même temps qu'ils permettaient aux chouans de conserver leurs armes et de former une garde territoriale placée sous les ordres des autorités locales.

Il ne fallait pas être prophète pour prévoir qu'une paix conclue dans de pareilles conditions ne pouvait être ni durable ni respectée. Elle donnait aux royalistes une confiance exagérée dans leurs forces, si bien qu'au dire de Savary, il n'y eut pas un seul insurgé des deux côtés de la Loire qui ne s'imaginât avoir fait grâce à la République.

Bientôt, au mépris de la pacification, des officiers municipaux, des hommes connus pour leur attachement au régime républicain furent insultés et même

......ûmes de graves excès, d'odieuses ...rdinités furent commis dans les cam... pagnes et même dans les bourgades, avec une apparente impunité, par des bandes armées qui parcouraient la Bre- tagne. Tout enfin faisait prévoir que les hostilités ne tarderaient point à éclater de nouveau, malgré les protestations hypocrites des agents de l'émigration, qui essayaient d'endormir la vigilance des généraux républicains tandis qu'ils fomentaient sourdement la révolte.

Tel était l'état du pays au moment où commence ce récit.

C'était, avons-nous dit, jour de mar- ché à Auray. L'aube commençait à blanchir les maisons, et les maraîchers des environs arrivaient dans leurs rus- tiques charrettes, tandis que les auber- ges s'ouvraient pour recevoir trafi- quants et chalands.

Déjà les petits marchands colpor- teurs étalaient sur le rebord des halles ces mouchoirs de couleur, les toiles de Guingamp, de cretonne, les étoffes de droguet et de bouracan, chères aux mé- nagères d'alors; déjà les servantes aler- tes accouraient panier au bras, lorsque des cris d'horreur, qui partaient du centre même de l'édifice, y firent en un instant accourir la foule matinale.

Quel spectacle causait cette terrible émotion? ....

Au centre même de la halle, à l'un des énormes piliers qui soutenaient la charpente, pendait le cadavre d'un vieil- lard, accroché à un énorme clou. La rigidité du corps démontrait que la mort devait remonter à quelques heu- res seulement. L'homme avait été étran- glé par une cordelette fine et résistante qui entourait son cou et avait pénétré dans les chairs en y laissant une trace bleuâtre et sanguinolente; sa tête con- gestionnée pendait sur sa poitrine, où, par surcroît de férocité, un poignard était enfoncé. ....

Mais, en y regardant de plus près, on s'aperçut que l'arme homicide servait à fixer une carte de papier sur lequel étaient tracées quelques lignes écrites en gros caractères. ....

— Il faut le détacher! fit une voix.

— À quoi bon! répondit un des as- sistants, puisqu'il est mort? Attendons les autorités. ....

Au même instant, comme si le se- cond interlocuteur eût été le don d'évo- cation, apparut l'adjoint Joseph Mar- teau, accompagné de deux ...... gers de la demi-brigade ...... qui occupait Auray et ....

L'un des deux militaires ...... vers la malheureuse victime ...... une vigueur peu commune ...... d'une seule main le corps ...... déposa doucement sur un ...... Le cercle formé par la foule ...... serra.

— Mais, s'écria l'adjoint, lorsque la lumière du jour frappa ...... ainsi disposé, c'est Bernard, le ...... tier de la ville haute!

— C'est Bernard le .... c'est lui! les marchand ......

— Retirez cette arme, reprit l'ad... en désignant le poignard, et lis... ce papier.

— Un des militaires s'empress.......

— Oh! les misérables! s'écria l'of... cier municipal; et la figure de l'hon... Marteau exprima la plus vive indigna- tion.

— Tenez, reprit-il en s'adressant à la foule, savez-vous ce que les brigand... ont osé écrire sur cette pancarte?

Tous les yeux étaient tendus vers l'adjoint. Il se fit un grand silence.

Et Joseph Marteau lut, d'une voix tremblante d'émotion: ....

« AU NOM DU ROI ....

« J'ai, moi, Bras-de-Fer, le justici... exécuté la sentence rendue contre le nom... cel Bernard, acquéreur de biens na- tionaux, et ainsi ferai de tous les enne- mis républicains. ....

« BRAS-DE-FER. »

Un sourd murmure parcourut la foule.

— Bernard, un si brave homme, di- saient les uns; si estimé, si patriote, ré- pétaient les autres. Comment? c'est parce qu'il a acheté des biens natio- naux? Alors, on va massacrer tout le monde. ....

— Quatre hommes de bonne volonté, fit tout à coup l'adjoint, pour porter le corps à la maison commune.

Quelques vigoureux manœuvres se présentèrent. Une claie fut improvisée avec des bâtons et de la paille, sur laquelle on plaça le cadavre du malheureux Bernard, et le funèbre cortége escorté de deux sous-officiers et suivi d'un certain nombre de badauds s'achemina lentement vers la mairie située à quelques centaines de pas seulement.

L'adjoint était resté sur la place, en compagnie de deux ou trois bourgeois attirés par le bruit de ce lugubre événement.

—Quel est ce Bras-de-Fer ? demanda l'un d'eux à l'adjoint après avoir parcouru des yeux la pancarte.

— Quelque chef de bande.

— Les Chouans veulent donc recommencer la guerre?

— Je ne sais ; en tout cas, je reçois de nos campagnes les plus tristes nouvelles. Leurs crimes et leur insolence s'accroissent de jour en jour, et celui-ci met le comble à la mesure.

— Le fait est que cela ressemble bien à une déclaration d'hostilités, reprit un autre bourgeois.

— A moins, dit un troisième, que ce ne soit une vengeance personnelle.

Celui qui venait d'intervenir dans la conversation était, malgré l'heure matinale, vêtu avec une recherche toute parisienne ; redingote à collet, gilet beurre frais à larges basques, pantalon collant, demi-bottes et chapeau pointu.

Bien que de petite taille, le nouveau venu était trapu, ses larges épaules, ses mains nerveuses, et les muscles qui se dessinaient sous son collant décelaient une force peu commune.

Par contre, sa figure mielleuse avait un air de bonhomie affectée que démentait la vivacité de ses petits yeux, dont il ne parvenait pas à cacher l'expression dure et cruelle.

Ce personnage équivoque déplut au brave adjoint, qui répliqua d'un ton rogue :

— Qu'entendez-vous par vengeance personnelle ? Connaissiez-vous à Berteau quelque ennemi?

— Non, répondit l'homme au regard faux, mais tout le monde peut en avoir, et ceux qui ont fait le coup l'auront mis sur le compte des Chouans.

— Qu'est-ce qui vous a si bien renseigné ? demanda l'adjoint d'un ton goguenard.

— Personne, mais on voit des Chouans partout maintenant.

— Et on a raison, répliqua l'adjoint d'une voix ferme.

— Oh ! vous savez, reprit l'élégant avec insouciance, moi je n'en sais pas plus long ; je dis cela comme je dirais autre chose.

— Eh bien ! vous feriez mieux de vous taire, alors, dit l'officier municipal, exaspéré par le flegme de son interlocuteur.

— Suffit, citoyen ; vous vous fâchez, n'en parlons plus ; cela m'est bien égal, après tout.

Et, pirouettant sur ses talons, l'élégant s'éloigna, en sifflant l'air du : Ça ira.

— C'est bon, c'est bon, vilain merle, grommela l'adjoint, on aura l'œil sur toi. Est-ce que vous connaissez ce freluquet-là ? demanda-t-il aux bourgeois qui l'entouraient.

— J'ai entendu dire, dit l'un d'eux, que c'était l'employé principal d'un fournisseur des vivres.

— Ah ! un riz-pain-sel, fit dédaigneusement l'adjoint.

Puis, revenant à l'événement qui le préoccupait :

— Certainement, ce doit être un crime politique. Il n'y a pas de mauvais sujets à Auray, et Bernard était aimé de tout le monde. Par exemple, c'était un fervent républicain et qui n'avait pas sa langue dans sa poche. Or, ajouta-t-il en baissant la voix, non-seulement les Chouans désolent nos campagnes, mais j'ai la certitude qu'ils entretiennent des intelligences dans les villes. Le nouvel état de choses a fait des mécontents. Bernard était bon patriote, il avait acheté des biens nationaux, et vous savez que c'est ce qui exaspère le plus les royalistes. Mais, pardon, citoyens, au lieu de causer, je ferais mieux de me rendre à la maison commune, afin de procéder de suite à l'enquête.

— Nous irons avec vous, dirent les bourgeois.

— Marchons alors, fit l'adjoint.

Et tous s'éloignèrent d'un pas rapide.

II

M. Bras-de-Fer

L'adjoint venait à peine de s'éloigner qu'un coup de sifflet retentit. Ce n'était pas chose rare sur une place encombrée de bestiaux, de chiens et de chevaux; néanmoins, à ce son, qui semblait avoir pour eux une signification, deux hommes, qu'à leur costume on eût pu prendre pour des cultivateurs des environs, se détachèrent de la foule et se dirigèrent d'un air indifférent vers le côté de la place où il s'était fait entendre.

Le sifflet se fit entendre de nouveau, modulant un chant traînard comme ceux des paysans, et les deux hommes guidés par le bruit, s'engagèrent dans une ruelle qui descend vers le port.

Tout à coup le sifflet s'arrêta, et, arrivés à un petit carrefour formé par l'intersection d'une autre ruelle, les deux individus furent accostés par un troisième promeneur. Ce n'était autre que l'élégant questionneur qui avait si fort déplu à maître Joseph Marteau.

— Retournez là-bas, dit-il rapidement à ses deux compagnons, dites à Tord-chêne que je serai revenu ce soir vers huit heures. Il y a de l'ouvrage pour ce soir. Que tout le monde s'apprête.

Les deux hommes s'inclinèrent et s'éloignèrent sans répondre un seul mot.

Alors le mystérieux personnage, jetant autour de lui un regard circulaire pour s'assurer qu'il n'avait pas été suivi, s'approcha d'une maison d'assez piètre apparence.

Il tira de sa poche une clef qu'il introduisit sans bruit dans la serrure : la porte tourna silencieusement sur ses gonds; mais, si doucement qu'il l'eût refermée, il fut entendu dans l'intérieur de la maison.

— Qui va là ? cria une voix mal assurée.

— Eh! ne fais pas tant de bruit, vieux sorcier, fit l'arrivant.

— Quoi, c'est vous? c'est que j'étais à peine réveillé.

— Pourqui te lèves-tu si tard ? il est plus de cinq heures.

— Ah! M. Bras-de-Fer, c'est que je n'ai plus votre âge.

— Veux-tu te taire, satané bavard ? fit l'homme avec un blasphème. Je t'ai défendu pourtant de jamais prononcer mon nom.

Puis, après avoir regardé autour de lui avec défiance :

— Tu veux donc me faire fusiller ?

— Pouvez-vous le penser, monsieur Bras-de-Fer? fit le vieillard.

L'hôte du mystérieux visiteur offrait à l'observateur un type des plus curieux.

C'était un homme d'environ soixante ans, dont le visage parcheminé, sillonné de rides profondes, était éclairé par deux petits yeux inquiets très enfoncés dans leur orbite. Le nez se recourbait brusquement en bec d'oiseau de proie sur des lèvres minces et pâles, tandis que le menton se relevait dans l'intention évidente de le rencontrer.

Le père Blandin passait pour fervent royaliste et bon chrétien. On le disait riche, bien qu'il se plaignit sans cesse de la dureté des temps. Ce qu'il y a de certain c'est qu'il avait dû faire bien des métiers peu avouables et que pour le moment il exerçait celui de receleur.

— Donne-moi mes habits, fit Bras-de-Fer.

Blandin, à cette injonction, se hâta d'ouvrir une armoire au fond de laquelle il alla chercher un costume de paysan : veste courte, long gilet, chapeau à larges bords orné d'un ruban de velours, guêtres montantes sur de gros souliers, et jusqu'au bâton noueux, arme offensive et défensive des Bas-Bretons.

Pendant ce temps, l'étranger dépouillait son élégant costume d'emprunt et retirait la perruque rousse qui cachait ses cheveux bruns et bas plantés sur le front. Il défit ensuite sa ceinture, remplie d'or, qu'il vida sur la table.

— Ah! fit Blandin, dont les petits yeux brillèrent de convoitise, il paraît que la nuit a été bonne !

— Pas pour tout le monde, fit Bras-de-Fer avec un mauvais rire... Tiens, ajouta-t-il, en remplissant d'or les deux mains du vieillard qui tremblaient d'émotion. Mets cela avec le reste, et ne me vole pas, surtout ; sans cela, tu sais ce qui t'attend.

Le père Blandin se fit humble et petit :

— Mon cher monsieur Bras-de-Fer, vous savez bien que je ne tiens qu'à une chose, c'est à votre confiance.

— Et tu as raison, car si tu me trompais, je viendrais faire ici une petite expédition, la nuit, avec les camarades...

Le visage du vieillard était devenu livide.

Bras-de-Fer l'observait.

— Il doit y avoir pas mal de jaunets ici, fit-il en regardant autour de lui.

— Oh ! vous vous moquez, fit Blandin d'un air de comique effroi ; vous savez bien que je suis pauvre, c'est à peine si j'ai de quoi vivre pour moi et ma fille.

Comme il achevait ces mots, on entendit un pas léger qui descendait lestement l'escalier, la porte s'ouvrit toute grande, laissant pénétrer les rayons du soleil printanier, et l'on vit apparaître dans tout l'éclat de sa fraîche beauté Yvonne Blandin, la fille du vieux recéleur.

Jamais la coiffe bretonne impuissante à contenir ses beaux cheveux chatains n'avait encadré des yeux plus limpides, un teint plus éclatant, jamais lèvres plus rieuses et plus roses n'avaient serti des dents d'une blancheur plus éblouissante.

— Tudieu ! la belle fille ! pensa Bras-de-Fer en prenant une pose avantageuse.

Puis, s'avançant vers la jeune fille :

— Mademoiselle Yvonne se porte bien, ce matin ?

— Oui, merci, répondit-elle sèchement.

— Voilà un merci bien sec, fit Bras-de-Fer piqué, est-ce comme cela que vous traitez les amis de votre père ?

Pendant qu'il parlait, s'efforçant de donner à sa voix une intonation caressante, Yvonne le considérait attentivement.

— Tiens, fit-elle tout à coup, qu'avez-vous donc au parement de votre veste ? On dirait du sang.

Instinctivement, Bras-de-Fer baissa les yeux vers l'endroit désigné. En effet, on y voyait un certain nombre de petites taches rouges mouchetant l'étoffe claire de la veste.

— Ah ! gredin ! fit-il en se tournant vers Blandin terrifié ; quand je te le disais, que tu veux me faire fusiller par les patauds...

— Mais je vous promets que je ne l'avais pas vu. Vous êtes arrivé la nuit, fit le vieillard ; moi, j'ai de suite serré vos affaires, et...

— Allons, une autre veste, et qu'on se dépêche ! interrompit Bras-de-Fer.

Et il lui jeta le vêtement à la figure.

Puis, regardant Yvonne, restée muette pendant cette courte scène :

— Tu m'as rendu service sans t'en douter, ma petite ; mais une autre fois, tâche, dans ton intérêt, de ne pas trop te mêler de mes affaires.

Il endossa ensuite la veste que lui apportait humblement le père Blandin, assura son bâton dans sa main, fit un moulinet et sortit après avoir rabattu son chapeau sur ses yeux.

Une fois dehors, il hésita sur le chemin qu'il devait prendre, mais, se ravisant bientôt :

— Allons voir, dit-il, ce qui se passe à la mairie.

III

Le château de Rochecombe

Pendant que ces événements se passaient à Auray, transportons-nous sur la route de Vannes à Josselin, dans la nuit même où venait d'être assassiné le malheureux Bernard.

Minuit venait de sonner à la vieille église de Plaudren, et dans la nuit calme on n'entendait que le hululement de la chouette ou le murmure confus de l'Arz, qui prend sa source près de là, et, bondissant sur les cailloux, se dirige vers l'est.

Pourtant, une oreille attentive aurait pu saisir dans l'air, comme un écho lointain, le pas rapide de deux chevaux. La journée avait été chaude, et le ciel s'était voilé de nuages sombres, d'où tombaient déjà de larges gouttes d'eau, tandis que vers l'horizon brillaient ces furtives lueurs que le vulgaire nomme des éclairs de chaleur. Tout faisait présager un orage prochain et les voyageurs dehors à cette heure devaient être pressés de trouver un refuge.

Cependant les deux cavaliers, qui arrivaient à franc étrier, s'arrêtèrent avant d'entrer à Plaudren. L'un d'eux parut inspecter le terrain en homme qui possédait une parfaite connaissance du pays, et faisant signe à son compagnon de le suivre, s'engagea dans un étroit sentier qui conduisait à la lisière d'un bois dont les arbres se profilaient en noir sur la teinte sombre du ciel.

Pas un mot n'avait été échangé entre les deux voyageurs, qui, d'un commun accord, ralentirent l'allure de leurs chevaux. Comme ils s'approchaient de la forêt, l'œil exercé de celui qui marchait en avant vit à travers un fourré se mouvoir des ombres et luire le canon d'un fusil.

Les cavaliers s'arrêtèrent, le pistolet à la main.

En même temps, un homme de haute stature, autant que la nuit permettait d'en juger, sortit du bois et fit quelques pas en avant.

— Qui vive ? cria-t-il.

— Saint-Goustan, répondit le premier des voyageurs.

— Sainte-Anne, répliqua l'homme.

Aussitôt, ceux de ses compagnons qui s'étaient tenus cachés sortirent de l'épaisseur du fourré et vinrent, chapeau bas, entourer les deux cavaliers. Ils portaient tous le costume si connu des chouans, et étaient armés de carabines.

— La route est libre, dit celui qui semblait leur chef, mais je vais vous donner un guide pour vous montrer le chemin.

Et il fit signe à un chouan qui, faisant de la main un geste aux cavaliers, se mit à marcher devant eux.

La petite troupe avançait rapidement, car le temps devenait de plus en plus menaçant.

Les éclairs se succédaient presque sans interruption, la pluie commençait à glisser à travers le feuillage et les grondements sourds du tonnerre se rapprochaient à chaque seconde.

— Diable, fit un des cavaliers, voilà un mauvais temps.

— Nous serons bientôt arrivés, répondit l'autre.

— Ma foi, tant mieux, car il ne fait pas bon courir les routes ce soir.

— Regrettez-vous d'avoir fait le voyage ? répondit son compagnon d'un ton hautain.

— Non pas, mais j'aurais préféré l'entreprendre par un temps plus propice.

— Silence ! fit tout à coup son compagnon.

Le chouan qui les guidait venait de s'arrêter ; puis, faisant de sa main droite un cornet à son oreille, il parut écouter avec attention.

L'examen fut sans doute favorable, car le guide reprit immédiatement sa marche.

Au bout de quelques minutes, il s'arrêta de nouveau à la bifurcation de deux chemins, et, faisant aux voyageurs signe de l'attendre, il disparut dans un taillis. Quelques instants après, il reparaissait portant une lanterne sourde à la main et suivi de deux chouans.

— Veuillez confier vos chevaux à ces hommes.

Les deux cavaliers descendirent sans répondre.

— Maintenant, suivez-moi, leur dit-il.

Ils s'enfoncèrent avec lui dans l'épaisseur du bois, puis soudain, le chouan les arrêta du geste et, se baissant, souleva une trappe artistement couverte de mousse et qui semblait se confondre avec le sol.

Un trou béant était devant eux. En s'avançant, les voyageurs aperçurent les premières marches d'un escalier taillé dans la roche schisteuse.

Le chouan s'y engagea le premier, descendant à reculons pour éclairer ceux qu'il guidait.

Au bout de vingt marches, les voyageurs se trouvèrent dans une étroite galerie, puis le paysan, poussant un ressort, fit entrer les deux cavaliers dans une vaste crypte dont la voûte était soutenue par d'énormes piliers pris également dans le roc.

Un homme s'avança aussitôt vers eux, en leur tendant les mains :

— Excusez-moi, messieurs, de vous faire prendre un semblable chemin et par un temps pareil ; mais que voulez-vous ? cette maudite République ne nous permet plus d'entrer dans nos châteaux par la grande porte.

Puis s'apercevant que la pluie ruisselait sur les manteaux de ses hôtes :

—Mais, s'écria-t-il, vous êtes mouillés jusqu'aux os. Laissez ici vos manteaux et suivez-moi, messieurs.

Les chouans aidèrent à se débarrasser les deux voyageurs qui suivirent le châtelain.

On remonta un autre escalier un peu plus long que le premier, on marcha quelques instants dans un corridor sombre pratiqué dans l'épaisseur de la muraille, puis une porte fut ouverte, leur hôte s'effaça et les deux voyageurs pénétrèrent dans un magnifique salon inondé de lumières.

Cette pièce d'apparat prenait jour par quatre grandes fenêtres, pour le moment hermétiquement closes par des volets doubles. Sur les immenses panneaux blanc et or, d'énormes glaces reflétaient la lumière du lustre et des appliques ; au-dessus des portes et dans l'intervalle des fenêtres, des trumeaux peints représentaient des scènes mythologiques reproduites sur les tapisseries des meubles, qui affectaient ces formes courbes auxquelles la Pompadour a laissé son nom.

Les personnages réunis dans le salon portaient le costume à la mode à la fin du règne de Louis XVI, habits à la française en soie ou en velours, la perruque poudrée, les culottes courtes et l'épée de parade en verrouil.

Les deux voyageurs, qui portaient le costume simple et pittoresque des chefs de la chouannerie, semblaient un peu dépaysés au milieu de cette brillante assemblée. Leur hôte les prit par la main.

— Soyez les bienvenus, leur dit-il, au château de Rochecombe.

Puis se tournant vers les assistants :

— Il n'est pas besoin, je crois, messieurs, de vous présenter le comte de Boishardy.

Celui que l'on venait de nommer s'avança pour répondre aux félicitations dont il était l'objet ; puis, se retournant vers son jeune compagnon, il l'attira vers lui.

— Permettez-moi, à mon tour, de vous présenter le vicomte de Sérent, mon aide de camp et mon ami, qui brûle de verser son sang pour la cause royale.

Un murmure flatteur accueillit cette présentation, tandis que le jeune homme s'inclinait avec une grâce qui sentait Trianon d'une lieue.

Les deux gentilshommes, toujours conduits par leur hôte, firent quelques pas en avant.

Deux dames étaient assises sur un vaste canapé.

La plus âgée, grande brune, au regard fier et dédaigneux, paraissait âgée de quarante ans à peine. Elle était encore fort belle.

— Madame la comtesse de Rochecombe, dit M. de Bois-Hardy en s'inclinant profondément, me permettra-t-elle de déposer à ses pieds l'hommage de mon plus profond respect.

— Les serviteurs du roi sont nos amis, monsieur, fit la comtesse en lui tendant la main, qu'il effleura de ses lèvres.

A côté de la comtesse se trouvait sa jeune fille.

Jeanne de Rochecombe avait à peine atteint sa dix-huitième année, et semblait un vivant contraste avec sa mère. Frêle, blonde, sa carnation délicate, ses yeux bleus, timides et rêveurs, tous ses traits, en un mot, semblaient en opposition avec l'énergique beauté de la comtesse.

La jeune fille répondit par un salut embarrassé à la respectueuse inclination de M. de Bois-Hardy.

— Messieurs, dit alors le comte de Rochecombe, maintenant que la réunion est au complet, je crois qu'il est utile de nous occuper du grave sujet qui nous rassemble. M. Cormatin, continua-t-il, qui arrive de Paris et qui a eu l'honneur auparavant d'être reçu par *Monsieur* en passant à Vérone, va vous répéter ce qu'il a bien voulu me révéler en arrivant au château.

En entendant prononcer son nom, le personnage désigné, qui s'entretenait à voix basse avec un gentilhomme dans l'embrasure d'une croisée, releva la tête et, s'adossant à la cheminée, jeta autour de lui un regard impérieux.

Il se fit un grand silence.

— Oui, messieurs, le régent a bien voulu, sur le rapport que j'ai fait à Son Altesse royale de l'état des esprits et des choses dans notre chère Bretagne, approuver le plan que j'ai eu l'honneur de lui soumettre et me confirmer le titre de major général des armées catholiques. Ce titre me permet d'agir en dehors de M. de Puisaye, trop occupé par ses négociations auprès du cabinet de Saint-James pour se tenir au courant de ce qui se passe en France.

« C'est ainsi que, trompant l'ombrageuse défiance de Hoche, ce tambour-major bombardé général, j'ai pu conclure avec les délégués de leur Comité de Salut public, — comme ils l'appellent, — les traités de la Jaunaye et de la Mabilais, grâce auxquels nous pouvons reconstituer nos armées, réunir nos forces éparses, et agir sur l'esprit des populations, en attendant les renforts qui vont nous arriver d'Angleterre.

« Pendant que les généraux républicains s'endorment dans une trompeuse sécurité, l'armée de Condé se réorganise à Londres, et je sais de source certaine qu'une escadre anglaise s'arme en ce moment pour opérer une descente sur un des points faibles de la côte bretonne, entre Brest et Lorient, où nous avons des intelligences.

« Donc, continua Cormatin, c'est à nous qu'il appartient de faire réussir ce projet, lorsque le moment sera venu, en opérant une diversion sur des points nombreux, de façon à disperser les forces des républicains. Le régent, messieurs, compte sur votre dévouement et votre fidélité.

« Ce que nous allons entreprendre, c'est une guerre de ruses, d'embuscades, sans trêve ni merci, guerre aux villages comme aux villes, lorsqu'ils seront infectés du virus républicain. Qui n'est pas pour nous est contre nous. Que les villages qui refuseront de marcher avec nous soient brûlés ; hors la loi les traîtres à leur Dieu et à leur roi, eux, leurs femmes et leurs enfants ! Mort à tous ceux qui ont fait acte d'adhésion à cette infâme République, et que la France coupable, écrasée par nos armées alliées, courbe la tête devant son roi délivré. »

En disant ces derniers mots, le chef royaliste ayant tiré son épée, toutes les épées sortirent du fourreau.

— La guerre ! la guerre ! crièrent les hobereaux électrisés.

Le visage de la comtesse resplendissait d'orgueil satisfait. Seul, le doux visage de Jeanne, restée silencieuse, se couvrait d'une légère pâleur.

— Et moi, monsieur, fit tout à coup une voix jeune et vibrante, je vous dis que ce que vous nous proposez là est une infamie.

Instinctivement, les épées s'abaissèrent, et tous se tournèrent vers celui qui venait de jeter si inopinément ce cri de généreuse indignation.

En l'entendant, le visage de Jeanne s'était empourpré.

— Le chevalier de Kervignac, je crois? fit Cormatin d'un ton railleur.

— Oui, monsieur, fit le jeune homme, en s'avançant au milieu du salon, le chevalier de Kervignac, prêt, comme toute la noblesse de France, à donner sa vie pour Dieu et pour le roi, mais qui refuse de déshonorer son nom dans vos ténébreuses entreprises.

— En toute autre occasion, répliqua Cormatin, votre injure serait déjà châtiée ; mais notre vie ne nous appartient pas, elle est au roi.

M. de Rochecombe intervint :

— Chevalier, dit-il au jeune homme, à votre âge, on peut se livrer à un entraînement irréfléchi. Veuillez nous donner l'explication de cette inqualifiable sortie.

Le jeune homme s'inclina devant le vieillard.

— Soit, dit-il. Puis, relevant la tête : Ainsi, continua-t-il, c'est au nom de Dieu et du roi que vous signez des traités qui nous engagent avec l'intention de les violer, c'est en invoquant le Tout-Puissant que vous allez massacrer des vieillards, des femmes et des enfants, incendier des chaumières ; c'est au nom du roi de France, dans le pays de Duguesclin, de Jean-Bart et de Duguay-Trouin que vous allez amener l'Anglais et vous rendre complices de l'envahissement de cette terre sacrée? Et c'est à des gentilshommes français que vous, monsieur Cormatin, faites l'injure de proposer cette trahison !

Les hobereaux présents firent mine de s'élancer sur le jeune homme. D'un geste, Cormatin les arrêta.

— Monsieur, répondit-il d'une voix sèche et tranchante, le Régent donne des ordres et n'entend point qu'on les discute. Vous nous permettrez de croire qu'en matière d'honneur, Son Altesse Royale est meilleur juge que vous. Oubliez-vous que Louis XVI a été assassiné ? que votre reine est montée sur l'échafaud ? Oubliez-vous que le plus noble sang de la France coule à flots depuis deux ans ? Si vous l'oubliez, monsieur, nous nous le rappelons, nous. L'heure de la vengeance a sonné, elle sera terrible ; par le fer, par le feu, nous détruirons la Révolution dans sa tête, comme dans ses derniers séides, au grand jour, ou bien dans les ténèbres, par tous les moyens, avec tous les auxiliaires qui se présenteront quels qu'ils soient. Notre cri de guerre est : Mort à l'ennemi, et Vive le Roi !

— Vive le roi ! crièrent les gentilshommes en agitant leurs épées.

Le chevalier de Kervignac fit un pas en avant, puis, saisissant son épée, il la brisa, et jetant les tronçons aux pieds de Cormatin :

— Elle ne sera pas, du moins, complice d'une forfaiture. Vous déshonorez la cause que vous prétendez servir.

Des murmures s'élevèrent à cette provocation.

Cormatin se pencha vers M. de Rochecombe.

— Cet écervelé est capable de nous perdre, dit-il ; il faut nous assurer de lui.

Puis, s'adressant au jeune homme :

— Vous venez de prononcer des paroles imprudentes qui nécessitent votre arrestation. Monsieur de Sérent, monsieur est votre prisonnier.

Le vicomte s'approcha.

— Messieurs, s'écria le chevalier, tirant un pistolet de sa ceinture, je vous jure que je brûle la cervelle au premier qui mettra la main sur moi.

— Soyez tranquille, chevalier, fit une voix lente et grave, moi présent, cette maison ne sera pas souillée par un guet-apens. Libre vous êtes entré, libre vous sortirez.

En même temps, un homme de haute taille, portant le costume des chouans, mais qu'à sa tonsure on reconnaissait pour un prêtre, vint se placer à côté du jeune homme.

— M. Cormatin et vous, M. de Rochecombe, en ce moment notre hôte, je vous adjure de révoquer cet ordre, ajouta l'abbé. M. de Kervignac sert son Dieu et son roi à sa manière — et je crois que c'est la bonne. — Il n'a que sa conscience pour juge, et vous n'avez pas le droit d'attenter à sa liberté.

Les deux interpellés s'inclinèrent, dominés par le regard du nouveau venu.

— Le chevalier de Kervignac est libre, dit Cormatin, si l'abbé Tréguier répond de lui.

— Libre sans condition, répondit fièrement l'abbé... Venez, mon enfant.

Et les deux hommes sortirent la tête haute.

IV

Louise Bernard

Revenons à la mairie d'Auray, ou plutôt au district où le corps du malheureux Bernard vient d'être déposé dans une salle basse donnant sur la rue. A la fenêtre grillée qui donnait le jour à cette pièce, se pressaient des curieux, commentant ce tragique événement.

Bernard possédait l'estime générale. Veuf depuis quelques années, il avait reporté toutes ses affections sur sa fille, qu'il adorait. C'était le type du commerçant intègre. Sévère pour lui-même, indulgent pour les autres, il avait souvent obligé de sa bourse des concitoyens malheureux, et jamais sa porte n'était fermée pour les pauvres.

Quant à ses opinions politiques, elles étaient peu tranchées ; d'un caractère doux et conciliant, Bernard s'était peu occupé de politique. Cependant, il avait salué avec joie les idées nouvelles, il aimait la France et la voulait libre ; enfin, il approuvait fort le décret sur les biens du clergé, estimant que chacun doit gagner sa vie par son travail. Il avait même arrondi une petite propriété qu'il possédait près d'Auray, en se rendant acquéreur d'un champ qui appartenait aux religieux de Brech.

En somme, on ne lui connaissait que des amis et pas d'ennemis, et l'on se perdait en conjectures sur les motifs de ce crime.

Tout à coup, un mouvement se manifesta dans la foule, dont les rangs s'écartèrent.

Une jeune fille accourait vers le district, traversant à grands pas la place du marché, pâle et en proie à la plus douloureuse émotion.

— Louise Bernard! firent quelques voix.

C'était elle, en effet...

Elle paraissait âgée de vingt-deux ans environ. Grande, brune, admirablement faite, ses traits décidés accusaient autant de bonté que d'énergie.

Elle franchit rapidement le perron de la mairie.

— Où est-il? demanda-t-elle à un garde civique.

Le vieux soldat lui prit la main sans répondre, et ouvrant la porte qu'il avait consigne de surveiller, l'introduisit dans la salle où l'adjoint Marteau procédait à une première instruction, assisté du second adjoint, son collègue, et du capitaine Hulot, commandant la garnison d'Auray.

Le corps était étendu sur un lit de camp et couvert d'un manteau de couleur sombre sur lequel se détachait la figure de l'honnête Bernard.

Louise vint droit à lui, s'agenouilla et porta à ses lèvres la main glacée du mort.

Puis, elle entoura de ses bras le cadavre inanimé et penchant sa jeune figure contre ce visage rigide, elle le couvrit de baisers.

Les spectateurs de cette scène muette se sentaient gagnés par l'émotion. L'adjoint se retourna pour cacher une larme.

La jeune fille s'était relevée. Elle considérait cette tête blafarde, ces yeux sans regard.

— C'est donc vrai, murmura-t-elle, qu'on l'a tué : Bernard l'honnête homme! comme ils disent ici.

— Assassiné, lui! répétait-elle.

Puis, se redressant tout à coup, elle se tourna vers les officiers municipaux :

— Qui l'a tué? demanda-t-elle froidement.

— Citoyenne, répondit le premier adjoint, nous nous livrons en ce moment à une enquête pour découvrir l'assassin ; peut-être pourrez-vous nous fournir d'utiles renseignements.

— Parlez, dit-elle.

— A quel moment votre père a-t-il quitté sa maison?

— Hier dans la journée, pour aller à Sainte-Anne.

— Devait-il être longtemps absent?

— Non, il devait revenir dans la nuit.

— Etiez-vous déjà allée avec lui à Sainte-Anne?

— Souvent.

— Vous n'avez jamais entendu dire qu'il ait eu là une contestation avec quelqu'un? On ne lui a jamais fait de menaces?

— Lui, le cher père! La dernière fois que nous sommes allés ensemble à Brech, il a distribué aux malheureux une partie de sa dernière récolte... Ainsi, jugez!

— Savait-on qu'il devait s'absenter?

— Tout le monde le savait. Mon père vivait au grand jour et ne se cachait de personne.

— Nous savons, citoyenne, que votre père était un honnête homme et qu'il n'avait rien à cacher. Vous ne lui connaissiez pas d'ennemi personnel?

— Aucun.

Joseph Marteau se pencha vers ses deux assesseurs et leur parla à voix basse, puis se retournant vers la jeune fille :

— Connaissez-vous un individu nommé Bras-de-Fer?

— Non ; mais qui est cet homme? Est-ce l'assassin? fit-elle avec une flamme dans le regard.

L'adjoint lui tendit une lettre.

— Lisez, dit-il.

Les yeux de la jeune fille se portèrent avidement sur le papier que lui tendait l'adjoint.

C'était celui que l'on avait trouvé transpercé par le poignard. Il était maculé de sang.

Louise le relut à plusieurs reprises.

— D'après ce billet, fit l'adjoint, le

crime semblerait être une vengeance politique.

— Oui, fit Louise pensive ; mais quelle apparence ?...

Au même instant, la porte s'ouvrit, et le garde passa sa tête.

— Citoyens, dit-il, il y a là un petit gars qui demande à fournir un renseignement.

— Introduisez-le, fit l'adjoint.

Au même instant, parut sur le seuil un enfant d'une douzaine d'années, aux cheveux bruns en broussailles, tortillant entre ses doigts un vieux chapeau troué, qui avait dû être de feutre noir.

— Approche, fit l'adjoint.

L'enfant fit un pas.

— Tu as demandé à nous parler ?

— Oui-dà, fit l'enfant en relevant la tête.

Sa figure était couturée par des traces de brûlures récentes, mais ses yeux brillaient d'audace et d'intelligence.

— Comment t'appelles-tu ?

— Petit-Jean.

— Où sont tes parents ?

— Tous morts, fit l'enfant en serrant ses petits poings ; brûlés par les chouans.

— De quel pays es-tu ?

— De Pluneret : on me connaît bien ici.

— Eh bien ! qu'as-tu à dire ?

L'enfant s'était retourné vers le mort ; il alla jusqu'au lit et le considéra attentivement.

— C'est ben lui, fit-il.

Puis regardant Louise anxieuse :

— C'est vous sa fille ? demanda-t-il.

— Oui, dit elle.

— Eh ben, je vas vous conter la chose. Cette nuit, j'avais couché dans une grange à Sainte-Anne. Je me suis levé vers une heure pour venir au marché d'Auray. Il y a toujours quelques sous à gagner quand on arrive grand matin. Pour être plus vite rendu, j'ai pris le sentier de Tré-Auray.

— Voyons, arrive au fait, fit l'adjoint.

— Patience, on y vient. Donc, je descendais la route en longeant le rocher pour ne pas tomber dans le ruisseau, car il faisait nuit noire, et je l'entendais qui grondait dans le bas-fond. Tout en marchant, j'entends de loin comme les sabots d'un cheval sur la route. Bon ! que je me dis, en voilà un qui va me prendre en croupe... Je m'étais arrêté, et je le voyais qui arrivait doucement. Quand tout à coup, de derrière une roche, voilà six hommes qui dégringolent sur le vieux... Ah ! les vilains gars ! Ç'a été vite fait. Moi j'étais trop petit pour aller au secours et trop loin pour appeler ; je me cachais, mais je voyais tout. Il n'a poussé qu'un cri, et il est tombé. Après ils l'ont mis en travers sur le cheval et ils ont continué leur route du côté d'Auray... mais en courant si fort que je n'ai pas pu les rattraper... C'est bien celui-là qu'ils ont tué, je reconnais ses habits.

A ce récit naïf et terrible à la fois, un frisson passa dans la poitrine des auditeurs.

— Ils étaient six ? demanda Louise toute pâle.

— Oui, et c'était des chouans ; je les ai bien reconnus à leurs grands chapeaux, puis à la ceinture. Oh ! je les sens de loin, moi !

— Est-ce que tu les reconnaîtrais ? fit la fille du grainetier.

— Je ne sais pas. Pourtant je les ai vus, mais la nuit. Il y en a un que je reconnaîtrais peut-être bien... le grand, qui a mis le corps sur le cheval. Si je le retrouve, il paiera pour vous et pour les autres... J'ai un compte aussi à régler.

En disant ces derniers mots, la figure du pauvre enfant exprimait une haine sauvage.

Louise s'approcha de lui.

— Tu détestes les chouans ? demanda-t-elle.

— Oh ! oui, fit l'enfant ; il y a deux ans bientôt qu'ils ont brûlé notre maison, tué mon papa et maman. Je voulais me sauver, mais ils m'ont attrapé et jeté dans le feu. C'est pour ça que vous me voyez la figure abîmée. Aussi, je les hais, et je n'oublie pas ! Oh ! quand je serai grand et fort !

— Eh bien, fit Louise, puisque tu es seul, viens avec moi.

Puis, se tournant vers les officiers municipaux :

— Vous n'avez plus besoin de moi, citoyens, je me retire... Me permettrez-vous d'enlever le corps de mon père ?

Joseph Marteau fit un signe affirmatif et délivra à la jeune fille l'autorisation nécessaire.

Louise avait pris la main de Petit-Jean.

— Viens, petit, lui dit-elle; puisque tu hais les chouans, tu seras vengé.

Et elle s'élança dehors.

Au moment où elle traversait la place, M. Bras-de-Fer, embusqué derrière une maison en saillie, fit signe à un paysan qui flânait par le marché. L'homme se mit à suivre de loin Louise Bernard et Petit-Jean.

V

Un nouveau personnage

Bras-de-Fer était resté sur la place, se mêlant aux groupes et faisant son profit des propos échangés.

L'assassinat de l'honnête Bernard était encore le thème de toutes les conversations. Les cruautés des chouans, deux ans auparavant, étaient encore dans la mémoire de tous, et leurs déprédations actuelles exaspéraient les paysans inoffensifs contre ce brigandage organisé.

— Ah çà, disait l'un, est-ce que le gouvernement ne nous débarrassera pas de tous ces brigands-là?

— On n'osera plus sortir de chez soi, disait un autre.

— Encore, si on y était en sûreté, objectait un troisième.

— Un si brave homme, ce Bernard!

— C'est une infamie!

Et chacun d'enchérir sur l'audace renaissante des bandits. Bras-de-Fer paraissait, en somme, peu satisfait des impressions de la foule, et son front se plissait, indice chez lui d'une inquiète préoccupation.

Tout à coup il se sentit frapper sur l'épaule, et, si maître qu'il fût de lui-même, il ne put retenir un mouvement nerveux.

Un homme de haute taille, dont un large chapeau cachait à moitié le visage couvert d'une barbe épaisse, se tenait devant lui.

Bras-de-Fer l'eut dévisagé d'un coup d'œil.

— C'est toi, citoyen, qui m'as touché l'épaule?

— Oui.

— Que me veux-tu?

— Te parler.

— Je t'écoute.

— Pas ici.

— Où?

— Tu le verras.

— Oh! oh! fit Bras-de-Fer, un peu rassuré, voilà qui est bien mystérieux. Et si je ne te suivais pas!

L'homme se pencha vers lui.

— Mais tu me suivras, Bras-de-Fer.

Le chouan tressaillit et fit le geste de chercher une arme.

Ce mouvement n'avait pas échappé à l'homme.

— Je ne te veux pas de mal, fit-il, sans cela je n'aurais qu'à jeter ton nom à cette foule pour te faire écharper.

— C'est assez juste, fit Bras-de-Fer. Allons, je te suis.

Tous deux s'éloignèrent dans la direction de la ville haute. Au détour d'une petite rue, l'homme s'arrêta devant une sorte de maisonnette de piètre apparence, dont les fenêtres étaient fermées par des volets. Devant la porte l'herbe poussait dru: on eût dit un logis abandonné.

L'homme tira une clef de sa poche, ouvrit la porte avec précaution et se mit à gravir un escalier assez raide, qui les conduisit à une pièce où le jour pénétrait à peine par les interstices des volets.

Bras-de-Fer s'assit sur un escabeau de bois. L'homme resta debout.

— Maintenant, dit le chouan, me diras-tu pourquoi tu m'as amené ici?

— Parfaitement.

— Eh bien, parle.

— C'est toi et ta bande qui avez étranglé Bernard.

Bras-de-Fer fit un geste de surprise; puis, se ravisant:

— Au fait, dit-il, ce n'est pas bien malin à deviner, puisque j'ai signé mon œuvre.

— Oui, mais comment avais-tu appris qu'un homme chargé d'argent devait traverser le val de Tré-Auray.

— Cela ne te regarde pas.

— Oh! ne fais donc pas le mystérieux

avec moi. Tu avais reçu un billet sans signature.

— Exact.

— Et savais-tu d'où te venait ce billet ?

— Ma foi! non.

— Ce n'était pas très prudent de ta part de te fier au premier venu.

— Bah ! fit Bras-de-Fer avec insouciance, il faut bien risquer quelque chose.

— C'est vrai, et la somme en valait la peine.

— C'est ta part que tu veux ?

— Non.

— Qui es-tu alors, et que me veux-tu ?

L'homme entr'ouvrit le volet, qui laissa passer un rayon de lumière.

Jetant alors son chapeau et arrachant sa fausse barbe, il se retourna vers le chouan.

— Ah! c'est toi, fit ce dernier d'un ton méprisant.

— Oui, c'est moi, Pierre Guerno... Mais tu n'as pas besoin de faire le dégoûté, un espion vaut bien un voleur et un assassin.

— Au moins, je risque ma peau, moi, fit Bras-de-Fer.

— Et moi, crois-tu que je ne cours aucun risque? Mais nous ne sommes pas ici pour nous disputer le pas.

— C'est vrai, dit Bras-de-Fer. Eh bien, arrive au fait.

— Attends un peu. Il est bon que tu saches que je te connais bien, et que derrière Bras-de-Fer le détrousseur, je reconnais le pauvre fermier qui s'est fait chouan pour se venger.

— Ah ! tu sais cela, fit Bras-de-Fer.

— Cela et le reste. Mais moi, sais-tu qui je suis, pourquoi je suis devenu espion et traître ?

— Non! eh bien? fit Bras-de-Fras intrigué.

— Eh bien! il y a une certaine communauté entre nous, Bras-de-Fer. Tu t'es fait bandit parce qu'une femme t'a brisé le cœur ; moi, une femme m'a repoussé, m'a insulté, et j'ai juré de me venger de tout le monde, mais surtout d'elle. Cette femme que j'aimais, je la veux, non par amour maintenant, mais pour satisfaire ma haine. Je veux la voir se traîner à mes pieds en hurlant et la frapper du talon... Oh ! elle souffrira d'horribles tortures.

Et le visage du misérable devint hideux de rage contenue.

— Oui, elle m'a traité de lâche, quand je me traînais à ses pieds; elle m'a craché au visage et fait jeter à la porte par les valets de son père, malgré mes pleurs et mes supplications.

— Mais, qu'avais-tu fait?

— Eh bien, un jour, pour avoir de l'argent, j'ai vendu les chouans aux bleus.

— Ah ! oui, je me rappelle.

— Que veux-tu, j'étais jeune, je voulais de l'argent, et puis, tant pis, ce qui est fait est fait ; elle devait me pardonner. Songe donc, nous avons été élevés ensemble ; du moment que j'implorais mon pardon, ça devait suffire. Au bout du compte, son père était républicain, et c'était pour le compte des républicains ce que j'avais fait; pourquoi me mépriser ?

— Ah ! fit Bras-de-Fer, la trahison plaît, mais le traître déplaît.

— Oui, ce sont des phrases. Mais après tout, je l'aimais, je la voulais, elle devait m'aimer.

Et en prononçant ces mots, la figure de Pierre Guerno prenait le caractère de la bestialité la plus abjecte.

Bras-de-Fer le considérait abasourdi, lui qui ne s'étonnait pas de grand chose.

— Eh bien! après? demanda-t-il.

— Après! je fis tout au monde pour obtenir son pardon, je m'humiliai, je pleurai : je serais devenu honnête homme, si elle avait voulu.

— Quelle perte ! fit Bras-de-Fer d'un ton ironique. Mais, au bout du compte, reprit-il, je ne suppose pas que tu m'aies amené ici pour me raconter tes chagrins d'amour.

Pierre Guerno lui jeta un regard en dessous.

— Je t'ai amené parce que je sais que tu as des hommes déterminés à ta disposition et que j'ai besoin d'eux.

— Bah ! fit Bras-de-Fer, voyez-vous ça !

— Oui ; mais je ne te demande rien pour rien et je te payerai largement le service que tu me rendras.

— Comment cela? demanda le chouan

en considérant le pauvre accoutrement de son interlocuteur.

— Ça, c'est mon affaire, et je paye d'avance... une partie.

— Parle donc.

— Il faut que toi et les tiens vous soyez à ma disposition à n'importe quelle heure, de jour et de nuit, et que tu m'obéisses en tout.

Bras-de-Fer se prit à rire.

— Un vrai général d'armée, quoi !

— Soit, fit l'espion d'un air sombre ; j'en vaudrais bien d'autres.

— Et que m'offres-tu ?

— D'abord, est-ce accepté ?

— Cela dépend du prix.

— Je te donnerai plus d'or que vous en pourrez porter à vous tous.

— Tu es fou, tu te moques de moi.

— Non, fit Pierre avec résolution, et je te le prouverai aujourd'hui même.

— Mais... que faut-il faire ?

— Hésiterais-tu ? demanda l'espion d'une voix haletante.

— Non pas, mais tu sais, on n'est pas fâché de savoir...

— Eh bien, fit Pierre Guerno en se penchant vers lui, comme s'il eût craint que sa voix traversât l'épaisseur de la muraille, c'est cette femme qu'il me faut ; mais vivante, entre mes mains, pour en faire ce que je voudrai. Le jour où tu me l'amèneras prisonnière et impuissante, ce jour-là, je te l'achèterai son poids d'or.

— Eh ! eh ! fit Bras-de-Fer en grommelant, c'est une bonne petite infamie que tu me demandes là...

— Est-ce que ce n'est pas assez payé ? demanda Pierre, livide.

— Si... si... Eh bien ! tope là, c'est convenu.

— Non, tu vas jurer.

— Sur quoi ? demanda le chouan.

— Sur ceci.

Et l'espion tira de sa poitrine une petite médaille de la sainte d'Auray.

— Sur sainte Anne ? fit Bras-de-Fer, avec répugnance.

— Oui. Refuses-tu ?

— Non pas... Je le jure !... Mais, tu sais, donnant donnant.

— C'est entendu.

— Et les arrhes ?

— Tu les prendras toi-même dans une heure.

— Maintenant, dis-moi quelle est cette femme.

— Qu'as-tu fait cette nuit ?

— J'ai tué un homme.

— Qui s'appelait ?...

— Bernard, parbleu, tu le sais bien.

— Eh bien, c'est sa fille.

VI

Le moulin abandonné

Pendant que s'accomplissait ce pacte ignoble, une scène d'un autre caractère se passait sur la place du marché d'Auray, encombrée alors par la foule.

Debout sur un banc de pierre, une jeune femme, entourée d'un cercle d'auditeurs, leur parlait avec véhémence, belle d'enthousiasme et d'animation patriotique.

Cette femme, c'était Louise Bernard.

A côté d'elle se tenait Petit-Jean.

Jeanne avait coupé ses beaux cheveux qui tombaient en boucles sur son col ; avec un drapeau elle s'était improvisé une ceinture, dans laquelle était passée une paire de pistolets.

L'œil étincelant, la voix vibrante de colère, Louise avait captivé l'attention des auditeurs, qui l'écoutaient dans un profond silence.

— Ah ! c'est la guerre qu'ils veulent ! disait-elle ; et, pour défi, ils nous jettent le cadavre de Bernard, Bernard l'honnête homme... Eh bien ! ils l'auront, la guerre, implacable ! Laisserez-vous ce crime sans vengeance ? Vous laisserez-vous égorger individuellement comme des moutons, sans vous retourner contre les assassins ? C'est une guerre de bandits qu'ils nous font : soit ; faisons la guerre de partisans. S'ils connaissent nos sentiers, nos landes, s'ils connaissent des lieux d'embuscade et des retraites cachées, vous êtes enfants du pays, et vous les connaissez comme eux. Ils ont des armes, mais nous n'en manquons pas. De l'argent ? J'en ai, et je dépenserai jusqu'au dernier écu que m'a laissé mon père pour punir ses assassins. Ma maison, mon argent, tout est à vous, mais il me faut des gars résolus, sans peur, de vrais Bretons. Songe que c'est la fatigue, le danger, chaque jour, à toute heure ; mais c'est la lutte de ceux qui défendent leur famille et leur bien contre les voleurs et les assassins, et moi qui ne suis qu'une femme, je vous donnerai l'exemple. Allons, les gars ! debout pour la République, pour la France ! Sus à l'ennemi ! sus aux bandits ! sus aux chouans !

Une immense clameur accueillit ces paroles.

— Allons, les gars, poursuivit Louise Bernard, qui vient avec moi, qui vient avec la fille de Bernard lâchement assassiné, qui vient venger mon père et punir les bandits ? Voulez-vous sauver vos pères de l'assassinat, vos femmes et vos filles de l'infamie ? suivez-moi.

— Oui ! oui ! Vive Louise Bernard ! Sus aux chouans ! hurlèrent une centaine de voix.

— Eh bien, que tous ceux qui sont décidés viennent avec moi jusqu'à la maison de Bernard l'honnête homme, et vive la République !

— Vive la République ! cria la foule enthousiasme, et un certain nombre d'hommes se détachèrent du groupe pour suivre la jeune fille.

Deux assistants, se déguisant de leur mieux, contemplaient cette scène d'un air sombre.

— Oh ! elle est trop belle ! dit l'un d'eux, qui n'était autre que l'espion. Elle est trop belle ! il me la faut.

— Bon, fit Bras-de-Fer qui était resté froid, mais il y a quelque chose à faire avant.

— Quoi donc ? demanda Pierre qui suivait Louise d'un œil avide.

— Eh bien, la preuve !

— Quelle preuve ?

— Que tu paieras, parbleu !

— C'est juste ; et bien, suis-moi !

L'espion s'engagea d'un pas rapide dans la longue rue droite qui mène au chemin de Brech. Les deux hommes prirent ensuite à droite dans un sentier parallèle à la route, et, quelques instants plus tard, ils s'arrêtaient devant un bassin d'eau dormante qu'alimentait une saignée de l'Alrée, qui sort noirâtre de la plaine marécageuse de Kerézo. Cette prise d'eau servait à alimenter un vieux moulin, solitaire et muet à présent et dépendant du domaine d'Alraé, veuf de ses propriétaires pour cause d'émigration.

L'herbe poussait drue et verte devant la porte du moulin, dont le tic-tac régulier était depuis longtemps remplacé par le coassement des grenouilles qui avaient élu domicile dans l'étang ; les tenanciers avaient suivi leurs maîtres dans leur fuite, et les vagabonds eux-mêmes n'osaient se risquer dans le moulin, que l'on disait hanté par les esprits. Aussi personne n'avait voulu le louer ni l'acheter.

Il courait de singuliers bruits sur cette demeure abandonnée. Les uns y avaient vu courir des lumières la nuit, d'autres une forme blanche glisser sur l'étang. On y entendait parfois le bruit de coups sourds et redoublés, comme ceux qui annoncent un travail souterrain.

Pierre Guerno, toujours suivi de Bras-de-Fer contourna l'étang, et, parvenu près d'une fenêtre basse du moulin dont plusieurs vitres avaient été brisées par un orage sans doute, il se baissa et prit une planche cachée dans les hautes herbes pour franchir la prise d'eau qui les séparait du bâtiment d'habitation. Il l'appuya solidement d'un côté sur une grosse pierre qui semblait placée tout exprès et de l'autre sur l'appui de la fenêtre. Puis, d'un pas assuré, il se dirigea sur ce pont improvisé vers la fenêtre, dont il fit jouer l'espagnolette en passant son bras à l'intérieur. La fenêtre s'ouvrit et les deux hommes entrèrent.

L'espion retira la planche à lui et referma la fenêtre avec précaution.

— Suis-moi, dit-il ensuite à Bras-de-Fer.

Puis, ayant battu le briquet, il alluma une lanterne sourde et parut chercher quelque chose à terre.

Ce qu'il cherchait n'était autre qu'un des nœuds du plancher de bois, sur lequel il appuya fortement. Une trappe s'ouvrit avec lenteur, laissant voir par une ouverture béante les premières marches d'un escalier de pierre.

Une bouffée d'air froid sortit du souterrain.

Les deux hommes descendirent une trentaine de marches avant d'arriver à un passage voûté, bâti avec un parti pris évident de solidité, mais dont les murailles visqueuses suintaient l'humidité.

La lampe ne jetait plus qu'une clarté douteuse. L'air se raréfiait et Bras-de-Fer ne respirait qu'avec effort.

— Où sommes-nous ici ? demanda-t-il.

— Sous l'étang, répondit laconiquement Pierre Guerno.

Au bout de quelques pas, le couloir s'élargit, et l'on se trouva devant une muraille de rochers, parfaitement lisse en apparence.

Cependant l'espion se baissa rapidement, parut pousser un nouveau ressort, et une porte taillée dans l'épaisseur de la pierre pivota sur elle-même, présentant une ouverture suffisante pour le passage d'un homme. Pierre Guerno passa le premier, Bras-de-Fer le suivit.

La porte se referma derrière eux.

Ils se trouvaient dans un petit caveau circulaire qu'éclairait une faible lueur venue d'en haut.

En levant la tête, Bras-de-Fer vit un petit morceau de ciel bleu entre les branches serrées d'une ronce qui masquait l'entrée. Sa poitrine se dilata.

Puis, portant ses regards sur le caveau, il parvint à distinguer, dans un coin, un amas de feuilles sèches et quelques hardes.

Pierre Guerno, penché vers la terre, semblait chercher quelque chose.

— Tu as entendu parler, dit-il, des richesses des châtelains d'Alraé, rapportées par leurs ancêtres des lointaines contrées de l'Amérique ?

— Oui, des contes de bonne femme.

— Ah ! tu crois que ce sont des contes ?

Une large dalle venait de se déplacer, laissant à découvert une excavation pratiquée dans le sol.

Pierre Guerno dirigea les rayons de sa lanterne vers l'ouverture.

Bras-de-Fer étouffa un cri...

Il recula comme ébloui.

Sous la lueur vacillante du falot, rutilait un énorme monceau de pièces d'or, dont l'éclat se perdait dans les profondeurs de l'excavation.

— Eh bien ? fit l'espion.

Mais Bras-de-Fer ne l'écoutait plus ; il s'était précipité à deux genoux devant l'ouverture béante et plongeait ses bras jusqu'aux coudes dans les pièces d'or, qui rendaient un son cristallin en ruisselant les unes sur les autres.

— Es-tu convaincu, maintenant ? répéta Guerno.

Bras-de-Fer s'était relevé l'œil étincelant. Une infernale pensée venait de traverser son esprit. Qui l'empêchait de tuer l'espion ?

Pierre Guerno comprit et se mit à rire.

— Tu penses, dit-il en le regardant fixement, qu'il y aurait un moyen bien simple d'avoir mon or, sans conditions.

Bras-de-Fer resta silencieux.

— Avoue, continua l'espion, que tu songeais à te débarrasser de moi ? Mais je ne suis pas si naïf que tu le penses. Nous sommes tous deux prisonniers dans ce caveau, moi seul connais le secret pour en sortir, et, si tu me tuais, ce monceau d'or serait ton lit d'agonie.

Bras-de-Fer prit un air aimable.

— Tu te trompes, dit-il, je n'y pensais pas.

— Soit. Eh bien ! emplis tes poches et sortons d'ici. Le jour où tu me livreras Louise, tout cela est à toi.

— Tu me le jures ?

— Oui, par sainte Anne d'Auray.

Bras-de-Fer, tout en pensant combien l'amour tourne la tête aux meilleurs esprits, se hâta d'emplir d'or ses poches et sa ceinture, au point qu'il eut peine à se redresser, quand il se sentit pris par le bras.

C'était l'espion qui le poussait doucement devant lui vers l'ouverture qui venait de s'ouvrir.

— Tu sais, fit Pierre Guerno, j'ai confiance, mais je préfère que tu passes le premier.

A peine furent-ils sortis que la trappe se referma comme d'elle-même.

« C'est égal, pensait Bras-de-Fer en lui-même, je reviendrai, et je saurai découvrir le secret. »

Pierre Guerno souriait en éteignant sa lanterne.

Bras-de-Fer réfléchissait et observait.

VII

Un secret de grande dame

Nous avons laissé le chevalier de Kervignac et l'abbé Tréguier sortant tous deux du château de Rochecombe, où les nobles bretons conspiraient contre la patrie.

Le jeune homme était en proie à une indescriptible émotion, que l'abbé s'efforçait de calmer.

— Oh! fit le jeune homme en serrant les poings, c'est que vous ne savez pas tout!

Ils étaient ainsi parvenus à l'escalier de pierre qui devait les conduire hors du château.

Tout à coup, le chevalier sentit une main se poser sur son bras.

Il s'arrêta brusquement.

— Suivez-moi tous deux, dit à voix basse une voix de femme.

C'était la voix de Yolande, la femme de chambre de Mlle de Rochecombe.

Les deux hommes la suivirent dans l'obscurité.

Après quelques minutes de marche, Yolande s'arrêta et gratta doucement à une porte qui s'ouvrit.

— Est-ce vous? demanda la voix de Jeanne.

L'abbé sentit la main du jeune homme lui étreindre le bras. Il la saisit, et tous deux entrèrent dans une chambre dont la porte se referma sur eux.

Par prudence sans doute, la chambre était plongée dans une complète obscurité.

— Donnez-moi votre main, monsieur l'abbé, fit la jeune fille, c'est devant vous que j'ai voulu parler à M. de Kervignac, devant vous qui me direz si j'ai tort ou si je fais bien d'agir ainsi.

— Parlez, mon enfant, dit l'abbé d'un ton paternel.

Kervignac, les bras croisés, adossé à la muraille, attendait, haletant, les paroles de Jeanne.

— Eh bien, reprit la jeune fille, j'aime M. de Kervignac.

Le chevalier ne put retenir un cri étouffé.

— Depuis longtemps déjà, continua Mlle de Rochecombe, nos mains se sont unies et nos cœurs ont battu des mêmes espérances et des mêmes pensées... Il m'a dit qu'il m'aimait et je crois en lui.

— Jeanne, interrompit Raoul de Kervignac, je vous ai donné ma vie et je suis à vous comme je sais que vous êtes à moi.

Il se fit un silence.

— Continuez, Jeanne, fit la voix de l'abbé, qui prenait la main de la jeune fille.

— Lorsque M. de Kervignac, continua-t-elle, a lancé ces fières et généreuses paroles à la tête de ces hommes et qu'il a refusé de confondre sa cause avec celle des assassins et des ennemis de la France, tout mon cœur s'est élancé vers lui et je me suis dit que j'avais raison de l'aimer... Mais une minute tout l'échafaudage de notre bonheur s'est écroulé. Mon père, M. de Rochecombe, veut rendre à la cause royale tous les services qu'il lui reconnaît le droit d'exiger de sa fidélité. Au nombre de ces services est sa participation à la guerre civile et celle de tous ceux qui, de près ou de loin, tiennent à sa famille.

— Oh! je comprends, murmura Kervignac.

— A peine le chevalier eût-il parlé, que mon père s'approcha de moi et me déclara à voix basse que je ne serais jamais la femme de M. de Kervignac, car il allait me fiancer à M. de Sérent.

— L'aide de camp de Bois-Hardi! s'écria Raoul.

— C'est à vous, monsieur l'abbé, reprit Jeanne, que je viens demander conseil et appui. Je vous l'ai dit: ma vie, mon amour appartiennent à M. de Kervignac... Ai-je le droit de mentir à une promesse librement faite de ma part, ai-je le droit de sacrifier celui que j'aime; et moi-même, épouse de Raoul devant ma conscience, dois-je accepter un autre époux?

Le prêtre resta quelques instants sans répondre.

Kervignac attendait dans une profonde anxiété la réponse de l'abbé Tréguier.

— Eh bien, non, fit tout à coup celui-ci.

Raoul eut une exclamation de joie.

— Non, vous n'avez pas ce droit-là.

— Alors!!! fit Jeanne hésitant, je dois donc résister à la volonté de mon père.

— Non, mon enfant, je ne vous conseillerai pas de résister ouvertement à la volonté de M. de Rochecombe.

— Comment faire alors?

— Ecoutez, il y a un moyen.

— Lequel?

— C'est, dit l'abbé, qui souriait intérieurement, d'opposer à sa volonté une volonté plus forte.

— Quelle volonté?

— Celle de madame de Rochecombe.

— Ah! s'écria douloureusement la jeune fille, vous ne connaissez pas ma mère, elle refusera.

— Jeanne, fit gravement l'abbé, vous oubliez que vous êtes presque une enfant, et que j'ai vu naître votre mère.

— Mais connaissez-vous l'énergie de son ambition, la fougue avec laquelle elle sert la cause royaliste?

— Oui, je sais tout cela.

— Et vous pouvez concevoir un instant l'espérance qu'elle consente à mon union avec celui que tout à l'heure encore elle nommait un traître?

— Oui, j'en conserve l'espoir; ayez confiance.

La jeune fille eut un tressaillement, Kervignac fit un pas en avant.

— Donnez-moi votre main, Raoul, dit l'abbé, et vous aussi, Jeanne.

Il plaça les deux mains l'une dans l'autre.

— Moi, dit-il, je crois en vous; je crois dans la pureté de l'amour qui vous lie; tous deux je vous sais honnêtes et bons, et je vous dis: Courage! Il n'y a pas de volonté si ferme, d'orgueil si enraciné, que ne puisse briser la persévérance. Je vous bénis, enfants. Conservez ce loyal et sincère amour, cette ardeur pour le bien, cette haine de tout ce qui est bas et vil; je vous bénis et je vous défendrai.

Les deux jeunes gens s'étaient instinctivement inclinés sous la bénédiction du vieillard, leurs cheveux se rencontrèrent, pendant un moment rapide leurs souffles se confondirent. L'abbé les sentit tressaillir et sourit dans l'ombre.

— Oui, mes enfants, reprit le vieux prêtre en dégageant sa main de l'étreinte des deux amants, je vous le répète, il faut du courage. Vous ne faites que commencer la vie, et ce n'est pas à votre âge qu'on désespère. Jeanne, vous allez retourner auprès de votre mère; que pas une plainte, qu'aucun signe ne trahisse vos angoisses... Pour vous, Raoul, vous viendrez avec moi; je vous réserve un rôle plus noble. Je ne vous demande pas de trahir votre cause, mais, au contraire, de la défendre contre les bandits que vous savez.

Raoul était suppliant, Jeanne immobile, l'attitude embarrassée. L'abbé comprit qu'ils voulaient se donner un dernier adieu.

— Allons, chevalier, dit-il, embrassez votre fiancée.

Kervignac, enlaçant la jeune fille, déposa sur son front chaste un baiser de frère, et néanmoins, sans l'obscurité, on eut pu la voir rougir et pâlir, puis elle s'enfuit légère et radieuse.

Les deux hommes sortirent ensuite de la chambre, toujours conduits par la fidèle servante.

— Yolande, lui dit l'abbé, va de ma part avertir Mme de Rochecombe que l'abbé Tréguier lui demande respectueusement un entretien.

Puis se retournant vers Raoul:

— Quant à vous, retournez à Vannes; j'y serai demain, car moi aussi j'ai un acte important à remplir.

Quelques instants après, on entendit le galop d'un cheval; c'était Raoul qui s'éloignait.

Au même instant, Yolande venait chercher l'abbé pour l'introduire auprès de Mme de Rochecombe.

La chambre de la comtesse était tendue d'étoffes sombres. Sur un des côtés de la chambre, un prie-Dieu, recouvert de velours grenat, au-dessus duquel un grand Christ d'ivoire jauni étendait ses bras amaigris, et un bénitier en émail, donnaient à cette chambre l'aspect d'un lugubre oratoire.

Mme de Rochecombe, vêtue d'une robe noire très montante, était assise dans un grand fauteuil orné de tapisseries armoriées, et que surmontait une couronne de comte. Sa figure émaciée et ses mains admirablement blanches et effilées ressortaient seules de ce sombre entourage. On eut dit, tant elle était immobile et guindée, un portrait d'Holbein, descendu de son cadre d'ébène.

L'abbé entra.

C'était un homme de haute stature, vigoureusement découplé, et dont la puissante musculature apparaissait sous sa veste de chouan. Il avait dépassé la cinquantaine, mais c'est tout au plus si on lui aurait donné quarante ans, tant sa démarche était libre et aisée. Ses cheveux grisonnants, qu'il portait longs, à la mode d'alors, encadraient ses traits réguliers, éclairés par de grands yeux gris, très doux, mais où l'on voyait aussi briller l'indice d'une inébranlable volonté.

Il s'inclina devant la comtesse, qui hocha la tête d'un air de protection.

— Vous avez demandé à me parler ? fit-elle d'un ton bref.

— Oui, madame.

La comtesse fixa sur l'abbé un regard inquisiteur. Celui-ci ne broncha point.

— Sans doute, continua Mme de Rochecombe d'une voix vibrante, vous désiriez me présenter vos regrets de la sortie inconvenante que vous venez de faire en ma présence.

— Je désirais, en effet, vous entretenir à ce sujet...

— Je ne serais pas fâchée, interrompit la comtesse, de savoir comment vous expliquerez votre sympathie pour les ennemis de Dieu et du roi.

— Madame, fit le prêtre, il y a plus de trente ans, *vous le savez*, que je suis ministre du Dieu dont vous parlez ; la comtesse de Rochecombe peut donc écouter sans colère la parole de celui *qui n'a jamais failli à son devoir.*

Sans doute l'abbé avait mis une intention dans ces dernières paroles, car la comtesse devint plus pâle que d'habitude.

— Je vous écoute, fit-elle.

— Madame, dit-il en montrant le crucifix, c'est précisément au nom de ce Dieu que vous invoquez et dont la loi me paraît cependant si mal comprise par les vôtres, que je viens vous supplier d'intervenir auprès de M. de Rochecombe pour arrêter, pendant qu'il en est temps encore, la guerre fratricide et sans merci qui est sur le point d'éclater.

La comtesse eut un dédaigneux sourire.

— Oh ! continua le prêtre, je sais ce que vous allez me répondre : Où est le roi, là est le droit.

— On ne peut mieux dire, fit Mme de Rochecombe.

— La cause de notre roi, je l'ai défendue, reprit l'abbé.

— Il y a longtemps de cela, dit sèchement la comtesse ; c'était en 1793, si je ne me trompe, et votre rôle se bornait à secourir les blessés, même ceux des républicains.

— C'étaient mes frères comme les autres ; mais je suis heureux de voir, madame, que vous vous souvenez du passé.

C'était la seconde fois que les paroles du prêtre semblaient contenir une allusion. La comtesse tressaillit et se leva brusquement. Cependant elle se contint.

— J'ai donc marché dans les rangs de l'armée royale, et payé de ma personne. Mais c'était en 1793, comme vous le dites, et la situation n'est plus la même. On se battait alors pour le roi, et, si triste que soit la guerre civile, on n'appelait pas l'étranger sur le sol de la patrie, on ne faisait pas comme ce Cormatin, une honteuse alliance avec des voleurs et des assassins. Voilà ce que je trouve infâme et pourquoi je vous prie d'intervenir auprès de M. de Rochecombe.

— Et c'est là tout ce que vous avez à me dire, monsieur l'abbé ? Ce n'est pas bien nouveau, car notre ami le chevalier de Kervignac vient de nous débiter le même discours.

— Oui, madame, et je l'ai approuvé.

— Et vous n'avez rien à ajouter ?

— Rien.

— Il est probable alors, fit la comtesse, que M. de Kervignac va offrir son épée à cette merveilleuse République et que vous allez prêter le serment constitutionnel.

L'abbé garda le silence.

— Eh bien, messieurs, car en vous parlant je m'adresse à M. de Kervignac à qui, je n'en doute pas, vous rapporterez mes paroles, sachez bien que la comtesse de Rochecombe ne trahira à aucun prix, sous aucun prétexte, la cause qu'elle a embrassée. Quant à M. Cormatin, plût au ciel que nous n'eussions que des chefs comme lui ; ses plans, je les approuve, et je l'aiderai de toutes mes forces à les accomplir.

— Ce n'est pas là, madame, le langage d'une chrétienne.

— C'est celui d'une femme de mon rang. Gardez vos avis, monsieur l'abbé ; les moyens disparaissent devant la grandeur du but à atteindre. Qu'est-ce que la mort de quelques vilains devant le succès de notre sainte cause ? Mais, moi, monsieur, moi, comtesse de Rochecombe, je donnerais tout mon sang goutte à goutte. Oubliez-vous qui je suis ?

La comtesse frémissante, les narines dilatées, la tête droite et fière, semblait la vivante incarnation de l'orgueil patricien.

Le prêtre impassible se pencha vers elle.

— Je n'oublie rien, murmura-t-il, pas même la nuit du 10 août 1772.

La comtesse laissa échapper un cri de rage ; du doigt elle montra la porte à l'abbé Tréguier.

— Est-il vrai, demanda celui-ci sans paraître s'en apercevoir, est-il vrai que Jeanne doive vous suivre dans cette campagne ?

— Je crois vous avoir invité à sortir.

— Prenez garde, madame, il ne s'est écoulé que vingt-trois ans depuis 1772.

La comtesse bondit sur le cordon d'une sonnette auquel elle se suspendit.

On entendit le pas des domestiques qui accouraient.

— Prenez garde à ce que vous allez faire, madame, fit le prêtre.

La porte s'ouvrit. Deux valets parurent.

— Reconduisez monsieur jusqu'à la porte du château, dit froidement la comtesse.

Le prêtre s'inclina en sortant.

— Moi non plus je n'oublierai rien, fit Mme de Rochecombe en le regardant s'éloigner d'un pas assuré.

VIII
L'abbé Bernier

Les Français vont bien loin admirer les merveilles de la nature, en Suisse, en Italie, comme s'ils ne possédaient point chez eux d'admirables sites comparables et souvent supérieurs aux plus célèbres des autres contrées.

Une de nos provinces les plus pittoresques, c'est la Bretagne, avec ses côtes déchiquetées, ses rochers granitiques, ses forêts sauvages, ses landes désolées coupées de haies épineuses, ses torrents écumants, ses étangs et ses cavernes, mystérieuses retraites des fées du pays.

A l'époque où se place notre récit, la vallée de Tré-Auray, qui relie Sainte-Anne à la ville d'Auray, était moins célèbre parmi les touristes qu'elle ne l'est aujourd'hui. Il y a, du reste, une bonne raison pour cela, c'est qu'en l'an III il n'y avait pas de touristes. On ne voyageait guère que pour ses affaires, et encore fallait-il un motif bien puissant pour se mettre en route.

A cette époque, les constructions qui animent la vallée n'existaient point ; le torrent n'était pas emprisonné sur une partie de son cours pour faire tourner la roue d'un moulin ; il bondissait libre et sauvage, jetant en l'air l'embrun de son écume où se faufilant parmi les blocs granitiques écroulés. La route aujourd'hui carrossable n'était qu'un sentier de chèvres dominé par un chaos de rochers suspendus en encorbellement. Tout en haut, du côté de Sainte-Anne, la vallée s'élargissait ; à gauche une lande, à droite un bois assez touffu.

C'est dans ce bois que nous allons pénétrer.

Quelques jours se sont écoulés depuis les scènes que nous avons décrites.

Il est près de minuit. L'obscurité est profonde. Aucun bruit ne trouble le silence, si ce n'est l'écho lointain du torrent descendant des rochers.

Tout à coup une faible lumière apparaît sur la lisière du bois ; une main invisible l'agite, puis elle disparaît.

C'est un signal.

Trois fois il se reproduit.

Alors, on voit surgir derrière les haies, les rochers, du fond des fossés, du milieu des halliers, de toutes parts, en un mot, des ombres qui s'avancent silencieusement et d'un pas rapide vers la lisière du bois.

Familières avec les détours de la forêt, ces ombres convergent toutes vers un point, désigné d'avance, sans doute; c'est une clairière assez vaste, où déjà une foule silencieuse était réunie.

On dirait une assemblée de ces peuplades celtiques, dont les mystérieux vestiges se retrouvent à chaque pas sur le sol antique du vieux Morbihan.

La clairière était située au milieu d'un inextricable fourré; on n'y parvenait que par des allées sinueuses qui en dérobaient la vue. Une foule considérable était assemblée. Des torches fichées en terre jetaient sur les arbres et sur les genêts des lueurs fantastiques.

Les individus qui remplissaient la clairière n'avaient pourtant rien que de très réel, et plus d'un sergent de la maréchaussée de Vannes ou d'Auray eût pu facilement mettre les noms sur les visages.

A l'une des extrémités de la clairière, une sorte d'autel avait été improvisé sur une masse rocheuse qui sortait de terre, comme une des nodosités de cette ossature de granit. La lumière des torches éclairait les attributs du culte catholique.

Debout, tournant le dos à l'autel, un homme de petite stature, portant l'étole sur un costume qu'au premier abord il eût été difficile de définir, parlait à cette foule, qui l'écoutait craintive et silencieuse.

C'était l'abbé Bernier, un des chefs de l'insurrection des chouans et l'un des agents les plus actifs et les plus rusés de la propagande royaliste en Bretagne.

L'abbé fit un signe de la main.

Tous s'agenouillèrent.

— Au nom du Père, du Fils, du Saint-Esprit et du Roi...

— Amen! firent toutes les voix.

— Ah! vous voilà enfin! dit l'abbé, dont la voix aigrelette résonnait cependant jusqu'aux coins les plus éloignés de la clairière. Vous vous êtes décidés à venir! Il était temps, ma foi! Te voilà donc, Faouet de Planerel! te voilà, Letheux de Sainte-Anne! Mériadec de Plumergal! Trompe-les-bleus de Plescop! et toi Fleur-de-Lande! et toi Caden de Pluvigner! et toi le saulnier de la Roche! et toi Ker Hoet! Vous voilà donc. Où étiez-vous? Vous

vous cachiez dans les marais comme des grenouilles. Lâches! vous trahissiez la cause du roi; pas vrai? Ah! je ne sais qui me retient de vous renvoyer tous en état de péché mortel, pour que le diable vous emporte en enfer et vous tenaille avec des fers rougis, comme vous le méritez.

Un murmure de terreur accueillit cet exorde *ab irato*. Quelques voix suppliantes s'élevèrent.

— Taisez-vous, malheureux! continua l'abbé; je vous défends de parler! Tas de gredins! vous êtes donc des impies, des damnés? Si vous ne faites pas votre devoir, à quoi passez-vous le temps? A boire avec les patauds, peut-être? Ah! vous ne méritez guère que Dieu s'occupe de vous, et il vous oubliera comme vous l'oubliez; si bien qu'au jour du grand jugement, quand vous voudrez entrer dans le paradis, il demandera à saint Pierre : « Qui sont ces gens-là? — Ce sont les gars du Morbihan, ceux d'Auray, de Vannes, de Sarzeau... — Connais pas! » répondra le bon Dieu. Et vous serez tous précipités dans l'enfer; oui, tous...

De toutes parts ce furent des cris de désolation :

— Sauvez-nous, mon père! sauvez-nous!

— Nous ferons tout ce que vous voudrez.

— L'absolution, bon père, l'absolution!

— Ah! vous avez peur! continua le prêtre après avoir joui de leur terreur. Et pourtant vous ne savez pas ce que l'enfer, avec son feu qui brûle toujours sans s'éteindre, chaque jour plus brûlant, ces diables qui vous retourneront avec des fourches. Vous grincerez des dents alors comme des chats qu'on étrangle, tas de faillichiens!... et vous aurez une belle gueule en rôtissant...

L'émotion était à son comble. On n'entendait de toutes parts que soupirs, que sanglots mal contenus.

— Innocents que vous êtes! poursuivit l'abbé, quand, au contraire, vous pouvez tous aller droit dans le ciel, où vous trouverez les portes ouvertes et où vous entrerez comme dans un moulin, rien qu'en disant votre nom : Gars du Morbihan! direz-vous, et pour vous on

...les verrons!... Mais pour ça il faut faire son devoir. Il ne s'agit pas de reculer devant quelque voix...

— Voulez-vous m'obéir? je vous marterai tous!...

Il y eut une explosion de joie.

— Oui, tous! tous!...

— Eh bien, alors, fit l'abbé d'une voix perçante, où sont les gars de Plunerel et de Brech? où sont ceux de Pluvigner, les braves de Saint-Jean, de Grandchamp, d'Hennebont? Est-ce que vous auriez peur des bleus? est-ce que vous auriez peur des pataulds? Mais, avant qu'ils ne triomphent, on verra le torrent de Tré-Auray remonter sur la montagne... et il n'y a de miracles que pour les serviteurs de Dieu. Avez-vous donc oublié les miracles de sainte Anne? Est-ce que vous ne savez pas qu'elle est apparue en plus de cent endroits et que partout elle a dit : Plus vous tuerez de Bleus, plus vous serez élevés dans le ciel... Refusez de payer les contributions...

— Si, si, nous le savons, firent les chouans.

— Prenez vos fusils, alors, cachez-vous dans les haies, trappez comme des couleuvres et tuaillez les ennemis de Dieu et du roi... car il nous est défendu de donner l'absolution à ceux qui ne jureront pas de renverser l'infâme République... et ainsi seront damnés tous ceux qui ne se battront pas pour la bonne cause!! deux fois damnés ceux qui travailleront pour les républicains! tous les fainéants, les lâches, damnés avec leurs femmes et leurs enfants jusqu'à la cinquième génération. Est-ce ça que vous voulez?

— Non! non!

Le prêtre alors prit le crucifix et, l'élevant au-dessus de sa tête, il entonna le *Te Deum*.

Toutes les voix s'unirent à la sienne.

Peu à peu les chants s'éteignirent.

L'abbé reprit :

— Allons, je vois que vous êtes de bons gars... et je vous pardonne. Criez: Vive le roi!

— Vive le roi!

— Vous allez retourner chez vous, vous armer, prendre de la poudre, des balles, et vous vous battrez...

— Oui! Mort aux bleus!

— Eh bien, mes gars, puisque vous avez du courage, je puis bien vous le dire maintenant, ceux qui seront tués par des bleus ne mourront pas...

Il y eut un vif mouvement de curiosité.

— Savez-vous ce qu'a dit de la part de Dieu, même, Monseigneur l'évêque d'Agra?... C'est que tous ceux qui tomberont pour la bonne cause reviendront trois jours après... vous entendez bien, trois jours, comme Notre Seigneur Jésus-Christ! Vous ressusciterez en chair et en os et vous recommencerez à vous battre et vous ressusciterez toujours et toujours.

Cette promesse, dont personne n'osa douter, provoqua un vif élan d'enthousiasme dont le prêtre se hâta de profiter.

— Eh bien, les gars, tous à genoux, je vais vous donner l'absolution.

Les chouans obéirent. L'abbé murmura quelques paroles, puis :

— Allez maintenant, vous irez tous en paradis! Vive le roi!

— Vive le roi! crièrent les paysans, vive la belle Manette!

Ce dernier vivat demande une explication.

L'abbé Bernier, qui avait été un des premiers à refuser le serment constitutionnel, s'était déguisé en femme pour mieux se cacher dans les campagnes qu'il parcourait dans tous le sens soulevant les paysans par ses prédications incendiaires, et il se faisait appeler la mère Manette. Ce costume féminin convenait à sa petite taille; il le portait avec une certaine aisance, d'où son sobriquet de la belle Manette.

Dans les villes, l'abbé reprenait l'habit bourgeois et redevenait l'un des agents les plus perfides et les plus dangereux de la cause royaliste, comme il en était un des plus influents. Nous venons de voir ce qu'il savait faire de ces pauvres paysans inoffensifs et ignorants, qu'il métamorphosait en brutes sauvages et en assassins.

— Allez, mes gars, dit l'abbé, et rappelez-vous bien vos promesses.

De nouveaux vivats lui répondirent.

Mais au même instant un homme se précipita au milieu de l'assemblée, en s'écriant :

— Nous sommes trahis!

— Que tout le monde fasse silence ! dit froidement l'abbé.

Puis il appela l'homme, qui s'approcha respectueusement.

IX

La belle Manette.

En quelques mots prononcés à voix basse, l'abbé Bernier eut appris les faits qui avaient si fort troublé la sentinelle placée par lui en observation à quelques pas de la clairière.

Il parut que les nouvelles recueillies par lui ne lui causèrent pas autant d'inquiétude qu'au chouan.

En effet, le prêtre, remontant sur l'autel improvisé, continua de parler comme s'il n'eût éprouvé aucune crainte que sa voix parvînt jusqu'aux ennemis du dehors.

— Les gars, dit-il, il y aura peut-être bientôt du fil à retordre ; vous allez vous égailler (1) du côté de Sainte-Anne et de Brech.... Veillez bien à ce qui se passera dans les environs d'Auray. Du reste, je vais m'entendre avec vos chefs. Encore une fois, vive le roi ! mort aux Bleus !

Le cri fut répété.

Puis, l'abbé descendant, plusieurs chouans, parmi ceux qui se trouvaient autour de lui, s'approchèrent. Il y eut une courte conférence à voix basse.

Tout en s'entretenant avec ses dignes acolytes, le prêtre se débarrassait de ses ornements sacerdotaux, se coiffait d'une espèce de cornette et reparaissait dans le costume qui lui avait valu le surnom de la belle Manette.

L'épithète belle ne s'appliquait guère à cette grasse fille de basse-cour, à la taille carrée, avec sa jupe grossière d'où sortaient deux grosses jambes terminées par de monstrueux sabots.

Mais, tel qu'il était ainsi, l'abbé Bernier pouvait hardiment renier son sexe et son état.

Donc, après avoir donné ses instructions, Manette se glissa, par de petits sentiers détournés, hors de la clairière, puis, se dissimulant derrière un tas d'a-

(1) Disperser.

joncs, l'abbé regarda ce qui avait si fort ému la sentinelle.

Il fallait, à la vérité, que le chouan fût bien enclin à la terreur pour que ce spectacle l'eût si fort effrayé.

La lune venait de se lever, et de sa pâle clarté, elle éclairait la partie de la lande qui descendait en pente douce vers le torrent.

Sur l'autre rive, un groupe d'hommes étaient arrêtés, les uns causant et fumant, les autres debout et paraissant se consulter.

En tout une vingtaine.

A leur costume, on reconnaissait des soldats républicains.

Néanmoins, le danger était plus apparent que réel, car, si le chouan eût regardé avec soin, il se fût assuré que l'attitude des Bleus dénotait toute autre chose que le projet d'une attaque ou la réalisation d'une surprise quelconque.

Ils paraissaient tout à fait indifférents à ce qui pouvait se passer autour d'eux, et rien n'indiquait qu'ils se crussent en voisinage d'ennemis.

L'abbé devina d'un coup d'œil que rien n'était à craindre de ce côté.

Mais que pouvaient faire ces soldats dans cet endroit désert ?

C'est ce qu'il importait de savoir.

De plus, un projet astucieux avait germé dans le cerveau de la belle Manette.

L'abbé, profitant d'un moment où la lune se voilait, descendit dans la vallée, se dissimulant adroitement, et put descendre quelques mètres en aval du torrent sans être aperçu.

Alors il se redressa et, revenant sur ses pas, se mit à chanter d'une voix traînante un air breton.

— Qui vive ? cria une voix partant du groupe des soldats.

La Manette ne parut pas avoir entendu et continua sa chanson.

— Qui vive ? répéta la voix.

La Manette s'avançait toujours.

— Répondras-tu, vieille sorcière ? cria le républicain, ou je vais te loger une balle dans la tête.

En même temps on entendit le bruit sec d'un fusil que l'on arme.

Cette fois la femme s'arrêta.

— Eh ! quoi qu'y a donc, mes bons messieurs, quoiqu' vous m'voulez ?

— Il faudra un peu s'attendre...

— Mais je n'peux point, mes bons messieurs, il y a l'eau qui m'empêche, il y a l'eau.

— Passe sur les pierres, vieille bête, quand tu te mouillerais un peu les pattes.

— Ah! tout d'même, pour vous faire plaisir...

Et relevant bravement sa jupe de bure, la vieille traversa le lit du torrent sur de grosses pierres qui formaient une sorte de passage naturel.

Là elle fut appréhendée brusquement par un soldat : — Allons, la vieille, viens parler au lieutenant!

Le lieutenant Lambert se retourna à demi.

Il était engagé dans une conversation assez animée avec un personnage qui, au mouvement de Lambert, se dissimula en portant la main à son visage.

Personne, au reste, ne parut remarquer ce mouvement.

— Voyons, approche, fit le lieutenant en fixant sur Manette un regard inquisiteur.

— Voilà, mon... mon... monsieur.

— Appelle-moi citoyen.

— Oui, mon bon citoyen.

— Que fais-tu à cette heure, à te promener sur cet affreux chemin?

— Oh! il est avis qu'vous l'savez aussi ben qu'mé.

Le lieutenant regarda fixement la belle Manette. Cette naïveté était-elle vraie ou feinte?

— Si je le savais, je ne te le demanderais pas. Allons, réponds.

— Ah! j'voulons ben! tout d'même. On peut répondre, quand on n'fait point du mal.

— D'où viens-tu?

— D'Auray, donc.

— Et tu vas?

— Eh bien! auprès de Grandchamp!

— Pourquoi reviens-tu si tard?

— Parce que j'ai affaire d'bonne heure où que j'vas.

— Que vas-tu faire par là?

— Porter une lettre d'mon fieu à s'n oncle Mathurin.

— Il est donc à Auray, ton fils?

— Pour vous servir.

— Qu'est-ce qu'il fait là?

— Quoi que vous faites vous-même, donc?

— Que veux-tu dire?

— Eh ben! oui, il a un uniforme comme vos hommes!

— Il est soldat?

— Oui donc! dans les mobiles.

— Quelle compagnie?

— La deuxième.

— Et il s'appelle?

— Le Gal, monsieur le citoyen.

Le lieutenant Lambert appela un de ses hommes :

— Tu connais ça, toi... le... Gal à Auray?

— Oui, mon lieutenant.

— Il y a un fils?

— Oui, mon lieutenant.

— Dans les colonnes mobiles?

— Oui, mon lieutenant.

— C'est bien.

Puis se tournant vers la Manette :

— Tu as la lettre?

— Oui-da.

— Montre-la.

La Manette releva sa jupe et fouilla dans une grosse poche de toile suspendue à sa taille par un cordon.

Elle en tira une lettre qu'elle grandit sur son genou en la frottant sur son coude.

Puis, elle la tendit au lieutenant.

Lambert plaça le papier sous les rayons de la lune.

Au fond, cet examen était de pure forme. Il voulait simplement constater s'il y avait réellement une lettre.

— Alors, dit-il en la lui rendant, ton fils est un patriote?

— S'il vous plaît? fit la Manette d'un air bête.

— Il défend la République.

— Ah! que oui.

— Et toi?

— Oh! moi, je défends ma peau, si les chouans veulent m'faire mal.

— Tu ne les aimes pas, alors, les chouans?

— Oh! que nenny, fit la Manette d'une voix rauque, j'les abomine, les brigands!

Cette exclamation, qui semblait partir du fond du cœur, acheva de dissiper les soupçons du lieutenant.

— C'est bon, dit-il, tu peux t'en aller.

— A propos, combien y a-t-il d'ici à Grandchamp?

— Quatre lieues de pays par les traverses.

— Et tout le temps un sale chemin comme celui-ci.

— Dame, fit la Manette en riant, il y a des hauts et des bas...

— Allons, va, c'est bien. Continue à détester les chouans.

— Il n'y a pas de danger que je les aime.

Comme elle se disposait à partir, elle fit un pas en avant et se trouva face à face avec le personnage dont nous avons parlé tout à l'heure.

L'abbé Bernier tressaillit.

L'homme s'approcha vivement, tandis que le lieutenant retournait vers ses hommes.

— L'abbé, dit l'inconnu, tout est-il prêt ?

— Dame, monsieur Lariveaudière, cela pourrait bien chauffer ; méfiez-vous, fit l'abbé.

— Ça, c'est mon affaire.

— Ah ! c'est que vous savez, malgré mes instructions, je ne réponds de rien. Soyez prudent.

— N'ayez crainte. Où est Cormatin ?

— Au château de Rochecombe.

Celui que l'abbé avait appelé Lariveaudière revint vivement vers le lieutenant, tandis que la Manette s'éloignait en faisant résonner ses sabots.

X

Surprise.

Le lieutenant n'éprouvait pour Lariveaudière qu'une médiocre sympathie. Cet individu aux manières mielleuses, à l'attitude efféminée, douée d'une grande souplesse et d'une habileté réelle passait — le lecteur sait déjà si c'est à tort ou à raison, — pour entretenir des intelligences dans les deux camps. Et, le plus étrange, c'est qu'il était ouvertement protégé par les autorités parisiennes, qui imposaient en quelque sorte son concours aux commissaires départementaux.

Les dénonciations les plus positives avaient été faites contre lui, sans qu'on semblât y prendre garde. Lariveaudière avait toujours ses pouvoirs régulièrement établis, et, bien qu'à regret, on lui obéissait.

Le rôle de Lariveaudière consistait à attiser la révolte, tout en semblant aider à la comprimer.

Au contraire, rien de plus honnête que la martiale figure du lieutenant Lambert, qui semblait un vivant contraste avec ce spécimen de la « jeunesse dorée ». Celui-là n'admettait pas les roueries de la politique. Pour lui, marcher droit dans le sentier du devoir. C'était le seul principe qu'il comprît.

Républicain de cœur et de raison, il identifiait la République avec la France et il avait appris à l'aimer en se battant pour elle. Aussi, patriote et soldat, risquant sa vie pour son pays qu'il aimait de toutes les forces de sa conscience d'honnête homme, il se sentait humilié d'avoir à ménager, à traiter en supérieur ce mauvais muscadin, qu'il considérait au fond comme un espion.

Lariveaudière n'était pas, du reste, le premier venu. Bien qu'il affectât l'élégance un peu outrée des réactionnaires de l'an III, il ne poussait pas l'extravagance du costume au même point que ses congénères et s'était composé un costume mi-civil, mi-parti militaire qui ne manquait pas de goût. Soigneusement rasé, le teint blanc d'une femme, les mains effilées, il cachait sous une apparence délicate une vigueur et une énergie peu communes, dont il avait parfois donné des preuves qui lui avaient ramené quelques sympathies.

Lambert avait remarqué son court entretien avec la belle Manette. Il n'en avait pas fallu davantage pour réveiller ses soupçons.

Lariveaudière s'en aperçut.

— Que ces paysannes sont bavardes, dit-il en s'approchant. Ne venait-elle pas me faire votre éloge.

— Je m'en fiche un peu, fit brusquement le lieutenant ; maintenant que la lune est levée, nous allons nous remettre en route.

— Ne craignez-vous rien dans cet espèce de défilé ?

— Rien. A moins que la citoyenne ne vous ait confié quelque secret.

— A moi ? Et pourquoi diable me prendrait-elle pour confident ?

— On ne sait pas.

— Vous êtes bien défiant...

— Ai-je tort ?

— Mais alors, mon cher monsieur, permettez-moi de vous faire remarquer qu'avant de vous défier de moi, il eût été prudent de vous défier d'elle. Si elle a échangé quelques paroles avec moi, n'oubliez pas que vous avez causé long-temps avec cette suspecte.

L'argument était péremptoire.

Lambert le sentit.

Il tourna le dos à Lariveaudière, par un mouvement qui n'était peut-être pas d'une suprême politesse, et donna à ses hommes l'ordre du départ.

— Sergent Léveillé, vous allez prendre deux hommes et vous porter en avant. Vous éclairerez la route. Et, au premier bruit suspect, nous vous replierez. Ce n'est pas la peine de se faire canarder bêtement.

— Vous voyez bien, dit Lariveaudière, que le passage du val de Tré, Auray ne vous laisse pas sans inquiétude.

Le lieutenant ne répondit pas.

Mais son interlocuteur ne paraissait pas tenir pour battu.

— Vous savez, ajouta-t-il, que je suis porteur de dépêches très importantes.

— On me l'a dit, dit sèchement le lieutenant. Eh bien, après, est-ce que vous avez peur?

— Non, puisque vous m'escortez.

— J'y suis bien forcé...

— Mais en cas d'alerte, il serait très fâcheux que mes dépêches tombassent aux mains de l'ennemi.

— Eh bien, vous les avalerez, fit Lambert d'un ton goguenard.

— Lieutenant, fit Lariveaudière d'un ton assez ferme, j'admets que vous n'ayez pas pour moi une tendresse exagérée; mais je vous prie d'oublier ma personnalité pour ne considérer que les intérêts que je sers et la cause que je défends. Cela dit en passant, veuillez vous souvenir que vos ordres vous enjoignent de me protéger et même de m'obéir. Je regrette, lieutenant, d'être obligé de vous rappeler que le premier devoir du soldat est l'obéissance...

Le lieutenant pâlit et se mordit la lèvre jusqu'au sang.

Il s'approcha de Lariveaudière et se penchant à son oreille

— Écoute-moi bien, dit-il, je vais t'obéir quand tu m'auras dit ce que tu exiges; mais pendant que personne ne nous entend, permets que je me donne de te dire que tu n'es qu'un mouchard et qu'un jour ou l'autre je te passerai mon sabre au travers du corps.

Puis à voix haute

— Eh bien, citoyen, que voulez-vous?

Lariveaudière, pendant cette violente apostrophe, était resté absolument calme, pas un muscle de sa figure n'avait bougé, un sourire ironique plissait sa lèvre contractée.

Mais il eut la force de se contenir.

— J'avais l'honneur de vous demander, lieutenant, reprit-il d'une voix calme, si vous croyez à une attaque?

— Oui, j'y crois.

— Êtes-vous assez nombreux pour la repousser?

— J'ai répondu de vous; vous pouvez être tranquille.

— Vous êtes certain de me conduire sain et sauf à Grandchamp?

— J'en réponds.

— Malgré votre antipathie, vous me défendrez au péril de votre vie?

— Je ferai d'abord mon devoir de soldat. Le reste viendra plus tard.

— J'ai votre parole?

— Un soldat ne jure pas qu'il fera ce qu'il doit; il le fait.

— Cela suffit, dit Lariveaudière, qui parut bientôt plongé dans des réflexions que le lieutenant n'était pas disposé à troubler.

Lambert du reste marchait au premier rang de la petite troupe qui venait de s'engager dans un défilé montueux, bordé d'un côté par d'énormes blocs de granit et de l'autre surplombant le torrent. Bientôt on laissa le torrent sur la gauche pour s'engager entre deux murailles de rochers.

De gros nuages noirs avaient caché la lune; l'obscurité était profonde. On n'entendait que le pas régulier des soldats, puis dans le lointain le bruit de l'eau rebondissant sur les cailloux.

Il était environ deux heures du matin; on était aux deux tiers du défilé.

Le lieutenant sentait s'évanouir ses appréhensions.

Tout à coup il tressaillit.

Le sergent Léveillé se repliait en courant avec ses deux hommes,

— Qu'y a-t-il ? demanda Lambert.

— Lieutenant, ça sent le chouan.

— Ah ! Et comment ?

— Cent pas plus loin, le défilé est obstrué par un bloc de rocher tout fraîchement tombé de la montagne.

— L'obstacle peut se franchir ?

— Oh ! parfaitement.

— En avant, alors, c'est peut-être un accident.

Au moment même où le lieutenant émettait cette opinion rassurante, et comme pour lui donner un démenti, un bloc de granit soulevé par un levier invisible, roula du haut du rocher de droite et vint s'enfoncer en terre à quelques pas en avant de la petite troupe.

Quelques mètres en arrière il eût écrasé plusieurs hommes.

— Halte ! commanda Lambert.

Puis se tournant vers Lariveaudière :

— Citoyen, placez-vous au milieu de mes hommes... Veillez à votre propre sûreté, pas d'imprudence, je réponds du reste.

— Non, fit l'élégant Parisien, en tirant de sa poche deux mignons pistolets qu'il arma ; je ne veux pas me cacher ; puis, quand cela ne serait que pour détruire vos préventions, je ne serais pas fâché de brûler la cervelle à quelques-uns de ces chouans, dont vous semblez me croire le complice.

Lambert le regarda avec surprise.

— Quoi, vous allez vous battre, vous ?

— Comme un autre, donc, et peut-être mieux qu'un autre.

Lambert commençait à ne plus comprendre.

Le visage de Lariveaudière était toujours aussi calme.

— C'est drôle tout de même, murmura l'officier. Allons, faites comme vous voudrez ; je ne demande pas mieux que de m'être trompé.

— Un mot encore, fit Lariveaudière ; si je suis tué, vous prendrez, ici, dans cette poche, un pli cacheté, et vous le ferez remettre à la personne désignée sur l'adresse.

— C'est convenu...

La petite troupe était arrêtée.

Lambert donna quelques ordres rapides :

— En avant !... Au pas de course ! cria-t-il.

Puis, tirant son sabre, il s'élança le premier.

Le bloc qui était venu obstruer le chemin laissait sur la droite un jour suffisant pour le passage d'un homme.

Lambert bondit à travers cette ouverture.

Lariveaudière le suivit de près.

Les hommes prirent leur élan.

A ce moment les ténèbres s'éclairèrent d'une rouge lueur et une détonation éclata.

Plus de doute, il y avait guet-apens. Les chouans surveillaient le défilé.

Mais où étaient-ils ?

Il était impossible de rien distinguer, tant l'obscurité était profonde.

— Ne tirez pas ! cria le lieutenant ; en avant !

Une nouvelle décharge éclata.

Mais les républicains avaient déjà franchi l'espace compris entre les deux blocs éboulés.

Celui dont avait parlé le sergent obstruait entièrement le chemin. Il fallait l'escalader.

Par un heureux hasard, le feu plongeant dirigé du haut des rochers en pente était mal dirigé, et aucun soldat n'avait été atteint par cette grêle de balles qui ricochaient sur le granit.

— Sergent, dit Lambert, toi qui es solide, charge-toi du muscadin, enlève-le.

Puis, se tournant vers ses hommes :

— Allons, à l'assaut.

Et, s'élançant comme un chat, d'un bond il fut debout sur le bloc.

— En avant ! cria-t-il en agitant son sabre.

Les soldats électrisés, s'aidant des ongles et des genoux, gravirent le rocher.

La fusillade s'était arrêtée.

Pendant ce temps, le sergent, un véritable colosse, avait chargé Lariveaudière sur ses épaules, comme il eût fait d'un enfant. En un instant il avait atteint le sommet du bloc de rocher.

A ce moment un coup de sifflet retentit ; puis un coup de feu partit.

Le sergent chancela, se raidit pour se tenir debout, mais ses épaules plièrent.

Son fardeau lui échappa.

Lariveaudière glissa.

Puis des coups de feu.

Les chouans battaient précipitamment en retraite.

Enfin clin d'œil, les républicains furent de l'autre côté de la roche.

— Où suis-je? demanda Lariveaudière en jetant un regard circulaire.

— Entre bonnes mains, cher monsieur.

— Ah! c'est vous, monsieur d'...

— Moi-même. Eh bien! comment vous sentez-vous?

Lariveaudière parut consulter l'état général de son organisme.

— Pas trop mal; la tête lourde, un peu de courbature.

— Eh bien! vous en êtes encore une fois, quitte à bon marché.

— Je n'ai rien de cassé? demanda l'élégant.

— Rien, et c'est positivement un miracle, car, d'honneur, il était difficile de faire une plus belle chute.

— Enfin, le principal, c'est que j'ai réussi.

— Oui, mais vous risquez trop. Le moyen était dangereux.

— Que voulez-vous, l'abbé ? je deviens suspect. Il fallait payer d'audace.

— Pour cela, vous n'en avez pas manqué. Mais avouez que nos gars sont adroits.

— Ah ! c'était un beau coup de fusil. Néanmoins, lorsque j'ai senti chanceler le colosse qui me portait, je me demandais qui de lui ou de moi venait d'être frappé.

— J'étais sûr de mon homme. Au reste, il a toutes les qualités de l'espion. Il voit la nuit comme les chats.

— Comment appelez-vous ce drôle ?

— Oh ! vous ne tarderez pas à faire sa connaissance, car tout à l'heure vous aurez une conférence avec M. de Rochecombe et avec lui.

— C'est donc un personnage important ?

— Oui et non. Dans tous les cas, il est utile.

— Je serai heureux de lui serrer la main, à ce brave garçon.

L'abbé parut un peu surpris de cette sympathie pour un homme qu'il venait lui-même de traiter d'espion. Mais il se souvint que celui auquel il parlait ne devait pas avoir de préjugés sur ce point et termina ce monologue intérieur en se disant :

— Au fait ils se valent.

— M. de Rochecombe est donc ici ? demanda Lariveaudière.

— Oui, je l'ai fait prévenir et je l'attends d'un moment à l'autre.

— Ah ça, que s'est-il passé après ma chute ?

— Pour cela, il me serait assez difficile de vous donner beaucoup d'explications. A peine aviez-vous fait cette prodigieuse culbute, que mes gars ont été attaqués...

— Par qui ?

— Voilà ce que j'ignore. En tout cas, les assaillants connaissaient bien le pays, car ils nous ont tournés et nous sont tombés sur le dos, avant que nous pussions soupçonner leur présence.

— C'est singulier ; sans doute, quelque bande de contre-chouans.

— Probablement. Cependant ils n'en ont pas le costume... Mais ce sont de rudes gaillards. Enfin, comme pour nous, l'important était de nous assurer de votre précieuse personne, j'ai sacrifié quelques hommes ; ils ont sauté dans le val comme des chats. Vous étiez étendu là comme une masse ; on vous a pris par les bras et par les jambes, et l'on vous a monté comme un paquet.

— Si bien qu'on doit me croire prisonnier.

— Hum, si on se méfie de vous...

— Mais les faits sont là.

— Evidemment, il sera difficile de croire qu'un homme pousse le dévouement aussi loin, fit l'abbé d'un ton narquois.

Lariveaudière ne parut pas s'en apercevoir.

— En somme, demanda-t-il, depuis combien de temps suis-je ici ?

— Depuis quelques heures seulement.

— Voulez-vous m'aider à me lever ?

— Volontiers, mais auparavant prenez quelques gouttes de ce cordial.

Et l'abbé tendit un verre à Lariveaudière.

Celui-ci le but d'un trait.

— Maintenant, fit l'abbé, quelques minutes de repos, et vous pourrez vous lever sans inconvénient.

Lariveaudière obéit.

Quelques instants après, il était debout.

— Ma foi, l'abbé, dit-il presque gaiement, vous êtes bon médecin ; j'ai la tête encore un peu lourde, mais au fond je me sens beaucoup mieux.

Au même instant, on frappa à la porte.

L'abbé alla ouvrir.

M. de Rochecombe entra.

Il était accompagné d'un personnage que nos lecteurs n'ont pas oublié. C'était celui dont l'abbé venait de parler avec un mépris non dissimulé, l'espion Pierre Guerno.

Lariveaudière fronça le sourcil. Il s'inclina devant M. de Rochecombe, qui lui rendit son salut avec une politesse empressée.

D'un signe interrogateur il lui désigna Pierre.

Le comte comprit.

— Monsieur, dit-il à l'espion, veuillez suivre monsieur l'abbé. Je vous appellerai dès que nous aurons besoin de vous.

Pierre n'ignorait pas, malgré cette apparente politesse, avec quel mépris on le considérait.

Il ôta son chapeau et sortit précédé de l'abbé.

Etrange contradiction de la nature humaine : espion pour espion, Lariveaudière et Pierre Guerno se valaient. Mais pour M. de Rochecombe, les intérêts qu'ils représentaient n'étaient pas les mêmes ; et il se vengeait sur Pierre des égards qu'il était obligé d'avoir pour Lariveaudière.

— Je sais, monsieur, dit le comte, l'acte de courage que vous avez accompli cette nuit, et je suis heureux d'être le premier à vous féliciter.

En regardant la mâle figure du comte de Rochecombe, dont la tête altière semblait celle d'un vieux chef de ligueurs, on avait peine à comprendre que l'ambition pût conduire un tel homme à de pareilles concessions.

— Je n'ai fait que mon devoir, monsieur le comte, répondit l'élégant d'un ton de fausse modestie.

— Je rendrai compte de votre belle conduite à qui de droit.

Puis quittant le ton solennel qu'il avait cru devoir prendre au début :

— Eh bien ! maintenant, s'écria-t-il vivement, dites-moi où en sont nos affaires ?

Lariveaudière réprima un sourire. Nul mieux qu'un coquin ne sait apprécier la bassesse d'un autre.

— Tout marche à merveille, dit-il. Les sans-culottes sont atterrés depuis la journée du 2 prairial ; nous avons maintenant la majorité dans la Convention et les derniers événements vous ont prouvé que nous savons nous en servir pour la bonne cause.

Les émigrés rentrent en foule à Paris et sont accueillis avec faveur dans les salons neutres comme ceux de Mme Récamier et de Mme Tallien, dont le mari nous est tout dévoué. Pichegru, qui commande l'armée du Rhin, est à nous, et du reste, outre plusieurs généraux dent le concours nous est assuré, nous avons à notre solde plusieurs députés influents : Fréron, Boissy-d'Anglas, Isnard, Cambacérès et tant d'autres.

Nous sommes donc assez forts pour violer ouvertement la convention de la Mabilais, qui ne repose en somme que sur un faux de Cormatin, puisqu'il a contrefait la signature de Puisaye pour se donner de pleins pouvoirs. Quelques

jours de prudence nous sont encore nécessaires.

— Soyez tranquille, fit M. de Rochecombe, on sera content de vous à Paris. Cormatin ne fait distribuer de vivre qu'aux chouans et laisse crever de faim les colonnes mobiles ; chaque jour il nous arrive des émigrés d'Angleterre, qui viennent grossir nos rangs et que j'ai massés surtout dans les environs de Vannes et de Rennes.

Enfin Mgr de Dôle s'occupe à Londres, avec un zèle extraordinaire, à prêcher la nouvelle croisade contre les infâmes républicains. Pitt a solennellement promis des vaisseaux au roi et il ne reste plus qu'à fixer le lieu et le jour du débarquement. Cinq corps d'émigrés, nourris et entretenus par le roi d'Angleterre, n'attendent que le signal pour s'embarquer.

— Voilà qui va le mieux du monde, fit Lariveaudière. Avec des mesures si bien prises, le succès est infaillible.

— Hum ! j'ai des appréhensions. Ils ont envoyé de Paris un jeune général, qui, paraît-il, a battu nos alliés à Wissembourg et qui semble prendre son affaire au sérieux, c'est le général Hoche ; Cormatin se défie beaucoup de lui.

— Il faut le faire rappeler, s'écria vivement le muscadin ; c'est un garçon avec lequel il n'y a rien à faire. Il a fait pendre en Allemagne un émissaire du roi, envoyé pour traiter avec lui... C'est un homme fort dangereux.

— Dame, ce soin vous regarde, répondit le comte.

— J'en parlerai à Tallien, soyez tranquille, ou à Fréron. Mais, pour assurer le débarquement, il vous faut une base d'opération : quelques points importants de la côte.

— J'y ai pensé, dit le comte, et c'est à cela que va nous aider l'espion que j'ai amené.

Le comte alla à la porte et appela l'abbé.

Un instant après, celui-ci rentrait avec Pierre Guerno. Lariveaudière le regarda avec curiosité.

Dans ce teint jauni, dans ces traits émaciés, dans ce regard farouche, on devinait l'intensité d'une passion folle, ardente, irrésistible.

L'homme se corrompait à mesure

qu'il souffrait davantage. La rage de l'impuissance rongeait cet organisme enfiévré ; une seule ressource lui restait : se jeter à corps perdu dans le crime.

Il ne voyait plus Louise qu'à travers un nuage de sang. Ayant jeté un cadavre entre elle et lui, il était prêt à combler du corps d'autres victimes l'abîme qu'il avait creusé lui-même.

Sa souffrance était devenue d'autant plus atroce qu'il la concentrait tout entière au dedans de lui-même. Il n'osait même plus se dire à lui-même qu'il aimait Louise. Il sentait que ce mot profané par sa pensée ne rendait pas l'âcre désir qui le bouleversait son être. Le sentiment qu'il éprouvait était à la fois bestial et féroce. Il était hanté par ce fantôme odieux et charmant qui le terrifiait et, la nuit, s'accroupissait sur sa poitrine comme les monstrueuses créations du cauchemar. Plus Louise était belle et pure à ses yeux, plus il maudissait cette pureté qu'il guettait comme les fauves guettent leur proie.

Et c'était cet homme, ayant perdu presque tous les sentiments de l'humanité pour n'en conserver que les instincts les plus bas et les sensualités les plus honteuses, qui comparaissait, à titre de complice, devant ces exploiteurs de la patrie, dont eux aussi rêvaient l'abaissement et l'oppression.

Le plus curieux, c'est que Pierre Guerno, malade de tête comme il l'était de conscience, était méprisé par ces hommes, plus criminels que lui, avec leurs calculs monstrueux et leur froide passion.

— Approchez, dit M. de Rochecombe au misérable. Vous m'avez dit que lorsque l'heure viendrait de frapper un grand coup, vous pourriez nous fournir de précieuses indications.

— Oui, je l'ai dit, et je ne m'en dédis pas, fit l'espion.

— Avant tout, reprit le comte, quelles sont vos conditions ?

— Mes conditions ?

— Evidemment, vous ne travaillez pas pour l'amour de la gloire, fit Lariveaudière en ricanant. En supposant que vos renseignements soient utiles, combien les vendez-vous ? Voilà ce qu'on vous demande.

— Je ne les vends pas...

— Ah ! fit le comte avec surprise.

— Je les donne.

— Voyons, voyons, fit de nouveau Lariveaudière, je ne suppose pas que vous ayez l'intention de vous moquer de nous.

Pierre tourna vers lui son regard pâle :

— Ai-je donc l'air d'un homme qui raille ? Je fais mon métier comme vous faites le vôtre. J'obéis à des idées dont je ne dois compte à personne, et je ne demande rien à personne.

M. de Rochecombe, atteint dans son orgueil, se leva brusquement.

— Monsieur Pierre, dit-il sèchement, je vous avertis que votre attitude me déplaît fort, et je ne sais ce qui me retient de châtier votre impertinence.

Lariveaudière faisait vainement signe au comte de se contenir.

L'espion s'était redressé, croisant ses bras sur sa poitrine.

— En vérité, monsieur le comte me ferait châtier, voyez-vous ça ! Et monsieur le mouchard de Paris l'aiderait peut-être. Tout beau, mes maîtres, nous sommes égaux... Vous avez besoin de moi pour commettre des crimes... Oh ! ce n'est pas la peine de fixer sur moi ces yeux irrités, monsieur le comte ; je sais ce que je dis. Vos crimes peuvent me servir et je vous offre ma complicité, voilà tout. Vous vous appelez l'ambition, moi je m'appelle la haine : tablons là-dessus et pas de grandes phrases.

M. de Rochecombe déchirait son mouchoir brodé, de rage contenue.

Lariveaudière, plus calme, envisagea d'un coup d'œil la situation. Il avait deviné, sous la figure impassible de l'espion, la bête furieuse.

— Mon cher monsieur, dit-il d'une voix paisible, comme s'il eût discuté de la valeur d'une œuvre d'art, vous vous méprenez tout à fait sur le sens de nos paroles. Il est regrettable qu'un homme de votre intelligence se laisse emporter jusqu'à manquer de respect à M. de Rochecombe. Tout service mérite salaire, nous avions donc raison de vous demander à quel prix vous mettiez les vôtres ; mais, du moment que nous ne nous entendons pas sur ce point, laissons-le de côté pour y revenir plus tard, et pensons au grave sujet qui nous rassemble.

Pierre Guerno, sa colère passée, regarda l'élégant avec une railleuse admiration, muet hommage rendu à son habileté.

— A la bonne heure! fit-il, parlons affaires.

M. de Rochecombe avait eu le temps de se remettre et de sentir qu'il avait fait fausse route; aussi, après s'être nonchalamment assis, répéta-t-il, comme machinalement :

— Parlons affaires.

— Comme vous le savez, fit Lariveaudière à qui semblait dévolue la continuation de l'entretien, les fidèles serviteurs de Sa Majesté ont résolu d'en finir une bonne fois avec l'hydre révolutionnaire. Il faut que les rebelles soient frappés au cœur et vaincus définitivement. La guerre va donc recommencer, sans merci cette fois, et nous avons besoin de fidèles soldats, d'hommes intelligents, connaissant le pays...

— Voulez-vous me permettre une observation? interrompit Pierre.

— Comment donc?

— Eh bien, si vous avez *réellement* envie de réussir...

L'espion appuya avec intention sur le mot « réellement. »

— Si vous y tenez sincèrement, continua-t-il, mon avis est que les chefs royalistes ont oublié le principal pour ne s'occuper que des détails. Avez-vous pensé, avant de vous épuiser en luttes partielles, avez-vous pensé à vous rendre maîtres de villes importantes?

— Ah! vous voyez, fit Lariveaudière.

— Vous avez raison, fit le comte.

— Il faudrait donc, poursuivit l'espion, par une action rapide et simultanée, avant que les Bleus soient en défiance, diriger sur divers points de la Bretagne des forces suffisantes pour vous emparer des positions dont la possession assurera le débarquement de l'armée royale.

— Qui vous a dit?... s'écria le comte.

— Est-ce que ce n'est pas mon métier de tout savoir, fit Pierre en ricanant. C'est très beau de se battre, continua-t-il, mais quand vous auriez tous les villages, vous n'en serez pas moins des rebelles, des insurgés. Ayez les villes, non-seulement vous avez des bases d'opérations, mais vous devenez des belligérants; vous traitez d'égal à égal avec ceux de Paris.

Les deux hommes se regardèrent ébahis.

— Très bien! fit Lariveaudière.

— Or, quels sont pour vous les points importants? Vannes et Auray d'abord, puis Lorient et Rennes.

Et sur un geste de M. de Rochecombe.

— Oui, interrompit l'espion, je sais que M. Cormatin s'occupe de Rennes et que son aide de camp, M. de Sérent, est parti pour Pontivy.

— Bien informé, ma foi, fit le comte avec admiration.

— J'en sais bien d'autres, allez, monsieur le comte. Mais eussiez-vous Rennes et Pontivy, les paysans et les nobles, que ferez-vous sans les bourgeois? Eussiez-vous deux villes de l'intérieur, comment vous tiendrez-vous en communication avec la côte, ayant les bleus devant et derrière?

M. de Rochecombe était stupéfié de ce qu'il entendait.

— Monsieur, fit-il en se levant, permettez-moi de vous prier d'oublier quelques mots trop vifs qui me sont échappés tout à l'heure. L'abbé ne m'avait pas trompé en me disant que la cause royale avait en vous un serviteur habile et... désintéressé.

Pierre s'inclina avec un mauvais sourire.

— Donc, continua-t-il, attachez-vous à la prise d'Auray la même importance que moi?

— Oui, répondit Lariveaudière, mais la ville est bien défendue, les habitants sont en partie pervertis, et se mettront avec les républicains; ils ont déjà entouré leur ville de palissades, de remparts en terre, et un échec au début peut nous être fatal.

— Mais, reprit l'espion, où ne réussit pas la force ouverte, on en emploie une autre.

— Et laquelle!

— La trahison, parbleu.

Malgré leur cynisme, les deux hommes frissonnèrent.

— Alors, dit Lariveaudière, vous connaissez un moyen de livrer Auray aux troupes du roi?

— Oui, j'en connais un.

— Et vous vous chargez de l'employer?

— A une condition.

— Nous y voilà, fit Lariveaudière.

— Quelle est cette condition? demanda M. de Rochecombe en se levant.

Un hideux sourire éclaira le visage de l'espion.

— Vous donnerez deux heures de pillage à vos soldats.

XII

Le bataillon Bernard

— Louise Bernard! s'était écrié le lieutenant Lambert, en reconnaissant à la tête des volontaires qui descendaient de la montagne la jeune fille dont le père venait d'être assassiné.

C'était elle en effet.

Louise réalisait le plus admirable type d'excentrique beauté qu'un artiste pût rêver. Ses cheveux noirs qu'elle avait coupés bouclaient sur sa nuque blanche et puissante. Ses yeux noirs brillaient d'une animation qui en doublait l'éclat et de roses couleurs animaient son visage dont les lignes accusées indiquaient une nature énergique.

Une sorte de juste-au-corps gris couvrait son corsage, serré à la taille par un drapeau qui lui servait de ceinture. Pour armes, elle n'avait qu'un petit poignard et une carabine jetée sur son épaule, mais qui semblait trop lourde pour ses mains fines et élégantes.

— Oui, lieutenant, c'est moi, fit-elle en s'approchant, et je crois qu'il était temps que nous vinssions vous arracher des mains de ces brigands.

— Le fait est, répondit le lieutenant, quelque peu embarrassé de devoir son salut et celui des siens à l'intervention d'une femme, le fait est que sans vous peu d'entre nous seraient sortis d'ici.

— Marcel, fit-elle en se tournant vers sa petite troupe, fais apporter le baril d'eau-de-vie. Après une si chaude alerte, personne, je crois, ne refusera de trinquer avec nous.

Marcel Rey, à qui Louise venait de s'adresser, était un jeune homme de vingt-sept ans environ, mince, fluet, avec les yeux bleus et les cheveux châtains, à qui l'on n'en aurait pas donné plus de vingt.

Pendant que Louise parlait, il la regardait avec une admiration mal contenue qui, pour l'œil de l'observateur, révélait quelque chose de plus que de la sympathie.

Avant d'aller plus loin, qu'il nous soit permis d'expliquer comment Marcel, fils d'un vannier d'Auray, caractère éminemment pacifique, se trouvait en pleine nuit dans le val de Tré-Auray, servant d'aide de camp à Louise, transformée elle-même en chef de bande.

On n'a pas oublié que Louise, exaltée par le meurtre de son père, avait adressé aux jeunes gens d'Auray un appel qui n'était pas resté sans écho.

Elle avait ouvert toutes grandes les portes de son magasin où était exposé le corps du pauvre Bernard. C'était l'heure où Pierre Guerno payait à Bras-de-Fer le prix du crime passé et des crimes à venir.

— Mes amis, disait Louise debout auprès du cadavre, sa mort me laisse seule au monde, je suis jeune, je suis forte et j'ai de l'argent. Eh bien, jeunesse, force, argent, je consacre tout cela à la vengeance de l'homme que ces lâches assassins ont frappé. Je ne suis pas la seule à pleurer un des siens, il en est peu d'entre vous qui n'aient été frappés dans leurs affections par ces chouans soldés pour assassiner quiconque défend la République, et qui mettent le vol à main armée sur le compte de la politique. Toi, Lebel, c'est ton rère qu'ils ont tué; Jacques, c'est ta mère étranglée presque aux portes de la ville; toi, Jean Bruno, tu te souviens de ta sœur déshonorée et laissée pour morte à deux pas de la Chartreuse de Brech. Pas un de vous que les crimes de ces lâches n'aient atteint.

Eh bien, que tous ceux dont le cœur est gonflé de haine, que tous ceux qui ont à se venger des meurtriers, se joignent à moi. Enfants d'Auray, nous connaissons le pays: pas un rocher qui ne nous soit familier. Opposons la ruse à la ruse, l'embuscade à l'embuscade; harcelons les chouans, suivons-les partout comme leur ombre, embusquons-nous comme eux derrière les buissons, et, puisqu'ils appellent cela faire la guerre des partisans, montrons-leur que des républicains qui se vengent la connaissent aussi bien qu'eux.

Laisserons-nous égorger un à un tous les nôtres? Non. Allons les trouver et dès aujourd'hui opposons à leurs desseins criminels une surveillance de tous les instants, harcelons leurs bandes et poursuivons-les sans trêve ni merci...

Une heure après, la troupe de Louise comptait vingt hommes déterminés, alertes, vigoureux et animés surtout de la haine des chouans.

— A demain, leur avait dit Louise, à midi devant l'église Saint-Gildas.

Et tous s'étaient éloignés enfiévrés d'enthousiasme et criant : Mort aux chouans! Vive la République!

Petit-Jean était resté près de Louise qui s'était agenouillée auprès du cadavre de son père. Le gars savait qu'il ne quitterait plus la jeune fille et lui aussi avait à se venger.

Tout à coup, pendant que la jeune fille était absorbée dans sa douleur muette, la porte que les volontaires avaient fermée après eux se rouvrit et un jeune homme pâle, les larmes aux yeux, s'était timidement avancé sur le seuil.

C'était Marcel Rey.

Louise ne l'avait pas entendu. Il la regardait immobile, sans oser lui parler.

Alors Petit-Jean, qui avait bon cœur et qui voyait la douloureuse émotion du jeune homme, mit doucement la main sur l'épaule de Louise.

Elle releva la tête; son regard rencontra celui de Marcel.

— Ah! c'est vous, mon ami, dit-elle.

— Oui, c'est moi... on m'a appris... j'ai su votre douleur, et je suis venu...

— Merci, Marcel, fit-elle en lui tendant la main.

Il s'avança et saisit la main qu'elle lui offrait.

— Ainsi, ils l'ont tué, fit-il, comme se parlant à lui-même.

— On vous l'a appris?...

— On m'a dit aussi que vous vouliez le venger.

— Oh! oui, dussé-je y consacrer ma vie tout entière.

— Et moi? fit Marcel.

— Dussé-je vous sacrifier vous-même, Marcel.

— Vous ne me comprenez pas, Louise, reprit le jeune homme d'une voix que faisait trembler l'émotion, je suis venu vous demander pourquoi vous ne m'avez pas appelé et pourquoi je suis le dernier à savoir tout cela.

Louise le regarda avec surprise.

— Mais, mon ami, à chacun sa tâche; vous êtes d'un caractère doux, paisible... Pourquoi vous aurais-je appelé?

— Pourquoi suis-je venu?

— Parce que vous m'aimez, je le sais. Parce que l'honnête homme qui est étendu là avait uni nos deux mains. Vous êtes venu m'apporter vos consolations, Marcel, et je vous remercie.

Mais le jeune homme ne semblait pas satisfait.

Il tournait son chapeau entre ses doigts. Il fit un effort sur lui-même.

— Louise, vous me croyez lâche!

Elle fit un mouvement.

— Oh! avouez-le, continua-t-il, je ne vous en voudrai pas. Je ne sais pas moi-même si j'ai du courage; je doute bien de moi, vous pouvez bien douter, vous. C'est vrai, je n'aime pas les querelles, les batailles; je n'ai jamais fait de mal à personne et j'aime mieux céder que disputer. Pourtant, Louise, quelque chose me dit que je ne suis pas un lâche...

La jeune fille le regardait avec attendrissement.

— Je ne vous dis pas cela, Marcel, fit-elle doucement. A chacun son caractère. On ne vous a pas fait de mal, vous n'en voulez à personne...

— Et ceci, Louise, interrompit Marcel en désignant le cadavre. Tenez, continua-t-il, avec vous je ne ferai pas de phrases. Je n'ai jamais affronté le danger, je ne le connais pas; suis-je courageux, je n'en sais rien. Mais votre père m'a aimé, je l'aimais aussi, il m'appelait son fils, et je lui ai fait un serment, un jour que nous étions assis tous les deux, là, près du feu.

Louise l'écoutait avec attention.

— Marcel, m'a-t-il dit, jure-moi, quoi qu'il arrive, de ne jamais quitter Louise...

J'ai juré et je tiendrai ma parole.

— Oh! fit la jeune fille, vous êtes

bon, généreux, je connais votre cœur, mais cette vie de fatigues est trop rude pour vous; il faut, pour y résister, des hommes alertes, vigoureux...

— Louise, interrompit le jeune homme avec une fermeté que la jeune fille ne lui connaissait pas, vous vous heurtez à une résolution prise. Je suis venu ici vous dire : Votre père nous appelait ses enfants, ma place est auprès de vous. Où que vous alliez, je la garde, à moins que vous ne me chassiez. Dans ce cas, je saurai bien me faire tuer tout seul.

— Non, j'accepte. Embrassez-moi, Marcel, mon frère, mon ami, mon fiancé, je ne doute plus de vous.

Le lendemain, le petit bataillon était armé et organisé pour tenir la campagne. Louise avait fermé sa boutique; elle s'était mise à la tête de l'intrépide troupe, et nous avons vu quels avaient été ses débuts.

XIII

Chez M. de Rochecombe

Nous retrouvons dans un salon du presbytère de Pluvigner, le comte de Rochecombe et Cormatin en grande conférence. Depuis le départ du comte de Puisaye pour l'Angleterre, c'était sur ce dernier, nommé major général et fort bien vu par Louis XVIII, le roi *in partibus*, que reposait tout le poids des affaires. Il tenait entre ses mains tous les fils de la trame ourdie en Bretagne, en Anjou, dans le Maine et dans la basse Normandie.

Il avait jusque-là réussi à tenir en échec la méfiance des deux généraux Humbert et Hoche, et, grâce à la complicité d'une partie des membres de la droite réactionnaire de la Convention, il entretenait en toute sécurité des intelligences avec l'Angleterre, — où Pitt faisait fabriquer de faux assignats et organiser cinq corps d'émigrés, — et avec les principaux chefs des chouans, Charette, Sapinaud, Stofflet, Cadoudal et les autres.

— Oui, comte, disait Cormatin, nos affaires sont en bonne voie; le nouveau roi a daigné écrire à Charette que la Convention a eu l'heureuse idée de laisser gouverneur de la Vendée ; Sa Majesté l'assure qu'Elle viendra le rejoindre pour partager ses périls et sa gloire. Cette lettre est un ordre de rester dans le Bocage, et c'est le comte de Puisaye et moi qui sommes officiellement chargés, par cette lettre de Vérone que nous a transmise l'abbé Bernier, de diriger le débarquement des troupes du roi et de nos alliés les Anglais. Mon titre d'administrateur de la Bretagne me donne toute facilité pour encourager les rassemblements royalistes et faire crever de faim les troupes républicaines. Ainsi, soyez-en sûr, tout marche à souhait.

Je viens d'écrire au baron de Solilhac, qui doit exécuter une partie de mon plan de concentration, et ma dépêche, portée par un homme sûr, lui sera remise demain.

Revenons à votre plan. J'approuve l'attaque des villes du littoral, mais je la trouve prématurée. Puis, avant de prendre Auray, ne serait-il pas utile de s'assurer de Grandchamps, d'où l'on peut se porter au-devant de l'ennemi venant de Lorient ou venant de Vannes? Mais pour cette expédition, qui doit être conduite avec adresse et rapidité, reste à savoir à qui nous la confierons; je désire votre avis à cet égard.

M. de Rochecombe, touché de cette marque de confiance, s'inclina profondément.

— Général, répondit-il, je ne sais pas de plus grand honneur que de contribuer au succès des armes de Sa Majesté. Et ce serait pour moi une satisfaction bien grande, si votre confiance daignait choisir pour cette honorable expédition le plus humble et le plus dévoué de ses sujets.

Cormatin laissa échapper un geste de surprise.

— Quoi ! monsieur de Rochecombe, vous voulez vous-même... ?

— Non, monsieur, il ne s'agit pas de moi. Certes, je serai toujours au premier rang lorsqu'il faudra combattre pour la sainte cause. Mais à un coup de main aussi hardi, il faut un chef plus jeune et plus alerte que moi...

— De qui voulez-vous parler?

— De celui qui fait déjà presque parfle de ma famille, au vicomte de Sérent, qui doit devenir, après le succès de nos armes, l'époux de Mlle de Rochecombe.

Cormatin parut se consulter.

— En effet, dit-il, le choix me paraît heureux. Je destinais cette mission... à un autre, mais après l'acte de folie auquel s'est laissé entraîner M. de Kervignac, il ne faut plus penser à lui. Venons donc à M. de Sérent ; il est brave, entreprenant... Vous dites qu'il aime Mlle de Rochecombe ?

— Oui, monsieur.

— Et, de son côté, la jeune fille a-t-elle renoncé à une affection, que vous aviez vous-même autorisée, je crois ?

— Dans notre famille, monsieur, le devoir prime toute autre considération, et ma fille est trop bonne royaliste...

Cormatin réprima un sourire.

— Vous avez raison, mon cher comte, et je ne sais où je prenais ces idées. Donc, puisque tel est votre avis, je donnerai à M. de Sérent le commandement des troupes à diriger sur Grandchamps et Auray...

— Et me sera-t-il permis d'espérer, dit humblement le comte, que vous voudrez bien mander au roi le dévouement dont toute ma famille est animée pour la cause de Sa Majesté ?

— Le roi saura tout, répondit Cormatin d'un air protecteur.

Instinctivement l'agent de M. de Puisaye professait un certain mépris pour ce gentilhomme si arrogant avec ses inférieurs et même ses égaux, si rampant devant quiconque pouvait servir ses projets ambitieux.

— Je serais heureux, reprit M. de Rochecombe, d'être le premier à annoncer à mon futur gendre cette haute faveur.

Cormatin s'approcha d'un guéridon sur lequel étaient posés un encrier et quelques feuilles de papier. Il traça rapidement quelques lignes et apposa son cachet sur le brevet qui élevait M. de Sérent à de nouvelles fonctions.

— M. de Sérent est sans doute auprès de ces dames ? demanda-t-il.

— Oui, général.

— Savez-vous, reprit Cormatin, que Mme de Rochecombe est une véritable amazone ? Lors de notre dernière échauffourée avec les Bleus, elle n'a pas quitté une minute le lieu du combat. On eût dit une châtelaine du moyen âge présidant une passe d'armes.

Le comte s'inclina.

— Du reste, Mlle Jeanne a soigné de son côté nos blessés avec un zèle charitable et non moins courageux.

— Vous comblez ces dames, général. Je leur porterai vos excellentes paroles ; elles seront pour elles le plus doux encouragement.

D'un geste bienveillant Cormatin prit congé du comte, qui sortit gonflé de joie et d'orgueil.

Depuis qu'on avait, en apparence, abandonné le château de Rochecombe, qui servait toujours aux conciliabules secrets de la noblesse des environs, la comtesse et sa fille avaient élu domicile dans l'ex-presbytère, confié à la garde d'une vieille tenancière des Rochecombe.

Là, dans une chambre du premier et unique étage, sorte d'oratoire aux murs nus et sévères, M. de Sérent et la comtesse s'entretenaient à voix basse, tandis que Viviane regardait au dehors.

Que regardait la jeune fille ? Était-ce la vieille église dont le massif clocher se détachait sur le ciel ? Était-ce l'humble cimetière dont les tombes gazonnées étaient envahies par l'exubérance des plantes sauvages ?

Non ; son œil sans regard entrevoyait l'avenir rempli de menaces et cherchait le passé si plein d'espérances.

Elle n'avait pas revu Kervignac depuis la nuit où leurs mains s'étaient unies dans celles de l'abbé Tréguier.

Elle n'avait pas su le résultat de l'entrevue du prêtre avec sa mère, preuve que ce dernier n'avait pu vaincre l'orgueilleuse volonté de la comtesse.

Et, pourtant, quelque chose lui disait de ne pas désespérer. Un secret pressentiment l'avertissait que le lien qui l'unissait au chevalier ne serait pas rompu par un calcul d'ambition, et l'espoir renaissait en son cœur désolé.

Qu'était M. de Sérent devenu, de par la volonté de son père, le rival de Raoul ?

Le vicomte appartenait à une noble famille angevine, ruinée, comme tant d'autres, dans les spéculations de l'Ecossais Law.

Son vieux manoir branlant, entouré de quelques arpents de terres incultes, était tout ce qui lui restait de son antique splendeur, et le jeune homme, ambitieux, avide de plaisirs, s'était bien juré de redorer, comme on dit, son blason par une riche alliance.

Il n'y avait à cette époque, pour un homme jeune, intelligent et ruiné, que deux partis à prendre : ou se jeter dans le courant des idées nouvelles, ou vendre au prétendant son épée et fomenter la discorde au sein de la patrie.

Nous devons rendre au vicomte cette justice qu'il n'avait pas hésité un moment. Enfourchant la seule rosse qui restât dans ses écuries, il était parti pour la Bretagne, comme un autre d'Artagnan, prêt à tout pour réussir, mais ayant de moins que le héros gascon le grand cœur et l'amour de la France.

Présenté à M. de Puisaye, sa bonne tournure, son élégance naturelle séduisirent le général royaliste et il eut, dès le début, le bonheur inespéré d'être choisi pour porter des dépêches de Vérone, où se trouvait le prétendant, en Angleterre.

Louis XVIII avait, de son côté, très bien reçu le jeune messager, en avait fait par lettre compliment à M. de Puisaye et il n'en avait pas fallu davantage pour que du jour au lendemain le châtelain ruiné fût porté au comble de la faveur.

Ce sont ces circonstances portées à la connaissance du comte par Cormatin, qui l'avaient décidé à donner la main de Jeanne à celui que le roi avait ainsi distingué.

Le comte voyait déjà son futur gendre aux Tuileries, l'appuyant de sa faveur à la cour. Il était riche et par conséquent le vicomte de Sérent pourrait faire figure ; ce serait entre le père et l'époux de Jeanne un échange de bons procédés pour gravir l'échelle des honneurs et de la fortune.

De la pauvre enfant, il n'était seulement pas question. Convaincu de son autorité sans bornes sur tout ce qui l'entourait, M. de Rochecombe considérait sa fille comme une chose à lui appartenant, et dont il pouvait disposer à son gré. Jeanne devait servir de marchepied à son aveugle ambition, dût-il, pour s'élever plus haut, lui briser le cœur.

Quant à M. de Sérent, en véritable sceptique qu'il était, il s'inquiétait peu des regrets amoureux de sa fiancée, dont il n'ignorait pas l'engagement antérieur. Il se disait qu'après tout, il était assez bien fait de sa personne pour qu'on ne pleurât point trop de lui appartenir. Il avait aimé aussi, on l'avait quitté ; il n'en était pas mort, et il pensait qu'il en devait toujours être ainsi.

En homme bien élevé, il avait le tact de ne pas fatiguer Jeanne de ses obsessions, ayant pour principes que tout vient à point à qui sait attendre, qu'il ne faut pas brusquer les choses en amour, et persuadé que la jeune fille serait forcée de se rendre d'elle-même à ses rares mérites.

Au reste, il lui était assez indifférent que cette justice lui fût rendue. Il avait la parole du comte, l'appui de madame de Rochecombe ; quoi qu'il arrivât, il aurait la dot et la fille.

Pauvre Jeanne ! Voilà ce que pensent ceux qui t'entourent, tandis que toi, appuyée à la fenêtre du presbytère, tu écoutes tes souvenirs chantant tout bas dans ton cœur !

Le vicomte, nous l'avons dit, était engagé dans une conversation intime avec Mme de Rochecombe, entretien qui devait être des plus intéressants, à en juger par le peu d'attention que la mère et le fiancé portaient à la triste Jeanne.

Quel plus grand service, d'ailleurs, pouvait-on lui rendre que de la laisser tout entière à ses pensées !

Tout à coup, M. de Rochecombe entra.

Il était rayonnant en quittant Cormatin.

Jeanne tourna la tête ; elle vit son père et s'avança vers lui.

Mais le comte, tout à ses préoccupations, se hâta de couper court aux épanchements de famille par la communication des graves nouvelles qu'il apportait.

— Vive Dieu ! mon cher ami, dit-il en serrant les mains du jeune homme, je suis fier et presque jaloux de vous.

Malgré votre jeunesse, la faveur de M. Cormatin vous assigne un poste qu'enviera ent de vieux serviteurs du roi.

M. de Rochecombe ne cachait guère le rôle que la faveur jouait en tout ceci. Et de fait, la faveur n'était-elle pas tout alors ? ne tenait-elle pas lieu de talent, d'honneur et même de naissance ?

— Je sais, continua le comte, que vous êtes digne de la mission qui vous est confiée, et que vous serez à la hauteur de votre tâche.

M. de Sérent, en quelques paroles bien senties, confirma la bonne opinion que son futur beau-père avait de lui.

— Eh bien, dit le comte en s'adressant à sa fille, ne féliciterez-vous pas M. de Sérent de la marque éclatante de confiance dont il est l'objet ?

— Mon père...

— C'est notre avenir à tous qui se décide en ce moment, continua M. de Rochecombe avec enthousiasme. M. de Sérent, par le renom qui va s'attacher à ses armes, s'assurera la faveur du roi, et quelles destinées alors seront trop hautes pour lui !

— Ah ! fit le vicomte avec un élan parfaitement joué, je serai trop heureux de les partager avec ceux auxquels je devrai le bonheur de ma vie.

M. de Rochecombe le remercia d'un regard, qui semblait dire : C'est bien comme cela que je l'entends.

Jeanne avait bien senti l'allusion qui la touchait mais tout à coup son attention fut distraite et on la vit tressaillir.

Une voix bien connue d'elle venait de retentir sur la place du village, voix pure et fraîche chantant un refrain breton :

Yvonne, Yvonne,
N'entends tu pas là-bas, là-bas ?
C'est l'air de la Bretagne,
La chanson du pays !

— Je connais cette voix, dit Mme de Rochecombe en prêtant l'oreille.

— C'est Yvonne, répondit Jeanne.

— La fille du père Blandin ? que fait-elle ici ?

— Vous me permettez de l'appeler ?

Et sans attendre la réponse, Jeanne ouvrit la fenêtre.

— Attendez ; un domestique va l'introduire à l'office, dit Mme de Rochecombe, qui n'oubliait jamais les règles de l'étiquette.

La comtesse sonna.

— Faites entrer la jeune fille qui est là, sur la place, commanda-t-elle au domestique, et demandez-lui si elle a quelque communication à nous faire.

Le domestique sortit et revint presque aussitôt.

— Cette jeune fille, dit-il, passant par Brech, demande seulement l'autorisation de voir sa sœur de lait.

Cette appellation familière sonna mal aux oreilles de la vaniteuse comtesse. Elle était cependant justifiée, car Mme de Rochecombe, se souciant peu des devoirs de la maternité, avait confié sa fille à la mère d'Yvonne, qui avait nourri du même lait la petite paysanne et la descendante des Rochecombe.

— Vous permettez que je l'aille voir ? demanda Jeanne à sa mère.

La comtesse fit un geste de dédaigneux acquiescement.

Jeanne n'en attendait pas davantage.

Il était évident que la visite d'Yvonne ne la surprenait pas, qu'elle l'attendait même, car elle descendit précipitamment l'escalier de l'office.

En arrivant auprès de la jeune fille, elle l'embrassa avec effusion.

— Oh ! comme je t'attendais !

— Pas pour moi, fit Yvonne d'un ton malin.

— Méchante ! Viens.

Et Jeanne l'entraîna dans le fond du jardin, derrière un massif qui les dérobait à la vue des habitants du presbytère.

— Eh bien ? demanda Jeanne.

— Un instant donc, fit Yvonne en riant, que je me rappelle ma leçon.

— Tu me fais mourir.

— Allons ; je l'ai vu, il va bien ; il a confiance, il vous adore. Là, êtes-vous contente ?

— Chère petite sœur ! fit Jeanne en l'attirant à elle.

— Oh ! comme vous êtes impatiente de prendre le baiser que je vous apporte !

— Yvonne...

— Pourquoi vous en défendre ? c'est bien naturel ; il n'y a pas de quoi rougir.

— Mais où est-il? Que fait-il? demanda Jeanne ivre de joie.

— Ah, ça, c'est toute une histoire. Il est avec l'abbé Tréguier. Ils se sont donné une mission dangereuse, mais bien belle tout de même. A eux deux, ils surveillent les chouans pour les empêcher de commettre des abominations, et protéger les pauvres gens contre ceux qui attaquent les chaumières et dévalisent les voyageurs. Il y a de l'ouvrage, allez. On ne parle que d'eux dans le pays.

Le visage de Jeanne exprima l'effroi.

— Ah! n'ayez peur, allez. M. l'abbé est si fort et M. de Kervignac si courageux! Ils ne craignent personne. Les coquins n'osent pas s'attaquer à eux.

Jeanne parut fière de ce naïf éloge.

— Mais où est-il? demanda-t-elle.

— Ça, c'est autre chose. Que dirait ma petite sœur si ce soir, vers dix heures, une personne qu'elle connaît bien venait l'attendre derrière le mur du cimetière?

— Yvonne, que dis-tu là? fit la jeune fille effrayée.

— Rien d'effrayant; je vous conduirai.

— Je n'oserai jamais. D'abord, comment sortir d'ici?

— Là n'est pas le difficile, répondit Yvonne.

Et les deux jeunes filles continuèrent à s'entretenir si bas que le souffle du zéphir couvrait leur chuchotement.

XIV

Le duel.

Dix heures venaient de sonner à l'horloge de Pluvigner, et un observateur attentif eût pu voir un homme se glisser derrière le mur du cimetière.

Dans la maison du comte tout semblait immobile. Cependant, une gracieuse forme se détachait déjà du portail sombre, se dirigeant d'un pas craintif vers le terrain vague où se promenait l'inconnu.

Au coin du mur, une petite main saisit la sienne:

— Courage, lui dit Yvonne à voix basse; il est là!

Et les deux jeunes filles se prirent à courir vers le champ funèbre.

Au bout de leurs pas, le nocturne promeneur s'était arrêté. Yvonne, qui connaissait le chemin, entraînait Jeanne. Au détour du chemin, elle s'arrêta et s'effaça en souriant, pour laisser passer sa compagne.

Déjà Raoul, avec cette prescience que donne l'amour, s'était élancé au-devant de la jeune fille et pressait ses blanches mains qui tremblaient bien fort.

A ce moment, un nuage épais chassé par le vent semblait se faire le complice des deux amants en couvrant la lune d'un voile épais.

— Que je vous remercie, Jeanne, d'être venue! J'avais besoin de vous voir pour reprendre courage. Pardonnez-moi, mais, après ce qui s'est passé entre nous, je me croyais le droit de réclamer de vous ce bonheur.

— Eh bien, fit Jeanne en se penchant vers lui, ne suis-je pas venue?

— Vous êtes un ange, fit le chevalier. Ainsi, vous me pardonnez d'avoir résisté aux ordres de votre père?

— Raoul, il ne m'appartient pas de prononcer entre vous; mais ce que vous avez fait, il me semble que je l'aurais fait moi-même, et je ne vous en aime que davantage; car je sens ce qu'il vous a fallu de courage pour parler ainsi devant tous, surtout devant...

Jeanne s'arrêta embarrassée.

— Achevez, fit Raoul.

— Eh bien, devant le vicomte de Sérent. Vous n'ignorez pas qu'il a demandé ma main et que M. de Rochecombe, ma mère, elle-même, ont agréé sa demande.

Le chevalier de Kervignac fit un brusque mouvement.

— Rassurez-vous, fit Jeanne avec un tendre sourire; je me suis tue par respect, mais lorsque le moment décisif sera venu, je saurai parler à mon tour. Mais, ajouta-t-elle en baissant la voix, j'ai une autre nouvelle à vous annoncer.

— Laquelle?

— M. de Sérent est investi du commandement des troupes royales qui doivent opérer contre Auray.

— M. de Sérent?

— Oui. M. Cormatin l'a pris en subite affection, et il y a quelques heures à peine qu'il vient de lui confier ce poste.

Raoul resta silencieux.

— Cela vous inquiète? fit Jeanne ee lui prenant la main. Qu'avez-vous à craindre?

— Tout de lui, de votre père... De la gloire qu'il peut acquérir, de l'influence que ses succès lui donneront sur votre famille.

— Raoul, fit Jeanne d'un air grave, ai-je besoin de vous le répéter? M. de Sérent fût-il vainqueur, eût-il replacé le roi sur le trône de France, son nom fût-il dans toutes les bouches, que le cœur de Jeanne vous appartiendrait encore.

— Mais si votre père fait valoir son autorité?

— Je résisterai à mon père.

— Mais si le roi commande...?

— Les filles de mon rang ont un refuge contre l'autorité paternelle, contre celle du roi.

— Que voulez-vous dire?

— Je veux dire que si je ne puis être votre femme, j'entrerai dans un cloître. C'est notre suicide à nous autres.

— Pauvre chère enfant!

— Non, car mon amour pour vous me donnera le courage nécessaire pour tout supporter.

Raoul sentit les larmes lui monter aux yeux, des larmes de joie et de reconnaissance. Jeanne, qui s'était inclinée vers lui, cachait sa tête dans la poitrine du jeune homme.

Tout à coup, il fit un mouvement et porta la main à son front.

— Qu'avez-vous? demanda Jeanne.

— J'allais oublier une commission dont l'abbé Trégnier m'a chargé pour vous.

— L'abbé?

— Oui, j'ignore quel intérêt il peut y avoir à vous adresser cette question, mais il m'a prié de vous demander si vous portez toujours au cou un petit médaillon.

— En effet, il est caché sous mes vêtements.

— Ne contient-il pas la moitié d'un anneau d'or sur lequel sont gravées ces lettres : G. R. ?

— Oui.

— Eh bien, en cas de danger grave, pressent, a dit l'abbé, si Jeanne ne peut correspondre avec moi, qu'elle détache ce médaillon de son cou, et me le fasse parvenir sans perdre une minute.

— Quelle idée...

— Il y a encore une autre recommandation. Si, par hasard, Jeanne apprend qu'une femme républicaine est tombée au pouvoir des chouans, qu'elle demande à la voir avant son exécution et qu'elle lui montre son médaillon.

— Je ne comprends pas.

— Moi non plus, mais l'abbé Tréguier a seulement ajouté qu'en vous demandant d'agir ainsi, il veut épargner à votre mère un crime ou un remords.

— J'obéirai, fit vivement la jeune fille.

— Donc, en cas de danger imminent, vous envoyez à l'abbé votre médaillon.

— Oui.

— Et si quelque femme républicaine est arrêtée par les vôtres...

— Je demanderai à la voir et lui montrerai mon médaillon.

— Parfaitement.

Au même moment, Yvonne se rapprocha vivement des deux amants.

— Silence, dit-elle d'une voix tremblante, j'entends des pas, et il m'a semblé voir se glisser une ombre.

Le temps semble court aux amoureux, il y avait plus d'une heure qu'ils causaient ensemble.

— A bientôt donc, fit Jeanne en tendant son front au jeune homme qui y déposa un baiser.

— A bientôt! répéta-t-il.

Et suivie d'Yvonne, elle s'enfuit à la faveur de la nuit.

Raoul pensif regardait les deux ombres se confondre avec les ténèbres.

Tout à coup, une main se posa sur son bras. Il se retourna brusquement et se trouva en face du vicomte de Sérent

— Monsieur, lui dit le gentilhomme, à qui parliez-vous?

— Monsieur, répondit Raoul, vous êtes bien curieux.

— Soit, reprit le vicomte; eh bien, puisque vous refusez de dire quelle était cette personne, je vais vous la nommer.

— Preuve que la question était inutile.

— 45 —

— Fort bien. Nous nous entendons à demi-mot. Alors, monsieur le chevalier, vous ne trouverez pas extraordinaire que, trouvant M. de Kervignac seul avec ma fiancée à cette heure avancée, en pleine campagne, je lui en demande raison ?

— Il y a interversion des rôles, mais j'accepte la situation.

— Ainsi, vous vous battrez ?

— A votre heure.

— A l'instant et ici même !

— Soit ! j'allais vous l'offrir.

Et Raoul tira son épée.

Le vicomte l'imita.

Malgré son impassibilité apparente, le chevalier de Kervignac était fort ému ; non qu'il ressentît la moindre crainte, mais il savait que, dans ce duel, ce n'était pas seulement sa vie qui était en jeu, mais le sort de Jeanne. Que deviendrait-elle s'il était tué ? Et s'il sortait vainqueur de ce combat nocturne et sans témoin, ne l'accuserait-on point d'avoir traîtreusement assassiné son rival ?

Malgré la rage sourde qui l'étreignait, il était bien résolu à se défendre seulement et à profiter d'un moment favorable pour mettre son adversaire hors de combat, sans le tuer.

Quant au vicomte, confiant dans sa force redoutable dans l'art de l'escrime, il était parfaitement calme et ne pensait qu'à tuer Raoul pour se débarrasser d'un obstacle qui le gênait.

Les deux hommes tombèrent en garde.

A peine les épées s'étaient-elles touchées, que le vicomte de Sérent se fendit à fond d'un mouvement si rapide, que Raoul eût été tué indubitablement, s'il n'eût fait une légère retraite du corps en même temps que sa lame arrivait à la parade avec une merveilleuse précision.

Le vicomte se remit lestement en garde ; désormais il savait qu'il avait affaire à un adversaire digne de lui. Il se tint sur la défensive.

Ce fut au tour de Raoul d'attaquer. Il procéda par une série de coupés, dirigés avec une vertigineuse rapidité, mais parés par l'épée du vicomte avec une vitesse et une précision égales à celles de l'attaque.

Quelques minutes s'écoulèrent dans ces alternatives d'attaques et de ripostes. A la fin, les deux adversaires se sentirent fatigués, et d'un commun accord baissèrent la pointe de leur épée vers la terre.

— Mordieu, monsieur, fit le vicomte, vous parez admirablement.

Raoul s'inclina.

— Seriez-vous élève de ce coquin de Gervais ?

— Je n'ai encore tiré qu'en province.

— A l'école de Rennes, sans doute ?

— Précisément.

— On y fait, paraît-il, de jolis tireurs.

— Vous plaît-il de recommencer ?

— A vos ordres.

Et les deux épées se rencontrèrent de nouveau. Cette fois, les deux jeunes gens, sentant bien qu'il fallait en finir, se chargèrent avec impétuosité. On n'entendait dans le silence de la nuit que le froissement des épées s'entrechoquant avec un bruit sec et terrible.

Raoul, plus vigoureux que le vicomte, le pressait vivement. Pour la première fois son adversaire rompit. Le jeune homme sentait son épée revenir plus mollement à la parade ; il jugea le moment décisif. Profitant d'une fausse attaque de M. de Sérent, il renvoya son épée d'un vigoureux froissement et se fendit à fond.

Mais à peine son épée eût-elle effleuré le bras du vicomte qu'elle fut écartée par un solide coup de canne et qu'un troisième personnage se présenta inopinément.

— Eh bien, messieurs, que signifie ce scandale ?

Cormatin, car c'était lui, qui rôdait accompagné à distance par quelques chouans, venait de sauver l'aide de camp de Boishardy.

Les deux jeunes gens restaient interdits.

— Quoi, messieurs, reprit Cormatin, du ton arrogant d'un général d'armée, c'est ainsi que vous risquez votre vie lorsque le roi peut demain la réclamer ! Je ne parle pas pour vous, monsieur, fit Cormatin en se tournant dédaigneusement vers le chevalier de Kervignac ; mais vous, monsieur de Sérent, investi par notre confiance d'un commandement supérieur, vous qui pouvez, d'un moment à l'autre, être appelé à marcher contre l'ennemi, vous vous oubliez dans des querelles particulières !

M. de Sérent baissait la tête.

— J'ai eu tort, dit-il d'un air confus.

— J'accepte vos regrets, monsieur, fit Cormatin d'un air digne. Rengaînez votre épée, et ne la tirez plus que pour le service de la cause royale.

Les deux jeunes gens remirent leur épée au fourreau, et Raoul, pivotant sur ses talons, s'éloigna après un salut fort sec adressé aux deux royalistes.

— Oh! je te retrouverai! murmura le vicomte en lui jetant un haineux regard ; et, tout humble, il suivit Cormatin.

XV

Les Chauffeurs.

La grande route, qui mène de Vannes à Pontivy, se dirigeant au nord-ouest, traverse de vastes landes, dites les Landes de Lauvaux, terre pauvre et stérile, à peine plantée aujourd'hui de blé noir et de seigle, et occupée en grande partie, à l'époque où se passe notre récit, par la bruyère et l'ajonc. A égale distance à peu près de Vannes et d'Auray, se trouve un hameau, celui de Locmaria, composé alors de quelques chaumières bâties, non point au hasard, mais dans les endroits où la couche de terre végétale, un peu plus épaisse, promettait au laboureur, en échange d'un travail incessant, une maigre moisson.

Entre ces chaumières, non loin d'un ruisselet si pauvre que les cartes de Cassini ont dédaigné de lui donner un nom, s'élevait une petite habitation complètement isolée, couverte de chaume, à la mode du pays de Bretagne et enclose d'une haie d'ajoncs.

On la nommait la Closerie des Genêts, nom commun à beaucoup d'habitations de cette nature.

Le propriétaire, Jean Kéroarst, avait pour sobriquet le Patriote, parce que, père de trois beaux garçons, il les avait envoyés tous trois combattre l'étranger qui envahissait la patrie. Le père Jean

était resté seul dans sa triste maison avec une vieille tante qu'il avait recueillie chez lui pour qu'elle ne mourût pas de faim, une fille de basse-cour et un valet d'écurie nouvellement entré à son service, un jour qu'il l'avait trouvé sur le revers d'un fossé en train de trépasser faute de nourriture.

Le père Jean était très charitable et sa main était ouverte à quiconque réclamait son secours. Il ne savait point refuser et donnait à tout venant, pensant à part lui que cela porterait bonheur à ses gars.

C'est ainsi qu'il avait ramassé son nouveau serviteur, un soir qu'il venait de travailler aux champs. Il était à peu près de l'âge de ses fils, et bien qu'il ne le connût point, au lieu de lui faire l'aumône d'un morceau de pain et de quelques sous, comme il avait accoutumé de faire avec les autres, il l'avait emmené à la Closerie, vêtu de bons habits appartenant à son aîné et, de suite, admis à la table.

Le garçon avait paru très reconnaissant. Il était sobre, dur à l'ouvrage et semblait très heureux de sa nouvelle condition.

Jamais il ne se couchait sans avoir fait autour de la Closerie sa tournée nocturne, car le pays était peu sûr alors, et des bandes de pillards battaient la contrée.

C'était probablement pour veiller à la sécurité de l'habitation qu'il rôdait cette nuit-là autour de la Closerie, rasant la haie et jetant de tous côtés un coup d'œil investigateur.

Deux heures avaient sonné qu'il était encore aux aguets. Sans doute une raison puissante avait éveillé sa curiosité, car il se pencha tout à coup et fit entendre très-doucement, mais distinctement ce sinistre chant de la chouette, signe de ralliement des chouans.

Le même cri lui répondit.

Puis des formes confuses apparurent bientôt, rampant le long des haies et se dirigeant silencieusement vers la barrière de clôture.

— Bon, Alain, tu es à ton poste, fit une voix à son oreille; on t'en tiendra compte.

— Merci, fit Alain.

Celui qui venait de parler s'appelait Kéno; c'était des lieutenants de l'hon-

nête Bras-de-Fer. Six gaillards déterminés l'accompagnaient.

— Ouvre-nous, fit Kéno.

Le jeune homme, comme s'il n'eût
attendu que cette invitation, fit doucement glisser la barre de bois qui re-
tenait la barrière et la fit tourner ensuite sur ses gonds, préalablement en-
duits de graisse.

Les sept hommes entrèrent dans
l'enclos, précédés par Alain, qui ouvrit
non moins silencieusement la porte de
la maison.

Tous entrèrent dans la première
chambre.

Les habitants dormaient, à l'exception de la vieille tante, qui, ayant entendu du bruit, s'était levée sur son séant.

Et quand Kéno dirigea vivement sur
elle le rayon d'une lanterne de voleur,
il vit sa bouche ouverte, d'où essayaient
de sortir des sons inarticulés et ses
yeux démesurément dilatés par la
frayeur.

Le vieux Jean fit entendre un appel :

— Hé! qu'y a-t-il.

Sur un signe de Kéno, les six bandits
se précipitèrent sur les deux vieillards,
qui, en moins de temps qu'il ne faut
pour l'écrire, furent saisis, liés, bâillon-
nés et mis dans l'impossibilité de faire
le moindre mouvement.

Alain regardait en riant. Cette scène
l'amusait.

— Qu'on apporte la fille, commanda
Kéno.

En un instant, la pauvre servante, à
peine réveillée, fut jetée à côté de ses
maîtres.

Jean Keroarst était très pâle. Il avait
compris du premier coup à quels bandits il avait affaire, et savait qu'il n'y
avait pas de quartier à espérer d'eux. Il
tourna les yeux vers la vieille tante qui
râlait sous l'étreinte du bâillon; puis
son regard se reporta vers la servante.
La pauvre fille avait perdu connaissance.

Quant à Kéno, il ne s'occupait qu'à
chercher des victuailles pour lui et ses
hommes, et Alain, très au fait des ha-
bitudes de la maison, l'aidait dans sa
recherche.

Des galettes de sarrazin, un quartier de viande froide, du lard et d'autres menues provisions formaient un en-
cas assez présentable. Bientôt Alain, qui

s'était éclipsé, reparut avec un immense
pot de cidre écumant, et quelques bouteilles poudreuses que le patriote gardait pour le retour des gars.

Les bandits s'attablèrent pendant
que leurs victimes faisaient d'instinctifs efforts pour se débarrasser des en-
traves qui leur déchiraient la peau.

La vieille tante surtout faisait d'af-
freuses contorsions. Ses mouvements
attirèrent l'attention de Kéno.

— Ah çà! vieille charogne, fit-il en
lui allongeant un maître coup de pied
dans les reins, vas-tu nous laisser manger tranquilles?

— Au moins, dit un des brigands, le
vieux se tient tranquille, il est conve-
nable.

— Et la servante?

— Oh! elle fait la carpe.

Kéno la regarda d'un air cynique.

— Elle n'est pas mal, cette fille, dit-
il; tout à l'heure on s'amusera.

Cette idée provoqua de la part d'A-
lain un rire énorme.

— Tiens, fit Kéno, il est encore là,
cet affreux merle. Veux-tu bien te sauver, guetter le chef; tu nous avertiras
quand il viendra.

Le jeune gueux obéit à regret; il eût
aimé s'amuser avec les autres.

Au moment de refermer la porte, il
se retourna :

— Dites donc, fit-il, ne les chauffez
pas sans moi.

Puis il sortit.

— Il va bien, le petit! fit un des bandits, la bouche pleine.

— A boire, cré nom! j'étouffe, fit un
autre.

— Eh! fit Kéno, dites donc, ne vous
dépêchez pas tant; nous avons encore
une bonne heure avant de nous mettre
à l'ouvrage.

— Alors, qu'est-ce que nous allons
faire? demanda un chouan.

— Nous attendrons le chef.

— Ah ben! c'est amusant, fit l'autre.

— Silence, fit tout à coup Kéno, j'entends du bruit.

— Mais non, c'est le vent.

— Si l'on jouait la servante?

— C'est pas la peine, tout le monde
l'aura.

— Au premier?

— Ça y est, commençons.

La malheureuse fille, blême d'horreur, contemplait les bandits dont elle allait être la proie.

La partie commença.

Tout à coup on entendit, par deux fois, le hululement de la chouette.

— Cette fois, c'est le chef, cria Kéno; silence. Eteignez tout.

Les bandits éteignirent avec leurs doigts les chandelles fumeuses qui éclairaient cette scène.

Kéno avait entr'ouvert la porte.

Alain revenait en effet, accompagné d'un personnage qui n'était autre que Bras-de-Fer.

Le chef entra, et, aux premières lueurs de l'aube qui blanchissait les vitres, il contempla le hideux spectacle.

Les malheureuses victimes étaient étendues dans un coin. Les deux femmes livides d'horreur. Quant à Jean Keroarst, il avait repris son sang-froid et prêtait l'oreille aux bruits du dehors. Peut-être espérait-il quelque secours inattendu.

On ralluma les chandelles.

— Allons, on a bien travaillé, fit Bras-de-Fer.

— Vous êtes content, chef? demanda Kéno d'un ton obséquieux.

— Ma foi, oui, vous êtes de vrais gars, des chouans solides; allez, vous serez contents.

Puis, considérant les deux vieillards;

— En voilà qui ne nous donneront guère d'agrément, ça tournera l'œil du premier coup.

— Oh! dit Kéno, il y a moyen de les faire durer.

— Allons, nous allons voir cela. Allume du feu, commanda-t-il à Alain.

Celui-ci bondit de joie.

— On va chauffer! on va chauffer! répétait-il en sautant de joie.

Bras-de-Fer profita du mouvement que se donnaient les chouans pour hâter les préparatifs de l'horrible torture et attira Kéno dans un coin de la chambre.

— Maintenant, lui dit-il, il est nécessaire que je t'explique pourquoi nous sommes ici. Tu te doutes bien que je ne me suis pas dérangé pour le seul plaisir de rôtir deux vieilles bêtes, qui n'ont peut-être pas vingt écus chez eux.

— Alors? fit Kéno.

— Attends donc. Tu sais que je me fie à toi, et la preuve, c'est que je t'ai conté toute l'affaire de l'espion et que je t'ai promis une bonne part. Mais pour cela il faut se dépêcher. La chance peut tourner contre nous, les Bleus peuvent avoir le dessus, et alors adieu le magot, il faudra déguerpir et ce n'est pas Cormatin qui nous dédommagera.

— Eh bien? demanda Kéno.

— Eh bien, il faut penser à faire nos affaires avant celles des autres.

— C'est bien mon avis.

— Tu sais que j'ai pris l'engagement de livrer Louise Bernard vivante à Pierre Guerno?

— Oui.

— Dans quelques instants, elle va passer ici avec sa petite troupe.

— Alors, on va s'égailler dans la lande, derrière les haies, et les canarder tous...

— Pas du tout; un coup de maladroit peut tuer la fille, et je l'ai promise vivante.

— Alors, que faut-il faire?

— Tu vas rentrer dans la baraque et me chauffer les vieux vigoureusement.

— Ça, c'est facile.

— Il faut qu'ils gueulent, qu'on les entende d'une demi-lieue.

— Bon.

— Pendant ce temps-là, nous allons mettre le feu à la grange.

— Très bien.

— Qu'est-ce qui va arriver?

— Ah! dam, je ne sais pas.

— Bête! la fille Bernard va rappliquer ici, comme une mouche dans une lanterne.

— Bravo!

— Je me charge des hommes, nous les tuerons à bout portant. Toi, avec deux gars solides, empoigne la demoiselle.

— Parfaitement.

— C'est compris?

— Parbleu!

— Maintenant, occupe-toi des vieux.

— C'est entendu.

— A mon signal, fais-les crier comme des orfraies.

— Sois tranquille, ça me connaît.

Kéno rentra dans la chambre en

même temps que Bras-de-Fer allait guetter la troupe de Louise Bernard.

Un moment après, la jeune fille et ses amis paraissaient à l'extrémité du chemin.

Bras-de-Fer tira un coup de pistolet. En même temps, une colonne de flammes s'éleva de la grange et l'on entendit des cris horribles.

— Entendez-vous, s'écria Louise, ce sont les brigands; sus aux chouans, mes gars !

Et la petite troupe se précipita vers la chaumière.

XVI

La poursuite.

La carabine au poing, les hommes de Bras-de-Fer s'aplatissaient derrière la haie de clôture de la Closerie, retenant leur souffle, prêts à faire feu au premier signal, pendant que les deux brigands restés dans la chaumière s'acharnaient après leurs malheureuses victimes.

La troupe de Louise Bernard s'abattit comme une trombe sur la barrière, qui fut renversée sous l'effort puissant de cette irruption.

En même temps, au commandement de feu donné par Kéno, plusieurs coups de feu éclatèrent.

Deux hommes tombèrent : un garçon d'Auray, puis Marcel Rey, qui, frappé d'une balle en plein front, tomba comme une masse.

Emportée par son ardeur, Louise, suivie de deux de ses fidèles, avait pénétré dans la chaumière, en même temps que les deux tortureurs sautaient par la fenêtre entr'ouverte.

En moins de temps qu'il ne faut pour l'écrire, les deux vieillards et la servante avaient été retirés du feu où rôtissaient leurs pauvres jambes, déliés et transportés sur leur lits.

Ce n'étaient plus que trois cadavres inertes.

Au même instant, Petit-Jean, s'aidant des pieds et des mains, sauta dans la chambre :

— Alerte! fit-il d'une voix étranglée, c'est un piége; nous sommes tous pris au traquenard.

— Que dis-tu? fit Louise, les narines frémissantes.

— Je dis que nos hommes ont affaire à plus fort qu'eux, les uns s'égaillent et les autres sont à bas; suivez-moi ou vous tombez dans les mains de Bras-de-Fer.

— Ah! je le verrai donc enfin! s'écria Louise, belle de fureur.

— Oui, mam'selle, trop tôt pour vous; écoutez-moi, suivez-moi.

L'enfant accompagna cette supplication d'une pantomime si expressive, que Louise, tout affolée qu'elle fût par l'ivresse de la bataille, comprit qu'il se passait quelque chose d'extraordinaire.

— Allons, fit-elle, après un dernier regard aux trois cadavres, puisqu'il n'y a plus rien à faire ici, partons.

Et suivie des deux volontaires, elle se dirigea vers la porte. — Non-dà; pas par là, fit Petit-Jean. Vous, dit-il aux deux hommes, par la fenêtre et sus aux deux chouans. Quant à vous, mam'selle, faites comme moi.

Déjà l'intrépide gamin avait été quérir une échelle courte appendue à l'une des parois de la chambre, et de ses bras débiles, il l'avait dressée contre une ouverture pratiquée dans le grenier.

Il s'y engagea résolûment et Louise, ayant rejeté sa carabine sur son épaule, le suivit sans hésitation.

Lorsque tous deux, en se courbant, furent entrés dans le grenier bourré de fagots, Petit-Jean laissa retomber la trappe qui bouchait l'entrée, après avoir préalablement tiré l'échelle à lui :

— Dépêchons, maintenant, fit-il à l'oreille de Louise.

Et laissant glisser l'échelle du côté opposé de la maison, tous deux dévalèrent par ce chemin improvisé dans une petite cour remplie de fumier, où grouillaient quelques volailles effarouchées.

Il était temps. Au même moment Bras-de-Fer, suivi de deux ou trois bandits, enfonçait la porte de la chambre.

— Partie! s'écria-t-il. Ils ne peuvent être loin. Ah! cette fenêtre.

Et, joignant l'action à la parole, le digne associé de Pierre Guerno s'élança par l'ouverture qu'il croyait avoir favorisé la fuite de sa victime.

Pendant ce temps, Petit-Jean avait contourné l'enclos, entraînant par la main la fille de Bernard, et tous deux étaient sortis de la Closerie.

Un cheval était là tout sellé, celui de Bras-de-Fer, broutant philosophiquement les ronces de la haie.

— A cheval, mam'selle, dit Petit-Jean, et droit sur Auray, à travers la lande. La bête est bonne, c'est un cheval de valeur.

— Mais Marcel? fit Louise.

— N'ayez garde, répondit l'enfant qui s'attendait à la question, il est sauf maintenant.

Confiante, et rassurée par cette réponse, Louise, grâce à son costume semi-masculin, enfourcha légèrement l'animal.

Pris au dépourvu, le cheval de Bras-de-Fer fit mine de se défendre.

— Attends, mauvais gars! fit Petit-Jean, et brisant une épine il en appliqua deux ou trois coups sur la croupe du bidet.

La douleur fut si vive que le cheval, après un soubresaut, partit ventre à terre.

C'est ce qu'attendait l'agile gamin, qui, d'un bond, tomba à califourchon derrière l'amazone, dont il entoura la taille de ses petits bras.

— Maintenant, mam'selle, au galop tout le temps. Lâchez la bride.

Les sabots du cheval résonnèrent en traversant la route.

L'oreille exercée de Bras-de-Fer ne s'y méprit point.

— Tonnerre! s'écria-t-il; ils se sauvent avec mon cheval!

— Bon! fit Kéno qui survenait; mais nous avons les nôtres.

— Où?

— Derrière l'enclos, à deux pas.

— Viens.

Et les deux hommes se précipitèrent.

En un instant, les chevaux furent bridés et les sangles resserrées. Les deux bandits sautèrent en selle.

On entendait encore le bruit des sabots du cheval qui emportait Louise, frappant d'un son cadencé le sol durci de la route.

— Route d'Auray! fit Bras-de-Fer, d'un ton bref.

Et les deux chevaux partirent comme l'éclair, pendant qu'on entendait au loin le crépitement de la fusillade.

C'étaient les compagnons de la jeune fille qui tiraillaient avec les chouans de Kéno.

Louise avait quelques centaines de mètres d'avance sur ceux qui la poursuivaient, et, ne se doutant pas du nouveau danger qui la menaçait, elle avait insensiblement ralenti l'allure de sa monture, qui montait doucement une petite côte.

Tout à coup Petit-Jean, qui s'était retourné et du regard embrassait la lande, entendit un bruit terrifiant.

C'était le galop des deux chevaux. Fouillant alors la campagne de ses yeux de lynx, il aperçut comme deux points noirs qui grandissaient les deux bandits.

— Hue! mam'selle, tapez la bête, nous sommes poursuivis.

Louise se retourna et vit le danger. Enlevant alors son cheval, et du geste et de la voix, elle repartit au triple galop.

Bras-de-Fer, qui ne quittait pas la fugitive de l'œil, enfonça ses éperons dans le ventre de sa monture, suivi par Kéno.

Alors commença une course folle, insensée. Coupant au plus court, sur l'indication de Petit-Jean, Louise, profitant du détour d'une route et d'un bouquet de bois qui la dérobait aux regards, s'était jetée dans un sentier qui traversait la lande.

Arrivé à cet endroit, Bras-de-Fer la chercha vainement de l'œil.

— Tonnerre de Brest! s'écria-t-il, où est-elle passée?

— Là, fit Kéno en lui montrant dans la plaine l'amazone à demi-cachée par les ajoncs.

Et la poursuite recommença terrible, acharnée.

— Nous l'aurons, nous l'aurons, murmurait Bras-de-Fer entre ses dents, mon cheval est déjà fatigué de ce matin et ceux-ci ne sont qu'à peine mouillés. Nous l'aurons, nous l'aurons, vivante!

Et le bandit voyait scintiller devant lui l'or du caveau de Brech.

En effet, épuisé par ce nouvel effort, le cheval que montait Louise commençait à souffler bruyamment, deux ou trois fois il avait buté, mais, soutenu par la main de l'écuyère, il n'était point tombé.

Louise sentit cependant qu'il fallait le laisser souffler un instant, et ralentit son allure.

Pendant ce temps, les deux chouans gagnaient du terrain.

Petit-Jean, sans rien dire, avait armé deux gros pistolets d'arçon trouvés dans les fontes de Bras-de-Fer.

Lorsque Bras-de-Fer fut à portée, il l'ajusta soigneusement et fit feu.

On vit le bandit chanceler.

La balle s'était plantée dans l'épaule gauche.

Un second coup de feu du gamin enleva le bonnet de Kéno.

— Petite vipère, hurla celui-ci, attends, je vais te faire ton affaire.

Et déjà il l'ajustait.

— Arrête, tu pourrais la tuer, fit Bras-de-Fer.

Pendant ce temps, le cheval de Louise avait repris un galop désespéré.

Mais on sentait que c'était le dernier effort de la courageuse bête. Son corps était blanc d'écume, ses jambes tremblaient et de ses naseaux sortait un souffle rauque et précipité. Un caillou le fit buter, et monture et cavaliers roulèrent dans la poussière.

Louise et Petit-Jean se relevèrent, décidés à vendre chèrement leur vie.

Les deux bandits se précipitèrent sur eux. Kéno, d'un coup savant du long fouet qu'il portait habituellement, avait enveloppé les deux bras de Louise, et, se jetant sur elle, essayait de la lier, tandis que Bras-de-Fer, de son bras valide, avait saisi Petit-Jean, qui ruait et mordait comme un poulain furieux.

Déjà Louise, presque entièrement garrottée, n'opposait plus que ses cris au ravisseur qui l'entraînait, lorsque deux nouveaux acteurs bondirent sur le théâtre du rapt.

C'était Kervignac, l'épée au vent, l'œil étincelant, et l'abbé Tréguier faisant avec son bâton un terrible moulinet.

— Canailles ! cria le chevalier.

Terrifiés à cette vue, les deux bandits s'élancèrent sur leurs chevaux, tournèrent bride et reprirent le chemin de Locmaria pour rallier leurs hommes, tandis que Petit-Jean, avec l'insouciance du gamin français, courait après eux en faisant mille contorsions grotesques.

L'abbé s'était empressé de délivrer Louise des liens qui l'étreignaient.

Le cheval de Bras-de-Fer, relevé par les soins du chevalier, reçut de nouveau la jeune fille et la petite troupe se dirigea vers Auray.

XVII

Le Paris de l'an III

Le Paris de l'année 1795 ressemblait aussi peu au Paris révolutionnaire que le Paris actuel ne ressemble à ce dernier. La réaction thermidorienne avait été sur le pavé de la grande ville toute une population d'émigrés revenus pour se faire rayer des listes et réclamer leurs biens, par le crédit de quelque droitier bien pensant. La jeunesse *dorée*, comme on l'appelait alors, sortait des retraites où elle s'était cachée pour ne point payer de sa personne. La République n'avait pas de pires ennemis que ces jeunes gens habitués des tripots et des maisons de jeu fermés par elle, et qui ne pouvaient lui pardonner d'avoir dérangé leurs calculs de fortune ou de plaisir. Ceux qui avaient pu échapper à la réquisition qui les envoyait aux frontières, soit en se cachant, soit en se faisant terroristes pour attraper des places, reparaissaient avec d'autant plus d'audace que Fréron s'était mis à leur tête. Les déserteurs, les suspects et les émigrés devinrent après le 9 thermidor une précieuse recrue à la jeunesse dorée.

A la suite de cette jeunesse oisive s'était rué le flot des brocanteurs, agioteurs et entremetteurs de toute sorte. L'abrogation des lois du maximum, en faisant subir aux assignats une dépréciation subite, avait amené une hausse considérable dans le prix de toutes les denrées et dans la valeur de l'or. D'où une spéculation effrénée. Les spéculateurs en recueillirent à vil prix pour acquérir des biens nationaux, tandis que pour les objets de première nécessité, le papier-monnaie n'avait plus aux mains des moins fortunés qu'une valeur dérisoire. Un assignat de vingt livres valait à peine une livre, et ce ne fut pas le cours le plus bas.

Il n'est pas besoin d'ajouter que cette mesure, qui allait jeter sur le gouvernement de la République un odieux discrédit, avait été prise par la majorité réactionnaire.

De là une gêne presque générale et l'obligation pour beaucoup de petits propriétaires de se défaire de leurs immeubles. Bientôt les murs de Paris disparurent sous les affiches de toutes couleurs et l'on vit les plus beaux hôtels se transformer en restaurants, en hôtels garnis, mais surtout en tripots. A tous les coins de Paris, s'ouvraient des succursales de l'hôtel des ventes. Le Palais-Royal était devenu un bazar où l'on vendait depuis des nippes jusqu'à des femmes. Les meubles, des tapisseries, des étoffes, des livres précieux, tout cela se donnait pour rien. Mais le collectionneur n'était pas encore né.

Le Marais et le Faubourg Saint-Germain avaient absolument changé de physionomie depuis l'émigration. Les hôtels, devenus biens nationaux, sont affectés à des commerces divers. Bon nombre d'églises sont démolies et l'on en adjuge les matériaux, d'autres sont à louer à bail avec les appartements qui en dépendent.

En revanche, partout des cafés, des glaciers, brillants de lumière le soir et des bals où l'on vient se rattraper du temps et du plaisir perdus.

Il y en avait un peu partout (1), mais le plus typique assurément était le *bal des Victimes*, où l'on n'était admis qu'en justifiant que l'on avait eu au moins un parent guillotiné. Les plus beaux de ces bal étaient donnés par Fréron, qui prenait encore le nom de *Disciple chéri de Marat!*

Les hommes portaient l'habit carré, avec le collet vert ou noir comme les chouans, et se coiffaient *à la victime*, les cheveux très courts par derrière, comme les condamnés à mort, et abais-

(1) On en a compté jusqu'à six cent quarante-quatre.

sés sur les yeux, afin d'imiter une personne voilée et en deuil. Ils se saluaient par un hochement de tête, qui rappelait la chute de la tête dans le panier et supprimaient les *r* en parlant. Un gourdin leur servait à la fois d'arme et de support, et ce bâton affectait une grosseur phénoménale et les formes les plus capricieuses.

Quant aux femmes, après avoir relégué dans les coins de leur garde-robe les costumes inspirés par Lancret et Fragonard, elles se partageaient en deux camps : les anglomanes et les anticomanes.

Les premières avaient adopté, à l'imitation de Mme de Staël, les turbans et les toques de jockey à longue visière, les spencers ; les couturières de Londres leur donnaient le ton ; l'émigration avait rapporté dans ses malles les modèles et les patrons des bonnes faiseuses de Piccadilly.

Les anticomanes furent pourtant victorieuses de par les lois du goût, qui peuvent être un instant méconnues en France, mais qui finissent toujours par y reprendre leur empire. David, le peintre célèbre, sentant qu'à de nouvelles mœurs, il fallait un nouveau costume, s'était inspiré de l'antiquité grecque et de l'antiquité romaine pour dessiner des costumes qui n'avaient qu'un défaut, c'était de n'être pas appropriés au climat.

Les habiles ouvrières façonnées par Bertin, le Worth de l'époque, eurent bientôt tiré au profit de la coquetterie tout le parti possible des costumes coupés sur un patron antique, sous les yeux de commissaires spéciaux, les robes à la Flore, à la Diane, les tuniques à la Cérès, à la Minerve, les robes à la Vestale, à l'Omphale. La couturière Nancy avait la vogue pour les toilettes à la grecque ; Mme Raimbaut régnait sans partage sur les costumes romains.

La coiffure n'avait pas subi de moindres changements. La perruque bouclée à la romaine le disputait à la perruque blonde, naguère proscrite et ressuscitée comme une protestation. Laus, un auteur dramatique aujourd'hui fort oublié, venait de faire une pièce représentée sur le théâtre du Lycée-des-Arts, tout exprès pour attaquer ce nouveau genre de coiffure (1). Ce qui n'empêche pas Mlle Lepelletier Saint-Fargeau d'en trouver une douzaine dans sa corbeille de mariage, et Mme Tallien, Thérèse Cabarrus, veuve Fontenay, de s'en commander une trentaine à vingt-cinq louis la pièce, variant du blond filasse au blond rouge, en passant par toutes les nuances de blond connues.

Mais le roi du moment, c'est Coppe, le cordonnier élégant qui porte ses chaussures dans une voiture à lui. Le petit soulier est mort, vive le cothurne! agrafé avec un gland sur le milieu de la jambe.

A de pareilles chaussures, il faut des robes échancrées, qui permettent d'en apprécier la provocante éloquence. La robe se retire peu à peu de la gorge, les bras se dénudent jusqu'à l'épaule, puis les jambes et les bras font comme les épaules. Des lanières gemmées s'enroulent autour des chevilles et des anneaux d'or cerclent les doigts de pied.

Un pamphlet assez grossier reproche à la Cabarrus, comme on la nomme encore, ses diamants aux pattes de devant, ses diamants aux pattes de derrière, car le ménage Tallien est devenu la proie des satiriques.

Bientôt viendra le jour où ces déesses de la mode, vêtues d'une chemise de batiste et d'un indiscret costume de gaze et de linon, se promèneront autour du grand bassin des Tuileries en ayant bien soin de s'interposer entre le soleil et la foule attirée par une curiosité lascive, si bien qu'un poète indigné pourra s'écrier :

..... Les attraits qu'en tous lieux.
Sans voile, aujourd'hui l'on admire,
A force de parler aux yeux,
Au cœur ne laissent rien à dire !

Et pourtant ce poëte est le gaulois Panard.

Au commencement du mois de juin 1795 — an III — il faisait une chaleur torride, et les élégants du jour allaient se rafraîchir le soir chez le citoyen Renault qui tenait un dépôt des glaces de Velloni auprès de l'avenue Marigny; c'était là une succursale de ce qui fut le petit Coblentz. En habile

(1) La *Perruque blonde*, représentée le 13 frimaire an III.

industriel, Renault recevait tous les journaux en vogue et surtout les journaux réactionnaires.

C'étaient : le *Tableau de Paris* où écrivaient Laharpe, ce renégat ; de Fontanes, le futur adulateur de Napoléon; et Suard, ce petit ingrat, qui avait refusé l'asile à Condorcet proscrit; puis, le *Courrier Républicain*, qui n'avait de républicain que le titre, le *Censeur des journaux*, rédigé par Gallais; le *Mercure universel*, l'*Auditeur national*, la *Gazette générale de l'Europe*, donnant es nouvelles du soir; le *Courrier universel*, le *Journal des rieurs* où Martainville préludait au *Drapeau blanc*.

C'est dans le sixième numéro de ce journal que Martainville osa publier ce couplet sur la *Conversion d'un aristocrate au sans-culottisme :*

Embrassons-nous, chers Jacobins ;
Longtemps, je vous crus des coquins
Et de faux patriotes.
Je veux vous aimer désormais ;
Donnons-nous le baiser de paix :
J'ôterai mes culottes.

Il y en avait bien d'autres, dont le plus modéré était la *Décade philosophique*, se tenant en équilibre entre les partis modérés, et rédigée, non sans talent, par Say, Amaury-Duval, Ginguenné et Andrieux.

Les journaux qui tenaient encore pour la République étaient le *Journal universel*, d'Audouin, l'*Ami du Peuple*, contrefaçon du journal de Marat ; le *Télégraphe*, fondé par Mithois, et le *Tribun du Peuple*, de Gracchus Babeuf.

A ceux qui s'étonneraient du petit nombre des journaux républicains comparé à la quantité des journaux de la réaction, il nous sera permis de faire remarquer que la plupart des journalistes patriotes étant morts ou prisonniers, leurs adversaires avaient beau jeu. Les royalistes, les Girondins récemment sortis de prison, réclamaient avec acharnement, suivant l'habitude des réactionnaires, lorsqu'ils nedétiennent pas le pouvoir, la liberté illimitée de la presse, que si souvent ils avaient voulu proscrire lors de la marche ascendante de la Révolution.

On eût dit qu'ils prophétisaient cette parole si connue d'un de leurs descendants : « *Quand vous êtes au pouvoir, nous vous demandons la liberté au nom de vos principes, quand nous y sommes, nous vous la refusons au nom des nôtres.*

Les Jacobins, qui voulaient maintenir la dictature révolutionnaire, combattaient cette liberté, pensant qu'il était nécessaire que la forme du gouvernement fût au-dessus des attaques de la presse, admettant cependant qu'elle fût libre en ce qui touchait les individus. Il est constant, en effet, qu'au plus fort de la Terreur, on publiait librement tout ce qu'on voulait contre ceux qui avaient le gouvernement, et, pendant les massacres de septembre même, Marat, Danton et Robespierre furent l'objet d'attaques très violentes, soit dans leur vie publique, soit dans leur vie privée.

Revenons aux Champs-Elysées, cette forêt parisienne toute remplie de cafés et de restaurants entre lesquels brille, nous l'avons dit, le second de Velloni, le glacier à la mode.

XVIII

Notre-Dame de Thermidor

Ce soir-là, on voyait chez Renault plus de monde encore qu'à l'ordinaire.

Il avait jeu de barres au bois de Boulogne et les femmes à la mode avaient pris l'habitude d'égayer de leur présence ces exercices gymniques, comme les courses à cheval de Bagatelle.

Au retour, on s'arrêtait chez les glaciers à la mode pour y consommer des sirops, des sorbets ou s'y faire servir un thé à l'anglaise, mode tout nouvellement importée d'Angleterre.

C'était pourtant une quinzaine tragique, et la réaction thermidorienne n'avait rien à envier à la Terreur de 1793. Romme, Bourbotte, Duquesnoy, Goujon, Duroi et Soubrany venaient de payer de leur tête leur dévouement à la cause de la Révolution. Ils avaient été jugés par une commission militaire, et des femmes pompeusement parées avaient assisté à leur jugement. Tous firent preuve d'une noble fierté, et bien que leur innocence fût évidente, ils furent condamnés. La commission militaire rendait des services et non des arrêts.

Plus de huit mille républicains venaient d'être jetés en prison à Paris seulement. En province, la persécution se doublait de l'impunité que donne l'éloignement. Beaucoup prirent la fuite, d'autres se tuèrent, préférant une mort héroïque à l'ignominie du supplice. Robespierristes, Hébertistes, Dantonistes, tous se trouvaient pour la première fois réunis, mais dans un cachot. Il y avait encore des lois, mais pour fournir aux juges des textes de jugement ; on condamnait sur une dénonciation, sur un soupçon, si peu fondé qu'il fût. C'était une nouvelle Terreur, plus atroce que la première, n'ayant pas pour excuse le salut de la patrie envahie par l'étranger et menacée par les factieux, une terreur réactionnaire, la plus cruelle de toutes, celle des gens qui ont eu peur.

Le fils de Louis XVI venait de mourir au Temple, le 20 prairial, d'une maladie scrofuleuse, héritage du sang appauvri des Bourbons.

On avait déjà bâti sur la mort de ce malheureux petit rachitique toute une légende qui devait grandir au point de faire un martyr du fils de Louis XVI.

Le monde apprit sa fin, la tombe sait le reste,

a dit Delille dans son poëme de la *Pitié*. Les docteurs Desaulx et Choppart étant morts peu de temps après, on en avait naturellement conclu que les jacobins avaient empoisonné *Louis XVII*. Mais d'autres médecins, entre autres Naudin, avaient soigné l'enfant et parfaitement diagnostiqué son cas. Passons.

Il nous suffirait de relever cette fureur de plaisir parallèle à cette fureur de sang, signe caractéristique de toutes les réactions.

Sur la *terrasse* de Renault, les consommateurs réclamaient, en attendant le retour du bois de Boulogne, les feuilles les plus fraîchement écloses.

— Voyons, *Butus*, faisait d'un ton dolent un muscadin de la plus belle eau, tu veux pas me donner le *Mécue*? (1).

(1) Les beaux d'alors affectaient de ne pas prononcer les *r*.

— Citoyen, répondait l'officier, il est en lecture.

— *Alos donne-moi le couïer ou le journal de Matainville.*

— Voilà, citoyen.

— Ah! *pafait! délicieux! adoable!* exclamait un autre incroyable. Lisez donc l'*anagamme* que vient de trouver le *Méeue.*

— Lisez, lisez, firent plusieurs voix.

— Eh bien, reprit le lecteur du *Mercure,* l'*anagamme* de *évolution fançaise,* c'est la *Fance veut son oi.*

— Ah! *bavo! bavo!* s'écrièrent les auditeurs.

— Tas d'imbéciles! fit une voix puissante.

Les consommateurs se retournèrent comme un seul homme. On eût dit que chacun se sentait personnellement interpellé.

— Eh! oui, continua l'interrupteur, si la France voulait son *oie,* elle n'avait qu'à ne pas lui couper le cou.

— Insolent! à l'eau le jacobin!

— Tout beau, mes petits maîtres, fit en se levant le gaillard colossal, qui venait de proférer cet affreux lazzi; tout beau, ou gare les coups!

Et, ce disant, le géant exécuta avec son gourdin un moulinet si savant qu'il cloua le bec aux muscadins.

Il jeta sur la table un assignat de deux livres et sortit en se dandinant, sans que personne, à la vue de ses robustes épaules, osât lui barrer le passage.

— Avez-vous vu ce malotru? fit un des muscadins. Ma *paole d'honneu,* il a bien fait de s'en aller; j'allais lui casser mon *goudin su* les omoplates.

— Eh bien! mais vous pouviez courir après, fit une adorable blonde, vêtue de crêpe gris, et qui, allongée sur trois chaises, un de ses pieds posé sur l'une d'elles, montrait avec une grâce provoquante son bas brodé de fleurs de lis d'argent.

— Oh! non, fit le muscadin, l'œil en coulisse; est-ce que je peux me détacher des lieux où vous êtes?

— Tiens, pourquoi lisez-vous alors l'*Indicateur des Mariages?*

— Simple *cuiosité,* cit... madame... Mais quel *chamant* bijou! ajouta le muscadin, en prenant des mains de l'élégante un charmant éventail.

— Ah! c'est la mode du jour, l'éventail au saule pleureur. C'est la copie de celui du Temple. Mme Despaux me l'a laissé par faveur pour cinq louis. C'était le dernier.

— Dites donc, Merluchet, venez-vous à l'Opéra national ce soir. On donne *Démophile,* une pièce jacobine, il nous faut des siffleurs.

— C'est bon, c'est bon, j'irai, répondit le muscadin, visiblement contrarié d'être appelé Merluchet devant la jolie femme à l'éventail.

En ce moment, il se fit un grand mouvement parmi les consommateurs: tous se précipitaient à la fois vers l'entrée du café, devant lequel venait de s'arrêter un magnifique carrosse couleur sang de bœuf, attelé de deux grands trotteurs fleur de pêcher.

Une adorable créature en descendait lentement, appuyant avec nonchalance sa main long gantée sur l'avant-bras d'un superbe laquais. Dans ce mouvement, une jambe d'un parfait contour, emprisonnée dans un fin tricot de soie rose, sortit de l'échancrure de la tunique, pendant que la pointe d'un adorable petit pied chaussé du cothurne à la mode se posait délicatement à terre.

Une haie de curieux se forma sur le passage de l'élégante, qui, enveloppée dans des nuages d'une mousseline de l'Inde à cent livres l'aune, s'avançait fière et souriante au milieu des adorateurs s'inclinant devant la reine du jour.

Cette reine, de par la grâce, l'esprit et la beauté, c'était Mme Tallien, celle qu'on nommait encore la Cabarrus, celle qui, pour sauver ses jours, s'était donnée à Tallien, et qui se consolait d'être la femme du proconsul en étant la maîtresse de tout le monde. Les malheurs de Tallien dans son nouveau ménage étaient si connus qu'il était seul à les ignorer ou à le paraître, si bien qu'un mauvais plaisant s'était permis un jour d'attacher au bas de la tunique de l'Aspasie moderne un billet portant cette insolente devise: *Propriété nationale.*

Tallien essayait bien de temps à autre une scène de jalousie; mais ce moyen lui réussissait peu d'ordinaire; on le boudait deux jours, et il demandait grâce. C'était elle qui l'avait poussé contre Robespierre au 9 thermidor, comme on jette un dogue sur un taureau en lui montrant l'inexorable nécessité de porter les premiers coups pour ne les point recevoir. Dévore-moi, ou je te dévore, disait le sphinx antique.

On se rappelle le foudroyant discours de Tallien dans la séance fameuse où Robespierre fut décrété d'accusation. De même que Danton, il ne put se défendre, sentant bien qu'il n'y a de pires juges que ceux que l'on a fait trembler.

Depuis cette date fameuse, la belle Térésa avait usé de sa toute-puissante influence sur Tallien pour ouvrir à une foule de suspects les portes de leur prison, d'où ce surnom de la reconnaissance : *Notre-Dame de Thermidor.*

Ces accès de générosité donnaient à Tallien d'étranges souleurs, mais un regard de sa femme évanouissait ses craintes. Souvent aussi la vie d'un émigré fut payée du renvoi d'un galant dont il prenait ombrage. Rien ne résistait à la fée du Cours-la-Reine, comme on la nommait aussi d'un pied-à-terre qu'elle occupait souvent.

Un officieux apporta sur le devant du café une table toute préparée et deux fauteuils de forme antique, espèces de chaises curules sur lesquelles la belle Térésa prit place avec sa compagne, une jeune femme maigre, assez effacée, qu'elle appelait Joséphine, et qui semblait jouer auprès d'elle le rôle des confidentes de tragédie.

Sur la table était un en-cas servi dans cette porcelaine à décoration gréco-romaine que la manufacture de Sèvres venait de mettre à la mode.

A peine Mme Tallien eut-elle goûté une aile de volaille truffée accompagnée d'un doigt de vin de Bordeaux, elle se renversa sur sa chaise et parut faire la revue de ceux qui l'entouraient dans un respectueux silence :

— Ah ! c'est vous, Sageret, fit-elle à un petit homme qui s'inclinait plus profondément que les autres; eh bien, et l'affaire de Feydeau, est-elle terminée ?

— Mille bontés, madame, fit l'impresario en rougissant de plaisir; elle le serait si Tallien était directeur.

— Ah ! le fait est qu'ils n'en finissent pas avec leur constitution, les citoyens conventionnels; mais les choses sont en bon chemin, et je crois que vous pouvez vous lancer.

— Je n'attendais que cette parole, fit Sageret, en portant à ses lèvres une main qu'on lui abandonna négligemment.

— Et vous, Hoppé, fit-elle en se retournant vers un jeune muscadin d'un blond fade, on ne vous voit plus depuis que vous avez remplacé Lenthraud dans les bonnes grâces de Mlle Lange. Il ne faut pas oublier ainsi vos amis.

— Pardonnez-moi, madame, mais l'affaire des navires neutres m'a tellement occupé...

— Que vous oubliez ceux qui vous ont fait réussir, interrompit sèchement Térésa.

— Pouvez-vous le penser, madame ? fit humblement le commis enrichi. Demain j'irai solliciter ma grâce.

— A la bonne heure, reprit Mme Tallien d'un ton plus doux, car elle était horriblement jalouse de la beauté et de la vogue naissante de l'hétaïre parisienne. Venez vers huit heures, je vous ferai entendre une nouvelle étoile, Mlle Seio, qui débutera prochainement à Feydeau.

— On en dit le plus grand bien, fit un des assistants.

— Elle est tout simplement merveilleuse.

En ce moment, un nouvel arrivant fendit la foule pour s'approcher de l'idole du jour.

En dépit de son chapeau aux rebords en gondole, de son énorme collet enserrant une haute cravate de mousseline, de sa culotte lâche et de ses bas à raies bleues, chaussés de bottines pointues, nos lecteurs auraient reconnu le citoyen Lariveaudière, à sa figure astucieuse, à son parler mielleux.

— Hommage à la plus belle ! fit-il avec un salut emprunté à l'ancien régime.

— Tiens, le citoyen Lariveaudière ! s'écria Térésa. Vous n'êtes donc plus à guerroyer contre les chouans ?

— J'en viens et j'y retourne, madame; mais une affaire des plus pressantes a nécessité mon passage à Paris.

Puis il ajouta, de façon à n'être entendu que par son interlocutrice :

— Il faut que je voie Tallien.

— Quand ?

— Le plus tôt possible.

— Venez demain au cours chez moi.

Lariveaudière s'inclina une seconde fois et s'éclipsa après un signe de tête de Térésa, qu'il laissa toute préoccupée.

— Citoyen (1), dit-elle au glacier, fais avancer ma voiture.

Et se levant languissamment, soutenue par la silencieuse Joséphine, elle regagna son brillant équipage.

XIX

La Chaumière du Cours-la-Reine.

La promenade connue encore aujourd'hui sous le nom de Cours-la-Reine se composait jadis de grandes allées plantées en 1628 sur le bord de la Seine par l'ordre de Marie de Médicis, veuve de Henri IV. Elles étaient bordées par des fossés en pierre où le peuple allait jouer le dimanche au cochonnet, tandis que les grands seigneurs faisaient, sous les ormeaux dont les allées étaient plantées, grand étalage de leurs costumes et de leurs équipages. En 1743, le duc d'Antin fit replanter le Cours-la-Reine, auquel on ajouta plus tard le grand Cours, séparé en deux par la route de Neuilly, soigneusement sablé et orné de bouquets de verdure et semé de petits cafés. Au Nord et à l'Est s'étendaient des champs, des jardins, et quelques chaumières, dont quelques-unes louées par des fournisseurs enrichis ou des oisifs à la mode, embellies, perdues dans les massifs et les fleurs, étaient de véritables *petites maisons*, dans le sens attaché à ce mot par les courtisans dissolus de Louis XV.

Tel était encore sous la Révolution l'aspect du Cours-la-Reine, dont le nom seul avait changé. Au printemps de ses amours avec Térésa Cabarrus, Tallien avait loué ce nid qu'il avait embelli, et c'était là qu'il venait oublier dans les bras de sa belle maîtresse les soucis et les terreurs de la vie politique. Cette

(1) Les incroyables des deux sexes s'appelaient *monsieur* et n'avaient conservé que pour les domestiques l'appellation de *citoyen*.

chaumière était l'île de Caprée du conventionnel.

Débarrassé de Robespierre, il y vint moins souvent après le 9 thermidor, et l'abandonna presque lorsqu'il eut acheté la belle propriété de Suresnes.

Mais Térésa avait conservé pour son usage particulier la petite maison de Tallien. Elle en avait fait sa retraite de prédilection, et, de même qu'Antoinette l'Autrichienne avait joué à la laiterie, elle jouait à la paysanne dans cette chaumière qui n'avait guère conservé de l'humble édifice primitif que les gros murs.

Le jardin, qui produisait auparavant des légumes et des fruits, fut transformé, par un habile successeur de Le Nôtre, en une oasis de fleurs et de verdure. Des sentiers sinueux menaient à de frais bosquets où, sur la verdure sombre du feuillage, ressortait l'éclatante blancheur des statues de marbre, tout un monde de faunes et d'hamadryades divinisant l'amour. On n'avait pas oublié le labyrinthe, si commode pour se perdre... et se retrouver.

La maisonnette disparaissait sous les plantes grimpantes; la clématite qui recouvrait la marquise du perron commençait à répandre sa pénétrante et aromatique odeur, tandis que la glycine secouait ses grappes violettes et que le jasmin de Virginie laissait retomber ses clochettes empourprées.

Dans une cage d'osier blanc suspendue près de la porte, deux tourterelles d'Afrique roucoulaient un éternel duo; quelques instruments de jardinage gisaient à terre, faits de l'acier le plus brillant, emmanchés d'acajou.

Une porte rustique donnait accès dans une petite pièce d'entrée, ornée seulement de quelques siéges d'acajou et de deux ou trois gravures encadrées, parmi lesquelles on reconnaissait la *Fontaine d'amour*, de Fragonard, à l'aquatinta.

Puis, brusquement, on entrait dans un salon de musique, dont le meuble principal, un merveilleux clavecin peint par Réattu et représentant des sujets mythologiques, faisait l'admiration de tous les visiteurs; un canapé de forme antique et des chaises, dont le dossier était fait d'une lyre, complétaient l'ameublement. Sur un meuble spécial étaient empilés des cahiers de musique et des partitions, œuvres de Grétry, de Lesueur, de Dalayrac, de Berton, de Monsigny, en un mot, de tous les faiseurs à la mode.

A la place d'honneur et se faisant face, le portrait de Térésa peint par Girodet et celui de Tallien, puis une ébauche de Gérard, première pensée du tableau de l'*Amour et Psyché*, qui devait trois ans plus tard obtenir un tel succès au Salon.

Je ne cite que pour mémoire quelques dessins d'Isabey, deux petits tableaux de Landon, des roses de Redouté et des tulipes de Van Spaendonk, et le lecteur pourra se reporter en esprit au milieu dans lequel Mme Tallien passait en compagnie ses heures les plus agréables.

La description serait pourtant incomplète si nous ne pouvions emprunter à un historien l'exacte description du sanctuaire de la beauté, en termes vulgaires de la chambre à coucher de Mme Tallien.

L'acajou, fort à la mode alors, non pas l'acajou plaqué, mais l'acajou plein, taillé en plein bois, remplaçait dans cette pièce les bois ordinaires : portes, chambranles, fenêtres, pilastres, tout était en acajou orné de cuivres dorés, finement ciselés. D'un filet aux mailles d'or, frangé d'or et de perles, quatre rideaux descendaient sur un immense lit, également d'acajou, dont un bateau était gardé par deux cygnes en bronze doré, retenant dans leur bec des guirlandes de fleurs du même métal. Dans l'alcôve, une glace indiscrète, sertie d'un double filet d'or et d'acajou.

Sur une table de nuit à galerie, repose une lampe de forme pompéienne, chef-d'œuvre de mécanique enchâssé dans l'or. Dans une niche tapissée de soie rouge antique, la statue de Morphée, couronnée de pavots ; puis, sur un fût de marbre antique, l'Amour coiffé de la peau du lion de Némée.

Au mur, sur les tentures bordées d'une grecque en passementerie d'or fin, des miniatures signées Clinchetet, Isabey, Mallet, Boilly, parmi lesquelles celle de Tallien, dont un mauvais plaisant disait qu'elle avait dû voir souvent des choses qui n'auraient pas fait plaisir à l'original.

C'est dans ce sanctuaire que nous retrouvons la femme du tout-puissant conventionnel, à moitié vêtue d'un peignoir de linon blanc entr'ouvert sur la poitrine et laissant facilement deviner ces trésors dont la possession faisait à la fois le charme et le tourment de Tallien.

La jeune femme tenait à la main une lettre qu'elle venait de lire avec la plus grande attention et qui reposait sur ses genoux, tandis que son œil rêveur semblait interroger l'espace.

Une servante, en entrant, la trouva plongée dans sa rêverie.

— C'est le citoyen que madame attend, fit la camériste.

— Ah! Lariveaudière ; fais-le entrer dans le salon de musique... Auparavant, donne-moi cette tunique rose que Mme Raimbaut vient de m'apporter, et accommode les boucles de cheveux de ma coiffure.

La soubrette obéit rapidement.

— Va maintenant, ma fille.

Quelques instants après, Lariveaudière, vêtu à la mode de la veille, faisait son entrée dans le salon de musique, dont il se mit à lorgner les tableaux en amateur, avec l'énorme binocle qui lui pendait sur la cuisse.

Le bruit d'une portière que l'on soulevait lui fit tourner la tête.

C'était l'Égérie du conventionnel, qui faisait, dans un délicieux négligé, une entrée de jolie femme à faire envie à Lange elle-même.

— Ah! bonjour, ami, fit-elle en tendant nonchalamment la main au petit-maître. Eh bien, quelles nouvelles apportez?

— Graves! belle dame, fit Lariveaudière en serrant la main qu'on lui tendait, main qu'il avait tant de fois couverte de baisers ; très graves!

— En vérité, vous m'effrayez, fit Térésa, qui vit bien que le moment n'était pas à la coquetterie.

— Oui, tout fins qu'ils sont, Cormatin et Boishardy ont laissé surprendre une lettre collective, une sorte de circulaire, qu'ils adressaient au baron de Solilhac, et contenant un tas de noms compromettants.

— Pas le mien heureusement. — Canclaux les a fait arrêter, et sans l'intervention de Hoche, ils étaient immédiatement passés par les armes.

— Tallien n'est pas compromis, au moins?

— Non, assurément, mais la protection qu'il accordait à Cormatin, les pleins pouvoirs qu'on lui avait laissés comme administrateur de la Bretagne, se retournent aujourd'hui contre notre ami, fit-il d'un air quasi narquois.

— C'est vrai, dit Térésa, songeuse, et le parti de la Montagne est encore si puissant à la Convention.

— Heureusement qu'il n'y en a pas pour longtemps.

— Oui, mais les choses marchent vite de ce temps; il suffit d'une mauvaise disposition de la Chambre, d'une mise en accusation demandée à l'improviste par quelque secret ami des Jacobins, pour mettre une tête sous le couteau.

— Oh! taisez-vous, fit Térésa en frissonnant.

— Il vaut mieux parler, au contraire, pour conjurer le danger et faire tourner les choses à notre profit.

— Dites, dites...

— Eh bien! Hoche est tout-puissant; on sait, à n'en pas douter aujourd'hui, le projet de débarquement des émigrés sur les côtes de Bretagne, transportés par une flotte anglaise. Il faut que Tallien prenne les devants, qu'il parte pour le quartier général de Hoche avec un autre représentant, quelque homme à lui, un bonhomme de paille...

— Blad? interrompit Térésa.

— Blad, soit; autant lui qu'un autre...

— Achevez.

— Il faut, dis-je, que Tallien fasse une déclaration à la Chambre : la patrie en danger, succès d'enthousiasme, acclamations, et cœtera; son billet est ainsi renouvelé; il arrive à Vannes comme l'âme de la Convention, se jette dans les bras de Hoche, le nomme devant une vingtaine d'officiers le sauveur de la République, le vainqueur de Wissembourg, et le tour est joué. Tallien est brave?

— Tallien, hum! il sait marcher quand il le faut.

— Il ne serait pas mauvais qu'il s'exposât au moins une fois; je ferai un joli bulletin.

— Oui, oui, c'est cela, fit la jeune femme comme se parlant à elle-même; il faut qu'il parte, cela arrange tout.

Lariveaudière la regardait un œil investigateur.

— Ecoutez, ajouta-t-elle, à cette heure il m'attend à Suresnes où il a quelques amis; c'est pourquoi, fit-elle avec un charmant air de dépit, je vous ai reçu ici... Je vais faire atteler, nous n'avons que le bois à traverser et nous sommes au château. Vous lui répéterez ce que vous venez de me dire, et, bien que je ne le croie pas disposé à quitter Paris en ce moment, l'importance de la situation le décidera.

Quelques instants après, un léger wiski entraînait les deux personnages de cette scène à travers les allées sablonneuses du Bois. Les roues de l'élégant véhicule, entraîné par un vigoureux trotteur, volaient sur un tapis de velours, pendant que les fleurs des arbres printaniers qui secouaient leur chevelure au souffle de la brise, jonchaient comme une neige multicolore le sol émaillé de fleurs.

On traversa la Seine et, quelques instants après, le wiski s'arrêta devant la porte d'un magnifique parc. Lariveaudière sauta lestement à terre et offrit la main à Térésa, qui, s'appuyant sur lui, s'élança légère comme un oiseau.

La sonnette résonna et les domestiques, qui avaient reconnu le bruit de la voiture, accoururent à la porte pendant que l'un d'eux allait prévenir Tallien.

Celui-ci quitta précipitamment une importante partie de billard, pour venir recevoir la reine de son cœur ; mais il fronça le sourcil en la voyant accompagnée de Lariveaudière, qu'il ne reconnut pas d'abord.

— Je désespérais de vous voir, fit-il à la jeune femme.

— N'en accusez, lui dit-elle précipitamment et à voix basse, que le soin que je prends de vos intérêts; Lariveaudière, que je vous amène, apporte de l'Ouest les nouvelles les plus sérieuses; entretenez-le en particulier.

Le conventionnel jeta alors un regard plus doux sur le jeune homme et lui tendit la main.

— Parbleu, citoyen, je ne te reconnaissais pas d'abord ; pardonne-moi. Tu as à me parler?

— Oui, citoyen Tallien, et tu me sauras gré d'être venu.

— C'est bien, je vais te faire conduire à mon cabinet, pendant que Térésa voudra bien me remplacer auprès de ces messieurs; dans cinq minutes, je suis à toi.

Larivaudière fit un signe d'assentiment et suivit un grand officieux de cinq pieds six pouces, qui ressemblait à un valet de pied de l'ancien régime, jusqu'à la chambre désignée.

Pendant ce temps, Tallien, donnant la main à Térésa, rentrait dans la salle de billard où tous les joueurs s'arrêtèrent à la vue de la maîtresse de céans et formèrent autour d'elle un cercle respectueux.

— Messieurs, dit-elle en entrant, une affaire imprévue nous enlève Tallien; mais que cela n'empêche pas votre partie, fit-elle gaiement, je tiendrai sa place.

XX

Chez Fréron.

Après une grande heure d'entretien avec Larivaudière, Tallien, le front soucieux, se fit excuser auprès de ses invités, et, quelques instants après, une voiture fermée emportait les deux hommes au domicile de son conseil et ami, Fréron, l'orateur du peuple.

La route fut silencieuse ; évidemment une raison secrète combattait dans l'esprit de Tallien les motifs graves qui commandaient son départ. Il lui fallait laisser Térésa seule à Paris, exposée à mille séductions, dans un milieu où rien, évidemment, ne plaidait en faveur de l'absent. En vain les deux bras blancs de la sirène s'étaient enroulés autour de son col ; en vain des lèvres roses avaient murmuré à son oreille ces tranquillisantes paroles : « Ne crains rien, pars, je t'aime toujours ! » Tout en maudissant sa faiblesse, Tallien, qui devait savoir le fond qu'il y avait à faire sur ces promesses, n'en obéissait pas moins à son impérieuse maîtresse.

— Puis, se disait-il en lui-même, si elle me trahit, en restant serai-je moins

trompé? Tout me commande au contraire un prompt et éclatant départ... Ma popularité, mon influence sur la Convention en dépendent... Et d'autre part, une fois absent, si mes ennemis se réunissent pour déposer contre moi quelque motion capitale, je suis perdu. Il y a bien Fréron; mais il fera comme je ferais à sa place : au dernier moment il m'abandonnera. Non, décidément, je ne puis quitter Paris... Et pourtant il le faut.

Pendant que tous ces combats se livraient dans l'esprit du conventionnel, Larivaudière, qui l'étudiait du coin de l'œil, n'avait pas prononcé une seule parole, feignant de s'intéresser énormément aux incidents de la route, sans perdre pour cela un tressaillement de son compagnon.

La voiture venait de traverser la place de la Révolution et, s'engageant dans une rue transversale, gagna bientôt la rue Honoré, comme on l'appelait. C'était dans cette rue qu'était le domicile caché, le pied-à-terre de Fréron, qui, à l'instar de beaucoup de ses collègues, rendus circonspects par les vicissitudes de la fortune politique, avait pris deux logements : l'un ostensible, l'autre caché

Pour le moment, Fréron logeait dans un petit appartement situé au deuxième étage de la maison qui porte aujourd'hui le numéro 336. Une entrée sombre donnant accès par trois portes dans le salon, la salle à manger et la chambre à coucher, tel était le logement, complété par une petite cuisine sombre servant de débarras, car Fréron ne prenait point ses repas rue Honoré.

Les deux hommes gravirent rapidement le petit escalier qui conduisait chez Fréron et sonnèrent discrètement. Un temps assez long s'écoula et Tallien se disposait à sonner de nouveau, lorsque la porte s'ouvrit et un officieux parut.

— Le citoyen Fréron? demanda Tallien.

— Il est absent.

— Ah ! fit Larivaudière avec désappointement.

— Mais rassurez-vous, ajouta rapidement l'officieux; le citoyen Fréron est allé dans le voisinage et m'a précisément recommandé de faire attendre les visiteurs, s'il en venait quelques-uns de sa connaissance intime.

Les deux visiteurs pénétrèrent, à la suite du maître Jacques de Fréron, dans un petit salon éclairé par deux fenêtres garnies de rideaux brodés, et assez coquettement meublé de l'éternel acajou, si fort à la mode en ce moment.

Sur la cheminée de bleu turquin, une glace surmontée d'un fronton triangulaire portant au centre les attributs républicains, complétés de chaque côté par les faisceaux romains ressortant du cadre en bas-relief. Entre les deux croisées, sur une console toujours en acajou, le modèle de la Bastille, exécuté avec une pierre prise à la vieille citadelle (1). Puis des siéges à l'antique, recouverts de maroquin rouge, un large guéridon monté sur un trépied massif; enfin une bibliothèque où se remarquaient entre autres ouvrages une fort belle édition des œuvres de Voltaire, — celle de Beaumarchais, apparemment, — et de nombreux opuscules du fameux critique auquel l'*Ecossaise* a donné une si fâcheuse immortalité.

Aux murs, des estampes coloriées, encadrées dans des passe-partout, et quelques médaillons d'hommes célèbres. Dans une niche, enfin, le buste de Marat, fort étonné de faire face à une statuette court vêtue, représentant une des beautés à la mode.

Tallien s'assit pensif sur une sorte de causeuse, pendant que Lariveaudière, toujours alerte et curieux, faisait le tour du salon, inspectant les livres, les gravures, tout en mordillant la pomme sculptée de sa canne d'élégant.

Enfin, un coup de sonnette sec, impérieux, annonça l'arrivée du maître du logis.

Bientôt, on vit, en effet, la porte s'ouvrir et Fréron parut.

C'était un homme de trente ans environ, actif et cauteleux; bien pris dans sa petite taille, maigre, brun, le teint bilieux, il paraissait dévoré du feu intérieur de l'ambition et de l'envie.

Fréron avait perdu son père fort jeune : — il avait neuf ou dix ans. — Elevé au collège Louis-le-Grand par la pro-

(1) Il existe encore dans les musées de province, à Rennes entre autres, des spécimens de cette réduction de la Bastille.

tection de Madame Adélaïde, fille de Louis XV, il y avait fait ses études aux côtés de Robespierre et de Camille Desmoulins, qui le fit admettre plus tard au club des Cordeliers. Là, par ses motions ultrarévolutionnaires, il avait conquis de suite une situation importante, et, fait plus extraordinaire, il était parvenu à capter la confiance de Marat et mettre en défaut sa perspicacité bien connue. Aussi dans ses fameux placards, lors des élections de 1792, voyons-nous l'ami du peuple le recommander chaudement aux patriotes.

Bientôt enrôlé dans le parti de Danton, Fréron, qui revenait de mission, faillit être englobé dans la condamnation qui envoyait à l'échafaud ses meilleurs amis, Camille Desmoulins, Hérault de Séchelles, Fabre d'Eglantine. Exclu du club des Jacobins par l'influence de Robespierre, craignant pour sa tête, qui ne tenait que bien peu sur ses épaules, il se jeta à corps perdu dans la conspiration contre Robespierre et le poursuivit de toute l'énergie de la peur. Dans la fameuse séance où Tallien tira son poignard, menaçant d'en frapper Robespierre s'il n'était point décrété d'accusation, Fréron était à côté de lui, le soutenant de ses cris furieux.

Après le 9 thermidor, lorsqu'une majorité réactionnaire fut formée dans la Convention, Fréron devint aussi fougueux réacteur qu'il avait été violent révolutionnaire. Il fut bientôt l'inspirateur et le chef reconnu et avoué de cette *jeunesse dorée* qui assommait les patriotes et fouettait les femmes. Néanmoins il y avait encore à la Chambre un parti montagnard assez fort pour imposer des précautions à la réaction, et dans certaines circonstances Tallien et Fréron se concertaient pour donner satisfaction à ce parti.

Dans les questions militaires, on se trouvait dans ce cas. L'esprit républicain régnait à l'armée de Hoche, et l'on ne pouvait sans danger se mettre en opposition avec le jeune général en chef, dont la droiture et le caractère emporté ne permettaient point les faux-fuyants.

Fréron courut, la main tendue, vers Tallien, tout en adressant le plus aimable salut à Lariveaudière, qu'il connaissait comme une tête parisienne, un familier des assemblées et des clubs.

— Quelle aimable surprise! Tallien dans l'humble retraite de Fréron.

— Oui, mon cher Fréron, j'ai pu me dérober quelques instants au fardeau des affaires, à mes devoirs de maître de maison pour venir causer avec toi d'une affaire tellement grave qu'il importe que nous nous consultions de suite.

Fréron jeta un regard du côté de Lariveaudière,

— Le citoyen, continua Tallien, nous est dévoué, c'est lui qui, à travers mille dangers, nous sert à l'armée de l'Ouest; c'est lui, en un mot, qui nous apporte les nouvelles dont j'ai à t'entretenir; en un mot, c'est le citoyen Lariveaudière.

— Ah! parfaitement, répondit Fréron en tendant la main à l'agent de Tallien.

Celui-ci la saisit avec empressement. Il appartenait de cœur à la jeunesse dorée, qui considérait Fréron, malgré ses antécédents, ou plutôt à cause de ses antécédents, comme le véritable chef de la réaction.

Les abstracteurs de quintessence, ceux qui veulent en toute chose trouver des dessous, donnaient à la haine de Fréron pour les Jacobins une autre raison que la peur d'avoir manqué être guillotiné, que le besoin d'élégance dont se vantait Fréron pour excuser ses violences contre les sans-culottes. On disait que Fréron, l'ami et le commensal de Camille Desmoulins, avait profité de la confiance que lui témoignait son ancien condisciple de Louis-le-Grand pour trahir l'amitié en séduisant la trop sensible Lucile Desmoulins. Robespierre n'avait pas eu pitié de cette jolie tête et l'avait envoyée rejoindre dans l'ignoble panier celle de Camille.

Quoi qu'il en soit, si Lucile fut coupable envers Camille, sa mort courageuse expia sa faute. Fréron n'eut pas le courage de les suivre, mais il jura de les venger. Nous avons vu quel fut son rôle au 9 thermidor; la réaction à son aurore n'eut pas de plus terrible auxiliaire.

Ce fut lui qui fonda successivement tous ces foyers contre-révolutionnaires dont les partisans s'appelèrent successivement ou simultanément les *cravates vertes*, les *perruques blondes*, les *collets noirs*, les *habits carrés*, etc., dont le cri de guerre était : Mort aux Jacobins, — lisez : Mort à la République! — et l'arme un gourdin, dont les brutalités trouvaient dans le pouvoir un silencieux complice.

En l'an III, la guerre était commencée contre la Révolution; le cantique de thermidor était devenu la *Marseillaise* des réacteurs, qui se faufilaient jusque dans les tribunes pour insulter les membres patriotes de la Convention. C'était Fréron qui les y attirait, se faisant à volonté une salle avec ses amis les muscadins.

Revenons cependant à nos personnages.

— Voici les faits, dit Lariveaudière. Cormatin, l'administrateur général de la Bretagne, et dont vous connaissez les attaches, a voulu aller trop vite en besogne; non content d'organiser ses milices bretonnes pour un soulèvement général, il a eu l'insigne maladresse de laisser égorger quelques soldats. A la rigueur, on pouvait mettre ces meurtres sur le compte de quelques bandes; mais où Cormatin a dépassé la mesure, c'est en affamant l'armée de Hoche, tandis que ses chouans regorgent de tout. Hoche, qui tient à ses soldats et qui a l'œil sur tout, a impérieusement écrit à Cormatin, qui lui a fait répondre par un secrétaire une lettre un peu hautaine. Au lieu de s'emporter, comme on devait s'y attendre, Hoche s'est contenu et a fait espionner Cormatin; c'est ce qui a tout perdu.

En effet, une lettre signée de Cormatin et de Boishardy, adressée au baron de Solilhac et à deux autres généraux de la chouannerie a été interceptée. Je l'ai lue. Elle révèle la prochaine reprise d'une guerre générale contre la République dans les provinces de l'Est, et, ce qu'il y a de pis, c'est que cet imbécile ne manque pas d'ajouter que grâce à la connivence de Tallien et de ses amis qui endormiront la Convention, on peut être assuré du triomphe.

— Ah! diable, dit Fréron, cela peut être grave en ce moment.

— Je le crois bien. Hoche n'a pas perdu de temps; il a obtenu l'ordre d'arrêter Cormatin, Boishardy, un certain vicomte de Sérent, le comte de Rochecombe, Solilhac. On tient déjà les deux premiers. Si encore il les avait fait fusiller, on serait tranquille ; mais ils sont enfermés séparément; on leur fait subir une foule d'interrogatoires, et, ma foi ! ils pourraient dire un mot de trop. Hoche a envoyé la lettre au Comité de salut public par un exprès que j'ai devancé, mais demain la bombe peut éclater.

— Il faut prévenir le coup, fit tout à coup Fréron.

— C'est bien ce que j'ai dit au citoyen Tallien, en lui conseillant d'aller apprendre cette nouvelle à la Convention et en même temps de demander à être envoyé en mission à l'armée pour confondre ses calomniateurs. Une fois là-bas, le citoyen Tallien verra d'où vient le vent, et il agira en conséquence.

— Parfaitement raisonné, opina Fréron.

— Oui, vous arrangez tout cela, interrompit Tallien, comme si cela m'était facile de quitter Paris. Que deviendra la majorité que j'ai eu tant de peine à composer dès que j'aurai tourné le dos? Un ramassis d'hommes timides, sans cohésion entre eux, se détestant pour la plupart, un groupe sans consistance qui se désagrégera au premier discours de la Montagne.

— Oui, mais si tu restes, tu donnes prise à la calomnie; la lecture de la lettre de Cormatin à la tribune sera pour toi un coup de foudre. On peut le décréter d'accusation séance tenante, et tu verras si ta majorité te soutiendra.

— Il y a beaucoup de vrai, fit Lariveaudière, dans ce que dit le citoyen Fréron. Croyez-moi, Tallien, il n'y a pas un instant à perdre. Rendez-vous à la convention et, par un coup d'éclat, parez celui qu'on ne manquera de vous porter.

Tallien paraissait en proie à une grande irrésolution.

Fréron lui porta le dernier coup.

— Tu ne peux te résoudre à quitter la belle Térésa, fit-il en riant.

Talien eut un soubresaut de se voir ainsi deviné.

— Et quand il aurait aussi ce motif ? fit-il sèchement.

— Je me permettrai de dire au citoyen Tallien, fit Lariveaudière venant à la rescousse, qu'il connaît mieux les ressorts de la politique que le cœur des femmes. La citoyenne Tallien ne sera-t-elle pas fière de tout ce que Tallien fera pour le soin de sa fortune politique, et ne le lui disait-elle pas ce matin en ma présence ?

— Oui, oui, grommela Tallien, mais en mon absence elle ne perdra pas une fête.

— N'est-ce pas assez d'être privée de vous voir, et seriez-vous assez cruel pour refuser à la citoyenne les distractions dont elle aura plus besoin que jamais ?

— Oh ! la citoyenne n'attend pas ma permission, fit Tallien avec amertume.

— Egoïste ! va, s'écria bruyamment Fréron. Oh ! que nous voilà bien, nous autres hommes ! Mais, reprit-il, ne suis-je pas là pour t'instruire de tout ce qui pourra t'intéresser?

— Bien vrai ? demanda vivement Tallien.

— Parbleu !

— Allons, c'est décidé, je partirai.

— Alors, fit Fréron, en route pour la Convention ; le succès dépend de la rapidité de l'exécution. Dans une heure, les tribunes vont t'acclamer.

— Tes muscadins ?

— Oui, mes muscadins, qui auront le mot d'ordre.

— Marchons, alors.

— Marchons.

Et les trois hommes, dégringolant le petit escalier, se trouvèrent en quelques instants dans la rue Saint-Honoré.

XXI

Le Départ.

Nous ne rapporterons point par le menu cette fameuse séance de la Convention dans laquelle Tallien, sommant le comité de salut public de lire les dépêches de l'armée de l'Ouest, qu'il savait ne lui être pas encore parvenues, tira de sa poche un prétendu message annonçant l'arrestation de Cormatin et le soulèvement imminent de la Bretagne.

Passant sous silence les accusations

dont il était l'objet, Tallien s'écria du ton théâtral qui lui était familier :

— La contre-Révolution, mal étouffée, relève la tête. Malgré les talents et le patriotisme de Hoche, ce n'est plus assez, pour vaincre l'insurrection, d'un général jeune et sans expérience ; il faut noyer cette rébellion dans le sang des traîtres et maîtriser par la terreur les lâches qui leur prêtent leur concours...

Une triple salve d'applaudissements, partie des tribunes à un signe de Fréron, accueillit cette déclaration, qui rappelait les grands jours de 1792.

Tallien sentit qu'il fallait battre le fer chaud.

— Citoyens, s'écria-t-il, j'ai donné assez de preuves de mon dévouement à la République pour solliciter l'honneur d'aller la défendre contre les complots que je viens de dénoncer ; notre collègue Blad demande à m'être adjoint : c'est un pur ; nommez-nous tous deux !

Cette fois, ce furent des hourras qui accueillirent cette belliqueuse proposition.

Le poing sur la hanche, le nez au vent, l'œil provoquant un ennemi imaginaire, Tallien était resté dans une attitude superbe et devenu le point de mire des lorgnons des tribunes.

Pendant ce temps, le président avait mis au voix d'urgence la proposition de Tallien, brièvement formulée par Fréron sur une feuille de papier qu'il venait de passer au bureau.

Le vote eut lieu par assis et levé et par acclamation. Tallien et Blad sortirent investis des pleins pouvoirs des représentants en mission auprès des armées.

Avant de se séparer, les deux commissaires convinrent de se retrouver le soir même dans la cour du ministère de la guerre, où les attendrait une berline de poste, attelée et prête à partir ; puis chacun retourna chez soi, Blad rue de l'Eperon, où il demeurait en famille, et Tallien à Suresnes, où il allait retrouver Térésa.

Lariveaudière avait pris congé de lui au sortir de la Convention, et, afin de ne pas exciter les soupçons et de devancer en même temps les deux représentants, il prit un bidet de poste. Cette façon de voyager était un peu fatigante,

mais elle lui donnait un jour d'avance sur les voyageurs officiels : c'était le temps nécessaire pour prendre langue là-bas et préparer l'arrivée de Tallien.

Ce dernier poursuivait silencieusement la route de Suresnes ; il aperçut de loin les arbres de son parc. La petite porte était entr'ouverte ; Tallien sauta lestement à terre, et, sans plus s'occuper de son cheval, il s'avança d'un pas rapide à travers les allées sinueuses, caché par les hautes charmilles.

Tout à coup il s'arrêta. Il venait d'entendre la voix de Térésa parlant avec animation à une personne dont l'organe bien timbré appartenait évidemment à la moins belle moitié du genre humain.

— Ainsi, la paix est faite ? demandait la voix mâle.

— Oh ! pas encore, répondait Térésa d'un ton légèrement railleur ; vous avez encore beaucoup à faire pour obtenir votre pardon. Il ne faut pas vous prévaloir de ce que j'ai été trop bonne aujourd'hui.

— Que faut-il donc faire ?

— Etre plus assidu et ne pas laisser croire qu'il n'y a plus au monde que Mlle Lange.

— Oh ! madame, vous savez bien le contraire.

— Ah ! à propos : n'oubliez pas, la prochaine fois, d'apporter ce nocturne ; je veux le chanter avec vous.

— Et vous le chanterez à ravir.

— Flatteur !

— Vous savez bien, madame, qu'on ne peut vous flatter.

— Allons, partez ; il faut que j'aille retrouver mes invités.

Et le bruit d'un baiser retentit derrière la charmille.

Fou de rage, Tallien allait s'élancer ; mais il se contint en pensant d'une part au ridicule qu'il allait se donner, de l'autre, à l'amer plaisir qu'il allait avoir à confondre la perfide. Pâle, il s'effaça derrière un arbre pour laisser passer son rival, qui n'était autre — le lecteur l'a deviné — qu'Hoppé, le protecteur en titre de la fameuse Lange.

Le petit maître sortit en se dandinant de l'air d'un homme trop heureux, tandis que Tallien reprenait le chemin du château, le cœur ulcéré par la jalousie.

Il trouva Térésa tranquillement assise dans son salon et causant avec ses invités qui se pressaient autour d'elle.

En véritable fille d'Eve, Térésa eût deviné au premier coup d'œil en voyant l'altération des traits de Tallien qu'il avait entendu les adieux du Hambourgeois.

— Quoi? déjà? fit-elle avec surprise.

— Oui, déjà, répondit Tallien d'un ton rogue.

— Oh! mon ami, ce n'est pas un reproche; c'est de l'étonnement, voilà tout..... Vous n'avez pas rencontré le petit Hoppé? il sort d'ici!

— Si, je l'ai vu, dit Tallien d'une voix creuse, mais lui ne m'a pas vu.

— Il est si myope!

— Je ne trouve pas, moi, fit l'amant jaloux.

— Parbleu! dit Térésa à voix basse et se penchant vers lui, ne va-t-il pas vous faire ombrage?

— Et ce baiser, malheureuse, fit Tallien du même ton.

— Ah! vous écoutiez; eh bien, j'en suis fort aise.

— Madame!

— Oui, vous m'obsédez, à la fin, avec vos jalousies sans motif; un homme ne pourra bientôt plus me baiser la main sans que vous me fassiez des scènes qui vous couvrent de ridicule et qui me font rougir pour vous.

— Ah! fit Tallien avec incrédulité, c'est la main qu'il vous baisait?

— La bouche, si vous voulez, et laissez-moi tranquille, fit Térésa en se retournant avec humeur.

Les témoins de cette querelle intime s'étaient un peu retirés et causaient entre eux, comme ne paraissant pas y faire attention.

— Térésa, fit Tallien d'un ton de reproche, vous êtes bien cruelle.

— Et vous bien tyrannique.

— Au moment de mon départ...

— Quoi! vous partez? fit Térésa en se retournant.

— Oui, avec Blad, à huit heures.

— C'est pour diminuer mes regrets que vous me faites de si agréables adieux?

— Si vous saviez ce que je souffre, Térésa!

— Vous pouvez bien dire que vous êtes votre propre bourreau.

— Quoi! lorsque je vous entends papillonner avec ce freluquet que je déteste...

— C'est vous qui me l'avez présenté.

— Pas pour cela, toujours.

— Puis-je empêcher un homme d'être galant, bien élevé? En agissant ainsi, il croit vous faire la cour.

— Il réussit bien.

— Il faudrait peut-être, pour vous être agréable, que l'on fût grossier avec moi?

— Je ne dis pas cela.

— Allez, vous êtes peut-être habile en politique, mais vous n'entendez rien aux femmes.

— Je ne sais que vous aimer.

— Vous devriez bien apprendre alors à être aimable.

— Allons, Térésa, plus de bouderie; je croirai ce que vous voudrez, mais promettez-moi de ne pas recevoir ce Hoppé en mon absence.

— Encore!

— Que voulez-vous! c'est un enfantillage, mais promettez-le moi, et je partirai plus tranquille.

— Il faut toujours faire ce que vous voulez, tyran; eh bien, on le consignera jusqu'à votre retour. Etes-vous content?

— Tu es un ange!

— Oui, quand on fait vos volontés... Messieurs, reprit Térésa en élevant la voix, le citoyen Tallien m'annonce une grande nouvelle: l'insurrection a relevé la tête dans l'Ouest, et, ce soir, il part avec les pleins pouvoirs de la Convention pour réduire les rebelles et venger la République.

— Vive Tallien! s'écrièrent les assistants.

. . . .

FIN DE LA PREMIÈRE PARTIE

DEUXIÈME PARTIE

TERREUR BLANCHE

I

Le roi est mort, vive le roi !

Il ne sera pas sans intérêt pour nos
lecteurs de récapituler en quelques lignes les événements qui se sont déroulés dans notre première partie. Nous
avons assisté de près au réveil de la
chouannerie, que la Convention se flattait d'avoir étouffée, alors qu'elle lui
avait accordé une paix armée aussi nui-
sible aux intérêts de la République et
de l'unité française qu'elle était utile
aux royalistes, à l'étranger qui profitait
de nos dissensions intestines, enfin aux
coquins habiles à faire leur main dans
les temps troublés.

Sur ce canevas tragique se noue une
double intrigue romanesque : d'une part,
Louise Bernard voulant venger son
père assassiné et que seconde dans
sa vengeance Marcel Rey, un soupirant
timide, dont l'amour a fait un héros républicain, arrêté au début de ses exploits
par une balle malencontreuse ; de l'autre,

la fille du comte de Rochecombe, recher-
chée par deux prétendants : l'un, le
chevalier de Kervignac, qui, royaliste
par naissance et par éducation, réprou-
ve les infamies commises au nom de
Dieu et du roi ; l'autre, le vicomte de
Sérent, ambitieux sans scrupule, que
l'alliance des Rochecombe peut conduire
à la plus haute fortune. Jeanne préfère
le noble caractère du chevalier, mais
son père trouve plus conforme à ses intérêts de l'accorder au vicomte, d'où une
rivalité qui va s'accentuant. La comtesse de Rochecombe, loin d'être un
appui pour sa fille, cède aux conseils de
son orgueil et de son ambition ; mais
Jeanne de Rochecombe trouve un auxiliaire dans un simple prêtre, dont le
caractère loyal va se trouver aux prises
avec les nécessités de son état et de sa
situation, et qui semble connaître les
secrets de la comtesse. Un espion,
Pierre Guerno, amoureux de Louise
Bernard, un assassin, Bras-de-Fer,
rempliront l'emploi des traîtres ; de
même qu'un pauvre enfant, recueilli
par charité, sera souvent le sauveur de

ses bienfaiteurs et l'adversaire redoutable des bandits.

Les premiers succès des chouans, après l'arrestation de Cormatin, serviront de cadre à cette deuxième partie, où nous retrouverons en scène la plupart des personnages de cette histoire et qui réserve au lecteur plus d'une surprise.

Transportons-nous au château de Rochecombe, dans ce grand salon décrit dans notre première partie. Là nous retrouverons rassemblés les hobereaux et les chefs chouans, avec lesquels nous avons déjà fait connaissance. C'était par l'ordre de Cormatin que le comte les avait subitement réunis pour leur faire part d'une « importante communication. »

Donc, vers dix heures du soir, les retardataires étant tous arrivés, moins le chevalier de Kervignac, Cormatin, s'adossant à la cheminée, tira solennellement de sa poche un large papier scellé des armes royales et le déplia lentement en jetant sur l'auditoire un regard circulaire commandant l'attention.

« Messieurs, commença-t-il, je reçois directement par un émissaire de monseigneur le prince de Condé, la proclamation lue par Son Altesse sérénissime à l'armée royale, le 16 de ce mois, et que je suis chargé de vous transmettre. »

Un grand silence accueillit ce préambule.

Voici cette proclamation (1), continua Cormatin en affermissant sa voix :

« Messieurs,

« A peine les tombeaux de l'infortuné Louis XVI, de son auguste compagne et de leur respectable sœur, se sont-ils refermés, que nous les voyons se rouvrir encore pour réunir à ces illustres victimes l'objet le plus intéressant de notre amour, de nos espérances et de nos respects. Le jeune rejeton de tant de rois, dont la naissance paraissait assurer le bonheur de ses sujets, puisqu'il était formé du sang de Henri IV et de celui de Marie-Thérèse, vient de succomber sous le poids de ses fers et de sa cruelle existence.

« Ce n'est pas la première fois que j'ai eu à vous rappeler qu'il est de principe que le roi ne meurt point en

(1) Toutes les pièces citées par nous sont absolument authentiques.

France. Jurons donc à ce prince auguste qui devient aujourd'hui notre roi de verser jusqu'à la dernière goutte de notre sang pour lui prouver cette fidélité sans bornes, cette soumission entière, cet attachement inaltérable que nous lui devons à tant de titres, et dont nos âmes sont pénétrées. Nos vœux vont se manifester par ce cri qui part du cœur, et qu'un sentiment profond a rendu si naturel à tous les bons Français, ce cri qui fut toujours le présage comme le résultat de vos succès, et que les régicides n'ont jamais entendu sans stupeur comme sans remords.

« Après avoir invoqué le Dieu des miséricordes pour le roi que nous perdons, nous allons prier le Dieu des armées de prolonger les jours du roi qu'il nous donne, et de raffermir la couronne de France sur sa tête par ses victoires s'il le faut; et plus encore, s'il est possible, par le repentir de ses sujets, et par l'heureux accord de sa clémence et de sa justice.

« Messieurs, le Roi Louis XVII est mort; vive le Roi Louis XVIII!

« M. Crafford, envoyé du roi d'Angleterre, arrivé de la veille, était présent à cette cérémonie et joignit ses cris de Vive à ceux de l'armée en tenant son chapeau en l'air. Il apportait des fonds et toute sorte de satisfactions au prince de la part du roi son maître. »

« Vous le voyez, messieurs, continua Cormatin, l'heure des atermoiements est passée. Toutes nos mesures sont prises, nos chouans armés, équipés, notre mot d'ordre donné. Nous allons nous assurer la possession de plusieurs villes du littoral, de façon à appuyer le débarquement sur nos côtes d'une armée royale commandée par Son Altesse royale monseigneur le comte d'Artois, ayant sous ses ordres les plus brillants officiers de l'émigration. Une flotte anglaise va déposer entre Vannes et Lorient cette armée libératrice, et les bleus, affamés par mes soins, pris à l'improviste entre les troupes royales et nos chouans, sont perdus sans ressources.

« Auray est mon premier objectif; il nous faut cette place, qui commande le Loch et tous le pays environnant : j'ai su m'y ménager des intelligences, et, de plus, j'ai adressé à plusieurs de nos amis les plus dévoués, entre autres le baron de Solichac, l'invitation de se réunir à nous demain à Grandchamp, dont nous prendrons possession sans résistance.

« Les troupes, divisées en deux colonnes, attaqueront simultanément les deux quartiers de Saint-Gildas et de Saint-Goustan à l'aurore. M. de Boishardy commandera la première, le vicomte de Sérent conduira l'autre, sous ma direction.

« Ainsi, c'est dit, messieurs. Cette nuit, rassemblez vos hommes, cernez Grandchamp, occupez les routes, les sentiers, couronnez les hauteurs, et dans deux jours Auray est à nous.

« — Vive le roi ! s'écrièrent les gentilshommes électrisés.

« — Maintenant, messieurs, continua Cormatin, encore quelques heures de prudence, séparons-nous sans bruit, car il serait vraiment fâcheux que des combinaisons si bien prises échouassent dès le début. »

Tous les assistants se préparèrent au départ, cachant sous des manteaux sombres le costume assez compromettant des officiers chouans, qu'ils avaient revêtu pour la circonstance.

En ce moment, on entendit distinctement le cri de la chouette répété sur plusieurs points à la fois.

— Quand je vous le disais, messieurs, fit précipitamment Cormatin, ces signaux m'avertissent que le bois est cerné. Sans doute les bleus font une battue avec leur damnée colonne mobile; séparons-nous au plus vite, car s'ils nous trouvaient ici, le coup de filet serait trop beau. Dispersez-vous et chacun pour soi.

Joignant l'exemple au précepte, Cormatin disparut par une petite porte avec M. de Rochecombe, de Sérent et Boishardy, tandis que les invités s'engageaient dans l'étroit escalier qui conduisait au passage souterrain.

Les quatre hommes descendirent par un escalier de service, qui communiquait avait l'office, précédés du comte qui leur montrait le chemin.

Arrivés au bas de cet escalier, une petite porte s'ouvrit devant eux qui donnait sur la partie la plus cachée du parc contiguë au bois.

— Vous êtes sûr, comte, demanda Boishardy, que ce côté est libre ?

— Absolument; j'y ai placé deux de nos gars, et aucun signal ne nous est parvenu... Au reste, je vais renouveler l'expérience.

Et plaçant ses mains devant sa bouche, M. de Rochecombe poussa ce cri lugubre si connu des chouans.

Aucun bruit ne lui répondit.

— Le passage est libre, dit-il, sans cela mes hommes m'eussent répondu. Allons, messieurs, il s'agit d'escalader le mur. Qui m'aime me suive !

Et le comte, avec une agilité que l'on n'aurait pas attendue de son âge, se hissa sur la crête, fouillant le bois de ses yeux perçants.

Rassuré par cet examen sommaire, le comte fit un signe à ses compagnons qui s'empressèrent de suivre son exemple et de franchir l'obstacle qui les séparait de la forêt.

Puis, tous quatre, M. de Rochecombe marchant en tête, se dirigèrent vers un épais fourré où devaient se trouver leurs chevaux et une escorte de chouans.

— Jusqu'à présent, fit le vicomte de Sérent, qui marchait à côté de son futur beau-père, je ne vois ni chevaux, ni escorte.

— Ils ne peuvent être loin, répondit le comte en s'engageant résolûment dans le fourré.

En effet, à un détour du sentier, il aperçut ses hommes assis, immobiles, à deux pas des chevaux sellés et attachés par la bride à de petits arbres.

Le comte allait leur demander le motif de leur peu d'empressement, lorsque tout à coup il vit surgir, de toutes parts, les uniformes des soldats de la République.

— Trahison! cria le comte en tirant son épée. A moi, messieurs!

Les quatre gentilshommes étaient entourés par une vingtaine d'hommes déterminés que commandait le lieutenant Lambert.

Résister eût été une folie, aussi Cormatin fit-il signe à ses amis de rengainer leur épée et de le laisser les tirer seul de ce mauvais pas.

— Qu'est-ce à dire, citoyens? fit-il en s'avançant d'un air arrogant vers l'officier qui commandait le détachement; ignorez-vous que je suis administrateur général de la Bretagne?

— Je le sais parfaitement, monsieur Cormatin, répondit brièvement l'officier, mais j'ai l'ordre de vous arrêter et je vous arrête.

— Il y a erreur.

— Pas le moins du monde, le nom et la qualité se rapportent à vous.

— Savez-vous bien, monsieur, reprit Cormatin, qui oubliait de se servir du mot citoyen, savez-vous bien que je vous ferai casser?

— Je suis couvert par mes ordres. Puis, c'est trop de façons. Grenadiers, emparez-vous de cet homme.

Le lieutenant Lambert achevait à peine ces mots que trois coups de feu éclatèrent simultanément. Deux de ses hommes tombèrent et son chapeau fut traversé d'une balle.

C'étaient les chouans de l'escorte qui, voyant se relâcher la surveillance dont ils étaient l'objet, s'étaient glissés jusqu'aux chevaux qu'ils avaient détachés et tirant à bout portant sur les soldats les plus rapprochés, espéraient faciliter la fuite des gentilshommes.

— Ah! traître! s'était écrié le lieutenant en se précipitant sur Cormatin, mais il fut prévenu par le comte de Boishardy, qui lui porta un si furieux coup d'épée que, sans un saut en arrière, il eût été tué du coup.

En même temps, sur un coup d'œil de Cormatin, le comte et le jeune de Sérent déchargeant leurs pistolets sur le groupe des soldats, sautaient légèrement en selle et s'enfuyaient au triple galop.

Les chouans faisaient des prodiges de valeur pour protéger la fuite des deux autres, mais Boishardy et Cormatin, serrés de près, ne songeaient plus qu'à se défendre des soldats rendus furieux par le meurtre de leurs camarades.

En peu d'instants les chouans furent hors de combat.

Les deux gentilshommes adossés à un arbre luttaient encore avec la rage du désespoir, lorsqu'un grenadier, passant derrière Cormatin, le tira par la jambe et le fit tomber par terre.

— Ne le tuez pas! cria le lieutenant qui ferraillait toujours avec Boishardy.

Cette intervention faillit être fatale à l'officier, qui reçut un coup d'épée dans la cuisse et riposta par un coup de sabre qui jeta son adversaire par terre.

Boishardy avait la tête fendue et se tordait dans une violente agonie.

Un vieux soldat s'approcha et, d'un coup de fusil dans la tête, mit fin aux souffrances du malheureux. L'insurrection perdait en lui un de ses officiers les plus distingués, un de ses agents les plus actifs.

Cormatin avait été lié solidement avec les bretelles de deux fusils.

On l'emporta sur une claie improvisée avec quelques branches d'arbre. Quant à l'officier, appuyé d'une main sur un soldat, de l'autre sur un fusil qui lui servait de bâton, il essaya quelque temps de marcher à la tête de ses hommes; mais, vaincu par la douleur, il dut se laisser porter jusqu'au château de Rochecombe, où l'on aviserait au moyen le plus pratique de transporter à Auray le blessé et son prisonnier.

Quelques instants après, la petite troupe entrait dans le château du comte, où elle fut bientôt rejointe par les détachements qui battaient le bois sous la direction du capitaine Hulot.

Cormatin avait été désarmé, fouillé, puis finalement délié et placé dans une chambre séparée pendant que le chirurgien pansait la blessure heureusement légère du lieutenant Lambert.

Une charrette trouvée dans la cour du château, à laquelle on attela le cheval de Boishardy, reçut l'officier blessé et Cormatin, qui, les lèvres pincées, le front plissé, sous l'action d'une grande contention d'esprit, réfléchissait à sa situation critique et au moyen d'en sortir sauf.

Quelques heures après, le cortège arrivait à Auray, d'où Cormatin, après constatation faite de son identité, fut envoyé sous bonne escorte à Rennes, quartier général du général Hoche.

II

Un peu d'histoire

Expliquons maintenant au lecteur comment le baron de Cormatin, administrateur général de la Bretagne et protégé d'un pouvoir occulte, avait vu ses r ses découvertes et sa trahison mise à jour, au moment où son concours allait être si utile à la cause royaliste.

Les rapports des chefs d'administration sur la situation du Morbihan étaient devenus si inquiétants, que les deux représentants spécialement chargés de la pacification, Guerno et Guermeur, avaient pris le parti de se transporter sans délai à Vannes, auprès de leur collègue Brue.

Un jour que les trois représentants allaient se mettre à table, un officier municipal, accompagné de deux fusiliers, leur amène un chouan arrêté sans passe-port.

Les représentants font entrer le paysan dans une chambre pour l'interroger secrètement et lui demandent ce qu'il vient faire à Vannes. Le prévenu, qui a déclaré se nommer Lagrenade — un nom de guerre, — pressé de questions, avoue qu'il est porteur d'une lettre qu'il tire de sa po he.

Guerno prend la lettre et l'examine.

La suscription portait : A monsieur, monsieur le comte de Sils, dans le Morbihan.

Ces désignations paraissent naturellement suspectes dans un moment où, en vertu des dispositions mêmes de la convention de la Mabilais, toutes les appellations de l'ancien régime avaient été abandonnées par les signataires du traité.

— Connais-tu le contenu de la lettre? demande Brue.

— Non dà, fait le messager d'un air niais.

— En ce cas, fait l'un des représentants, nous allons l'ouvrir, et si elle ne contient rien de répréhensible, elle te sera rendue.

La lettre était ainsi conçue :

Rennes, 21 mai 1795.

J'ai dans ce département des moyens de toucher de l'argent; il faut donc que M. Guillot revienne le plus tôt possible, pour que nous puissions vous faire passer des secours. Envoyez-moi votre signature en blanc, pour former un emprunt, que j'autorise. Il y a quatre signatures : Boishardy, vous, Chantreau et moi. Fiez-vous à nous pour votre blanc.

L'on m'offre des sommes sur ma signature; mais je ne veux jamais m'isoler pour de telles affaires. Cependant nous avons besoin de fonds. Je vous embrasse mille fois. Renvoyez-nous M. Guillot bien vite.

Signé : CORMATIN (1).

La trahison était patente; le messager fut provisoirement maintenu en état d'arrestation et la pièce saisie adressée par un courrier à Hoche et aux représentants Grénot et Bollet, alors à Rennes.

Hoche obtient enfin l'ordre d'arrestation de Cormatin, sur lequel il ne cessait d'attirer l'attention du comité de salut public par des lettres de plus en plus pressantes dont nous détachons ce passage significatif :

« La conduite de Cormatin est abominable; les propos qu'il tient sont d'un forcené. Il a, en vérité, perdu la tête, et se croit le dictateur de Bretagne (2). »

Quelques jours après, Solilhac, Jarry et quelques autres chefs de chouans étaient arrêtés à Rennes, où Cormatin, appréhendé, comme nous l'avons vu, venait rejoindre ses complices. En même temps la lettre saisie, ainsi que deux autres pièces émanant des chefs de la chouannerie, étaient placardées sur les murs de Rennes.

C'était la guerre ouverte succédant à la guerre sourde. Les représentants en mission donnèrent l'ordre de dissiper les attroupements par la force, de saisir les chefs de bandes insurgées partout où l'on pourrait les rencontrer, etc. Quelques jours après, un arrêté du comité de salut public confirmait les mesures de répression déjà prises par les représentants, tout en enjoignant de laisser en paix ceux des royalistes qui resteraient fidèles à la convention de la Mabilais.

Ces mesures furent accueillies par l'armée républicaine avec un véritable enthousiasme.

De leur côté, les rebelles loin de se laisser déconcerter par ces mesures, n'en pressèrent que plus vite leurs préparatifs.

_____

(1) Correspondance des chefs royalistes.

(2) Rousselin, Vie et Correspondance de Hoche.

Une proclamation de Sol de Grisole, chef du canton de Rochefort, dans le Morbihan, proclamation inhumaine et sauvage, indiquait que la guerre se ferait sans merci. C'était le vol et l'assassinat organisés.

On n'ignore point l'admirable organisation de l'armée des chouans, qui, composée de paysans abrutis commandés par des nobles et des prêtres, s'est conservée jusqu'à nos jours, comme il est facile de le voir aux pardons de Sainte-Anne d'Auray. Le touriste qui voit ces processions d'hommes embrigadés, dirigés, conduits par les descendants des émigrés et les hommes qui prennent à Rome leur mot d'ordre,

Admire un si bel ordre et reconnaît l'Eglise.

C'est ce qui fit la force des bandes vendéennes et bretonnes : l'organisation. En peu de jours, dans les *paroisses* particulièrement soumises à l'action des insurgés, il se manifesta un mouvement extraordinaire. Les environs de Plouërdut et de Langoëlan, le Guéméné, les campagnes de Plouny et d'Hennebont étaient spécialement signalés comme étant chaque jour occupés ou traversés par des bandes de chouans, à la tête desquelles se voyaient des femmes et qui semblaient converger vers Grandchamp.

Grandchamp , aujourd'hui un fort chef-lieu de canton de près de quatre mille habitants, n'en possédait plus guère que cinq ou six cents à l'époque où se passe notre récit. Point de jonction de plusieurs routes importantes, celles de Vannes à Pontivy et à Josselin entre autres, environné par des localités acquises à la chouannerie, sa position intermédiaire entre Vannes et Auray lui donnait une grande importance stratégique. C'est ce qu'avaient si bien compris l'espion Pierre Guerno et les chefs de la rébellion.

Le bourg de Grandchamp n'était alors composé que de maisons d'assez triste apparence, bâties en pierres grisâtres assemblées sans art et cimentées avec une sorte de pisé. Elles se groupaient irrégulièrement autour d'une massive église, dont le carré central était un vestige de l'architecture romane et qui avait été tant bien que mal achevée au quinzième siècle.

A peu de distance du bourg se voyaient disséminées dans la lande quelques tristes chaumières ombragées par des pins rabougris ; seule végétation arborescente de ce pauvre terrain. Au delà c'était la lande avec ses ajoncs gris de poussière, à la fleur jaune et ses maigres bruyères, parsemée çà et là de monuments celtiques, menhirs élevant sur l'azur du ciel leur masse informe ou couchés sur le sol, dolmens, dont l'énorme table servait, pendant l'ardeur du jour, d'ombreuse retraite aux pâtres qui gardaient de pauvres troupeaux.

Le plus grand de ces dolmens était celui de Loperhet ; aussi était-ce là le rendez-vous assigné aux bandes de chouans, avant l'attaque de Grand-Champ.

Déjà les étoiles pâlissaient dans un ciel pur et les stries violacées qui rayaient l'horizon blanchissant annonçaient l'approche d'une chaude journée. Bientôt, ces brumes légères s'évanouirent pour faire place à la rutilante coloration des rayons solaires encore interceptés par de légères vapeurs. Successivement, le ciel s'empourpra de teintes rouges, oranges, d'un jaune vif, et, tout d'un coup, l'astre-roi s'élevant sur l'horizon inonda le pays de sa resplendissante lumière.

L'observateur eût pu voir alors de tous les sentiers qui conduisaient à Loperhet de longues files de chouans, pareilles à des serpents se frayant une route à travers la lande. Au loin, on entendait le bruit de leur pas alourdi, cadencé par un chant traînard, quelque cantique à sainte Anne ou quelque ronde bretonne.

A mesure que les contingents arrivaient au dolmen, ils se rangeaient en ligne de bataille et formaient les faisceaux avec leurs armes, carabines et fusils de tout calibre. La plupart n'avaient que des faux emmanchées à l'envers ou le bâton à deux bouts, arme redoutable dans les mains d'un breton.

Les officiers portant l'élégant costume des chefs de la chouannerie, avec l'écharpe et le chapeau à plume, se multipliaient pour mettre un peu d'ordre dans ces masses confuses ; quelques prêtres armés en guerre, parcouraient les rangs, haranguant et absolvant leurs ouailles, les excitant à mourir pour la sainte cause.

Tous étaient remplis d'enthousiasme, car on leur avait promis la victoire, et même la résurrection en cas d'accident. Les chefs de canton, sortes de centurions, suppléaient les officiers dans la tâche ardue de discipliner ces brutes.

Le vicomte de Sérent, l'un des généraux désignés pour l'attaque, était à son poste, ainsi que M. de Rochecombe.

Ils venaient de recevoir la nouvelle du départ de la flotte anglaise, dont l'arrivée était imminente. Ils s'empressèrent de la communiquer à leurs hommes, dont l'enthousiasme ne connut plus de bornes lorsqu'ils surent que le propre frère du roi venait se mettre à leur tête.

A Grandchamp, l'inquiétude était grande. Quelques paysans déjà rançonnés par les chouans s'étaient enfuis à leur approche et étaient venus donner l'alarme au bourg, dont les habitants étaient encore plongés dans le sommeil.

Une compagnie des colonnes mobiles, commandée par le capitaine Grillet, occupait seule la petite place du district; soldats et sous-officiers campés, les officiers logeant chez l'habitant.

Aussitôt prévenu, le capitaine fit battre le rappel pour rassembler ses hommes et courut à la maison commune pour s'entendre, en cette grave conjoncture, avec le maire, qui s'était levé à la hâte et venait d y arriver.

— Eh bien, capitaine, fit le digne homme tout essoufflé, vous savez la nouvelle : les chouans arrivent en masse; ils vont tout piller, tout massacrer. Que faire ?

— Nous défendre, parbleu ! répondit le capitaine avec insouciance.

— Mais comment ?

— Ah ! ça, c'est mon affaire. De combien d'hommes armés disposez-vous ?

— Une cinquantaine au plus.

— C'est plus que je n'espérais. Et les autres ?

— Oh ! de pauvres diables qui ne tiendront pas.

— Vous allez m'envoyer tous ces gaillards-là, avec des pioches et des pelles ; que dans un quart d'heure votre garde nationale soit sous les armes et vos travailleurs, munis de leurs outils, sur la place du district.

— Mais, capitaine, vous allez nous faire incendier.

— Mais, monsieur le maire, c'est moi qui suis responsable; allez.

— J'y vais, j'y vais, capitaine. Hélas ! quel malheur, fit le pauvre maire en obéissant.

— A propos, monsieur le maire.

Le maire revint.

— N'oubliez pas de faire hisser le drapeau tricolore sur la maison commune.

— Le drapeau ?

— Oui, allez donc, sacrebleu !

Vingt minutes plus tard, la compagnie du capitaine Grillet était en bataille l'arme au pied, ayant à sa droite la garde nationale de Gradchamp, dont la consternation faisait contraste avec l'attitude indifférente de la troupe. Un peu plus loin, se tenait le groupe des travailleurs, ouvriers et paysans, rassemblés par le maire.

— Voyons, mes enfants, leur dit le capitaine en s'approchant, vous savez creuser un fossé n'est-ce pas.

— Oh ! dame oui, firent les paysans.

— Eh bien, vous allez vous diviser en quatre escouades. La première se rendra sur la route de Pontivy à l'entrée du bourg, du côté qui regarde Vannes, et la seconde du côté opposé. La troisième et la quatrième suivront l'une le sergent Truffaut, l'autre le sergent Flottard, qui ont mes instructions. Tous ceux qui ont des pelles iront sur la route de Pontivy, ceux qui ont des pioches accompagneront les deux sergents. Vous, continua-t-il en s'adressant aux premiers, vous allez me creuser un fossé de toute la largeur de la route, en rejetant la terre du côté de la campagne. Quant à vous, ajouta-t-il en s'adressant aux deux sergents, vous vous rappellerez mes ordres : créneler les murs des jardins qui donnnent sur la lande.

Une heure s'était à peine écoulée que grâce à l'activité des travailleurs, deux immenses tranchées barraient les deux entrées du village, tandis que les clôtures des jardins, percées de meurtrières, offraient aux tireurs un abri contre les balles des chouans.

— Ils peuvent venir, maintenant, fit le capitaine après avoir disposé sa petite troupe et fait charger les armes, je les attends.

Il était temps, en effet, car, à quelques centaines de pas, on voyait poindre, la tête de la première colonne d'attaque.

Arrivée à trois cents mètres environ de l'entrée du village, M. de Sérent, qui avait reconnu avec sa lunette les préparatifs de défense improvisés par le capitaine Grillet, commnda :

— Halte !

Puis, séparant sa colonne en trois tronçons, il dirigea les deux premiers sur les jardins de droite et de gauche, et le troisième, formé des hommes les plus éprouvés et marchant sur deux files espacées, contre la tranchée du milieu.

— En avant ! cria M. de Sérent, vive le roi ! les Anglais et Bonchamps !

— Vive le roy ! Vive sainte Anne ! Vivent les Anglais ! Vive Bonchamps ! répétèrent les chouans.

Et, comme une trombe, toute cette masse se précipita sur la petite troupe républicaine.

— Feu ! fit la voix brève du capitaine.

Et une ligne blanche de fumée couronna la crête de la tranchée.

En même temps, une double détonation ébranla l'air.

Grâce aux précautions du capitaine Grillet, un seul homme avait été atteint.

Quant aux chouans, c'était une autre affaire ; plus de vingt avaient mordu la poussière et le reste se retirait en désordre, malgré les exhortations des officiers.

M. de Sérent s'aperçut alors de la faute qu'il avait commise en opérant avec ses paysans comme avec des troupes régulières. Il rallia ses hommes, les porta quelque peu en arrière et parut tenir conseil avec ses officiers.

Puis, après quelques minutes employées en exhortations et distributions d'eau-de-vie :

— Allons ! s'écria-t-il d'une voix forte, égaillez-vous, les gars !

Cette fois, comme s'ils n'attendaient que ce commandement si connu, les chouans qui composaient la colonne s'éparpillèrent, ainsi qu'une troupe de moineaux, et, se dissimulant les uns derrière un arbre, d'autres à l'abri d'un menhir ou de quelque tertre naturel ; d'autres, enfin, dans les fossés, à genoux ou bien encore à plat ventre, afin d'offrir moins de surface aux balles des soldats républicains, ils commencèrent un feu nourri contre les défenseurs de la tranchée.

Ceux-ci, de leur côté, malgré leur petit nombre, ripostaient vigoureusement, ne tirant qu'à bon escient, et leur feu, malgré les précautions prises par les chouans, étant bien dirigé, était plus meurtrier.

Pendant ce temps, une seconde colonne, commandée par le comte de Rochecombe, tournait le village dans l'intention de surprendre les bleus. Mais le comte avait compté sans l'expérience du capitaine, et ses hommes furent reçus aussi vigoureusement que la colonne de M. de Sérent.

La fusillade crépitait comme une poignée de sel sur un feu vif ; et la fumée s'élevait lentement dans le ciel azuré, formant comme un dais de velours blanc sur la tête des combattants.

Tout à coup on entendit le bruit du tambour : c'était sans doute une colonne mobile attirée par le bruit de la lutte et qui venait au secours des défenseurs de Grandchamp.

— Tenez bon, mes enfants ! cria le capitaine, voici du renfort.

— Je ne sais pas si les chouans vont la danser, murmura un vieux sergent.

En effet, on apercevait au loin le drapeau tricolore flottant au souffle d'une légère brise, et le bruit du tambour battant la charge augmentait d'instant en instant. C'était Louise Bernard et son petit bataillon qui accourait au secours des républicains.

En un instant, la panique se répandit parmi les chouans de M. de Rochecombe, qui s'enfuirent comme des lapins jusqu'à l'entrée d'un petit bois de pins, quels que fussent les efforts du comte pour les retenir.

La petite troupe en profita pour se jeter dans la place, après une décharge générale sur les fuyards que ralliaient leurs officiers.

— Morbleu ! citoyenne, fit le capitaine, en reconnaissant la jeune héroïne, tu es une brave fille... Mais si vous n'êtes pas plus nombreux, ce n'était guère la peine de venir vous faire casser la mâchoire ici.

— Pardon, capitaine, fit Louise avec énergie, c'est toujours la peine d'aller où l'on trouve des chouans à tuer.

La jeune fille était très pâle, elle portait un crêpe au bras, le double deuil de son père et de son fiancé, car on n'avait même pas retrouvé le cadavre du pauvre Marcel.

Les chouans ramenés par le comte recommencèrent leur feu, juste comme le capitaine achevait de placer ses nouveaux compagnons.

Louise, se souciant peu du danger, s'était postée à l'encoignure de la tranchée, à découvert, ayant près d'elle le vaillant Petit-Jean qui tapait comme un enragé sur son tambour.

Avec un admirable sang-froid, la jeune fille chargeait sa carabine, et, visant lentement avec assurance, abattait un chouan presque à chaque coup, en dépit des balles qui lui sifflaient aux oreilles.

Pâle, les lèvres serrées, les yeux brillant d'un feu extraordinaire, Louise semblait la personnification de la Vengeance.

Le comte s'aperçut bientôt des ravages causés par l'héroïne et, postant deux de ses meilleurs tireurs derrière un pan de mur écroulé, il la leur désigna.

L'un d'eux épaula lentement, visa avec soin et pressa la détente.

Louise parut chanceler et son visage se couvrit de sang.

La balle lui avait labouré les chairs du front.

— Attends, je vais mieux faire, dit l'autre chouan en l'ajustant.

Il allait tirer, lorsqu'une main vigoureuse redressant son arme, le coup partit en l'air.

— Failli chien! s'écria le chouan d'un air menaçant.

— Monsieur le comte, fit Pierre Guerno, car c'était lui, veuillez donner l'ordre que personne ne tire sur cette jeune fille.

M. de Rochecombe parut surpris.

— Mais quel intérêt? dit-il....

— Il le faut, interrompit l'espion; maintenant, menez-moi vers M. de Sé-

rent, et dans vingt minutes Grandchamp est à nous.

Subjugué par l'air convaincu du misérable, le comte donna l'ordre d'épargner Louise, et les deux hommes s'acheminèrent rapidement vers la colonne que dirigeait le vicomte.

M. de Sérent, prudemment abrité derrière un menhir gigantesque, contemplait, avec l'indifférence d'un véritable gentilhomme, cette chair à canon qui tiraillait et mourait pour la triple cause des prêtres, des nobles et du roi. En voyant s'avancer son futur beau-père suivi de l'espion, il se leva et vint au-devant d'eux.

— Monsieur vient nous donner un utile avis, dit le comte en désignant Pierre Guerno.

— Et lequel? demanda le vicomte avec hauteur.

— Oh! mon Dieu, fit le traître avec insouciance, je vais vous donner le moyen de prendre de suite Grandchamp, dans lequel vous n'entrerez pas aujourd'hui, si vous continuez à tirer sur des pierres.

— Quel est-il?

— Pardon, vous vous rappelez nos conditions?

— Des conditions?

— Oui, fit le comte, j'ai promis deux heures de pillage à monsieur pour m'introduire dans Auray.

— Je ne demande qu'une heure pour Grandchamp, fit Guerno tout pâle.

— Soit, une heure.

— Votre parole?

— Drôle, ma promesse ne te suffit pas?

— Allons, soit, fit l'espion tout humble, ayant peur de voir sa proie lui échapper.

— Eh bien, demanda M. de Rochecombe, parlez.

— Il y a, à l'ouest de la ville, une maison dont la cave immense s'étend plus loin que le mur des jardins. J'en connais l'emplacement: en dix minutes le trou peut être creusé, et, dans vingt, la moitié de vos hommes peut prendre les bleus entre deux feux, et Grandchamp est à vous.

— Excellente idée! fit le comte.

— En effet, ajouta Serent; eh bien, dit-il à l'espion, prenez le nombre d'homme nécessaire et faites vite.

Quelques instants après, un trou béant s'ouvrait sur la cave où descendaient trois cents chouans, choisis parmi les plus déterminés; Bras-de-Fer et Kéno, son digne compagnon, étaient du nombre.

Les bandits royalistes remontèrent dans l'intérieur de la maison, occupée seulement par une malheureuse vieille, qui fut étranglée en un tour de main. La porte ouverte, les chouans, toujours guidés par Pierre Guerno, s'élancèrent au pas de course vers les défenseurs des tranchées, dont une formidable décharge jeta le plus grand nombre par terre.

Surpris par cette attaque inattendue, les soldats essayèrent de faire face aux nouveaux assaillants; mais en même temps M. de Rochecombe lançait une colonne d'assaut contre le remblai, et une affreuse boucherie commença.

Pierre Guerno s'était frayé un chemin vers Louise, suivi de près par les deux bandits.

En l'apercevant, la jeune fille poussa un cri de rage, et levant de ses mains nerveuses sa carabine, lança un formidable coup sur la tête de Guerno, qui ne l'esquiva qu'en se jetant de côté.

— Ah! la belle a ses nerfs, dit Bras-de-Fer en la saisissant par la taille.

— A moi, Petit-Jean! cria Louise.

— Voilà, mam'selle, fit le gamin.

Et Kéno, atteint d'une balle, roula comme une masse.

— Attends, vermine, hurla Bras-de-Fer furieux, qui à bout portant tira sur l'enfant.

Petit-Jean ouvrit les bras, battit l'air de ses deux mains, tournoya sur lui-même et s'abattit la face contre terre.

Puis venant à Pierre, qui luttait corps à corps avec Louise, Bras-de-Fer l'aida à maîtriser la jeune fille, qui, solidement garrottée, fut remise à Pierre.

De tous côtés, les chouans massacraient et pillaient. La fusillade avait cessé, tous les soldats étant tués ou blessés, et la noire fumée de l'incendie remplaçait la blanche fumée de la poudre.

Louise fut placée, complètement privée de sentiment, sur le cheval de Guerno, qui frémit au contact de ce corps inerte.

— Et maintenant, fit-il d'une voix sourde, à ma vengeance!

III

Le souterrain d'Alré

Chargé de son précieux fardeau, l'espion prit la route d'Auray, mais comme la ville était encore au pouvoir des républicains, il fit un grand détour, et ce ne fut qu'à la nuit tombante qu'il pénétra dans le bois dépendant du domaine d'Alré.

Là il descendit, avec des précautions infinies, le corps toujours inerte de la jeune fille, dessella son cheval, dont il cacha le harnachement dans une hutte abandonnée, et, d'un coup de houssine, renvoya l'intelligent animal, qui s'en alla philosophiquement brouter dans une lande voisine.

Prenant alors Louise sur ses épaules, il s'avança courbé sous le poids par le chemin accoutumé. Quelques instants après, il entrait dans le sombre caveau où nous avons introduit déjà nos lecteurs.

Tout était sombre; Pierre Guerno déposa son fardeau, battit le briquet et alluma une petite lanterne dont la lueur incertaine se frayait jour avec peine au travers de ses verres enfumés.

Dans un coin du caveau gisait une masse informe : c'était un homme enchaîné à un anneau de fer rivé dans la muraille. Le malheureux ne fit pas même un mouvement pour voir qui entrait dans son cachot. Sans doute, il était habitué au pas de son geôlier.

Cette immobilité ne faisait pas le compte de l'espion.

— Hé! Marcel! fit-il en poussant l'homme du pied.

Marcel, car c'était lui, miraculeusement échappé à la mort, Marcel releva la tête.

— Ah! à la bonne heure.

— Que me veux tu encore?

— Tu sais que je t'ai promis une surprise; eh bien, le jour est arrivé. Tu t'es toujours montré bien ingrat envers moi, mais je ne t'en veux pas. Lorsque je t'ai ramassé au milieu des cadavres, à la Closerie, frappé au front par une balle morte, au lieu de te laisser là où les chouans t'auraient achevé, je t'ai amené ici; ce n'est pas un palais, mais je m'en contente. Bien m'a pris de te mettre hors d'état de me nuire, car, sans cette précaution, tu m'étranglais lorsque, dans ma bonté, je t'apportais à manger, pour me remercier, sans doute. Tu m'as offert toute ta fortune pour ta liberté ; je ne vois pas bien comment tu aurais pu me la donner ; mais je ne suis pas intéressé, et je t'ai montré, du reste, que je suis assez riche pour acheter toute la ville d'Auray si c'était mon plaisir. Je t'ai répondu, tu t'en souviens, que je te rendrais ta liberté, mais seulement après t'avoir fait une surprise ; eh bien, je te le répète, le jour est arrivé.

— Je vais être libre !

— Oui, mais après la surprise. — Tu aimes Louise ?

— Louise ?

— Oui, Louise Bernard, et par conséquent tu dois être content de tout ce qui peut lui arriver d'heureux.

— Parle.

— Eh bien, fit l'espion en souriant d'une horrible façon, Louise a trouvé un fort beau parti de mariage.

— Misérable !

— Tu vas en avoir la preuve, car elle le dira elle-même.

— Louise va venir ?

— C'est déjà fait, dit l'espion en se détournant.

Et, dirigeant les rayons de sa lanterne sur le corps de la jeune fille, il regarda Marcel d'un air de triomphe.

— C'est elle ! Morte ! s'écria le jeune homme.

— Non, elle n'est pas morte, fit l'espion, mais fatiguée par la route. Dans quelques instants, elle va revenir à elle et tu pourras t'assurer du bonheur qui lui arrive, car c'est moi qu'elle épouse, et j'ai choisi cet endroit pour notre nuit de noces... Tu seras notre témoin.

A mesure que l'espion parlait, Marcel, sans quitter des yeux celle qu'il aimait, s'était relevé, debout, horriblement pâle ; il comprenait vaguement qu'il allait se passer quelque atrocité.

Pendant ce temps, l'espion avait été chercher une bouteille d'eau-de-vie dissimulée dans un coin, et buvait à même, avec une visible satisfaction.

— Louise ! cria enfin le jeune homme, d'une voix étranglée.

A ce moment, comme si cette voix aimée fût parvenue jusqu'à elle, la jeune fille fit un mouvement.

— Louise ! Louise ! répéta Marcel.

La malheureuse enfant ouvrit alors les yeux en s'appuyant sur un coude, et regarda autour d'elle d'un air égaré.

Pierre Guerno, debout dans une encoignure, contemplait cette scène émouvante avec une joie féroce.

Peu à peu les yeux de la jeune fille s'habituant aux ténèbres, elle put distinguer dans la pénombre le visage de Marcel tendu vers elle, de Marcel qu'elle pleurait.

Frappée par cette vision, elle se couvrit le visage de ses mains.

Le jeune homme se méprit à ce mouvement, croyant que c'était de honte.

— Oh ! Louise, fit-il, vous ici ?

Ecartant ses mains de son visage, Louise se leva d'un bond.

— Marcel ! toi, vivant ! fit-elle en s'élançant vers lui.

Un rire strident, terrible, la fit retourner.

C'était l'espion qui, tout en approchant de temps en temps la bouteille de ses lèvres, suivait d'un œil avide les péripéties de la reconnaissance.

— Dites que je ne suis pas gentil, fit-il, de vous laisser bavarder ainsi.

Louise venait de voir les chaînes qui retenaient son amant.

— Nous sommes prisonniers ! s'écria-t-elle.

— A peu près, dit l'espion. Ah ! la belle, vous avez cru qu'il vous serait permis de me torturer, de m'insulter ; vous ne vous êtes pas dit que vous pourriez tomber un jour en ma puissance, et si complétement, que je vous verrais vous traîner à mes pieds. C'était d'une imprudente, Louise Bernard ! Aujourd'hui, je suis votre maître à tous deux et je veux me venger.

— Lâche ! cria Marcel.

— Oui, je veux me venger, fit Pierre Guerno en regardant la jeune fille avec des yeux enflammés. Tu es belle, Louise, et je te veux, ici, tout de suite.

La jeune fille recula d'horreur.

— Oui, continua Pierre Guerno, dans un instant tu vas être à moi, et rien ne pourra t'arracher de mes bras, pas même ton fiancé, qui se meurtrit les bras avec ses chaînes.

— Monstre ! hurla Marcel.

— 75 —

— Je mourrai plutôt, s'écria Louise.

— Non, tu ne mourras pas et tu m'appartiendras.

— Oh! fit Louise en regardant autour d'elle, pas une arme.

— Cherche, va, fit l'espion; tu es bien en mon pouvoir.

Louise tomba à genoux.

— Ecoute, Pierre, fit-elle d'une voix humble, c'est trop horrible; tu le vois, je m'humilie, je te demande pardon de t'avoir insulté, j'aurais dû te prendre en pitié.

— Vraiment! fit Guerno avec ironie.

— Oui, j'aurais dû te dire de bonnes paroles; j'ai eu tort; pardonne-moi, et je te jure sur la mémoire de mon père...

L'espion eut un ricanement féroce.

— Ton père, c'est moi qui l'ai fait tuer.

Louise se releva droite et frémissante.

— Toi! fit-elle, toi! et je t'implorais.

— Tu n'en auras que plus de mérite à m'appartenir.

— Pas encore! s'écria Louise, qui venait de saisir par le goulot la bouteille, un instant abandonnée.

Et, avec une force dont on ne l'aurait pas crue susceptible, elle asséna sur la tête de Pierre un si rude coup, que le sang jaillit.

— Ah! garce! hurla l'espion, en se précipitant sur elle; tu l'auras voulu...

Alors commença une lutte horrible sous les yeux de Marcel, qui se tordait impuissant. Pierre, dans un mouvement de rage, avait déchiré le corsage de la jeune fille, dont la blanche poitrine apparut à ses yeux. Cette vue enflammant les désirs de la brute, il l'enlaça, cherchant à la renverser en lui passant son genou entre les jambes. Louise était nerveuse, elle luttait avec le courage du désespoir, mordant les mains du misérable qui, dans sa passion bestiale, semblait devenu insensible.

Cependant, Louise faiblissait; une sueur froide coulait sur son front, ses genoux pliaient; Pierre, qui la sentait défaillir, fit un violent effort et la fit tomber sous lui. Louise à terre, oppressée par le poids du misérable, se raidissait encore, opposant à ses ignobles entreprises les mouvements instinctifs de la pudeur. Encore un instant, elle était vaincue.

En ce moment, un coup violent fut frappé à la porte du caveau; le bandit se redressa.

Profitant de ce répit, Louise se releva toute meurtrie.

— A moi! cria-t-elle.

— C'est Bras-de-Fer qui vient chercher le prix de ta personne.

Les coups redoublaient.

— Qu'a-t-il à frapper de la sorte? fit l'espion inquiet.

Un coup plus violent ébranla la porte.

— A moi! à moi! répéta Louise.

— Nous voilà, tenez bon, mam'selle, fit une voix stridente.

Pierre Guerno bondit sur un coutelas appendu au mur.

— Ah! s'écria-t-il en courant sur Louise, ils ne t'auront pas vivante.

— Ni toi non plus! fit l'intrépide enfant.

La porte cédait sous des coups furieux.

L'espion leva le bras sur Louise, qui esquiva le premier coup.

Il allait redoubler lorsque, la porte tombant avec fracas, une forme humaine traversa le cachot comme une bombe et, saisissant le bras du misérable, le tordit de façon à lui faire lâcher l'arme.

C'était Kervignac, qui, suivi de l'abbé et de Petit-Jean, venait au secours de la brave enfant.

Le rusé gamin, voyant qu'il ne pouvait défendre Louise contre trois hommes, s'était laissé tomber comme atteint par le pistolet du chouan; puis, se glissant à travers les cadavres, il était parvenu à sortir de la ville, et, toujours courant, était venu prévenir l'abbé.

Louise, au pouvoir de Pierre Guerno, ne pouvait être enfermée que dans les caves du domaine d'Alré, où, se dissimulant derrière les taillis, Petit-Jean avait tant de fois suivi l'espion; il s'agissait de la découvrir.

Suivre une piste était pour l'enfant un véritable jeu. Souvent, servant de guide à la petite troupe de Louise Bernard, il avait déployé une sagacité à faire envie aux Mohicans de Cooper. Cette fois encore son instinct n'avait pas été trompé. En faisant le tour du petit étang, Petit-Jean reconnut les traces encore fraîches du sabot du cheval dans l'herbe haute; il ne fut pas longtemps à découvrir la planche qui servait de pont à l'espion, et bientôt tous trois s'aventurèrent sur ce vacillant passage. L'enfant introduisit son petit bras maigre par le carreau cassé, fit jou r l'espagnolette et ils se trouvèrent dans la première chambre.

Là un précieux indice vint doubler leur courage. En se baissant, Petit-Jean ramassa une ceinture de cuir : c'était celle de Louise qui s'était dégrafée et avait glissé à terre pendant que l'espion la portait. Rampant sur les mains, s'aidant des moindres traces, l'enfant arriva jusqu'à l'escalier qui conduisait au caveau. Un cri, affaibli par l'épaisseur de la muraille, les avertit qu'ils n'avaient pas fait fausse route.

Il s'agissait de trouver l'ouverture secrète. Petit-Jean, à force d'observer, s'aperçut qu'un des nœuds du plancher ne ressemblait pas aux autres ; instinctivement, il appuya sa main sur le bois qui céda et la trappe s'ouvrit lentement, découvrant l'escalier de pierre.

Kervignac s'y élança le premier. Les cris étaient plus distincts; guidé par eux, il courut à la porte, qu'il ébranla vainement, car elle était solide. Il fallut la force herculéenne de l'abbé, qui, se servant de son épaule comme d'un bélier, parvint à desceller les gonds.

Devant cette irruption, l'espion s'était reculé au fond du caveau, où il s'était armé d'une barre de fer rouillée, arme redoutable entre les mains d'un homme agile et vigoureux.

Louise et Petit-Jean s'occupaient activement à délivrer Marcel, tandis que les deux hommes les couvraient de leurs corps.

Les yeux de l'espion étincelaient.

— Ah ! monsieur l'abbé, — monsieur de Kervignac, c'est vous qui vous mettez en travers de ma vengeance! eh bien, malheur à vous!

Le chevalier voulut s'élancer. L'abbé l'arrêta d'un bras ferme.

— Laissez, mon enfant, c'est à moi de dompter cette brute. Jette ton arme, commanda-t-il à Pierre en s'avançant sur lui.

La barre de fer tournoya dans l'ombre pour s'abattre sur le crâne de l'abbé.

Mais, d'un geste instinctif, celui-ci avait paré le coup avec sa main gauche et saisi cette massue, tandis que, de l'autre main, saisissant le misérable par l'épaule, il le jeta violemment à genoux.

Pierre Guerno tenta de se relever; mais l'abbé, qui l'avait saisi par les deux bras, le serrait avec tant de violence, que le misérable se mit à hurler de douleur.

Ses yeux sortaient presque de leur orbite, tandis que pas un muscle ne bougeait sur le visage froid et sévère de l'abbé.

— Vous me faites mal, lâchez-moi ! criait Pierre toujours à genoux.

— Pas encore. Tu vas auparavant demander pardon à Louise et à Marcel.

— Jamais, je les hais trop.

— Tu vas demander pardon, répéta l'abbé d'une voix brève.

— Non. Aïe! l'abbé, vous me brisez les os, aïe!

Les doigts noueux du prêtre s'enfoncèrent davantage, broyant les chairs du misérable.

— Pardon, grâce! cria-t-il vaincu, la face verdie par la douleur.

— Je pourrais te tuer comme un chien que tu es, fit l'abbé d'une voix sévère, mais la vie humaine m'est sacrée, même celle d'un voleur, d'un assassin, d'un traître, et tu es tout cela. Je ne te tuerai donc point, mais comme je veux te mettre dans l'impossibilité de nuire, je vais t'emmener avec moi, et je te logerai dans un endroit où tu ne pourras plus faire de mal. En attendant, donne-moi tes deux mains ?

Et avec une dextérité qu'eût enviée un policier, l'abbé, se servant de la ceinture de Louise, lia les deux mains de l'espion derrière le dos.

— Maintenant, lui dit-il, monte devant et prends garde de faire aucun mouvement pour t'échapper, ni de pousser un cri d'appel, car M. de Kervignac que voilà, et qui n'a pas mes scrupules, te cassera la tête.

Pierre Guerno, baissant la tête, obéit lentement, non sans avoir jeté un dernier regard de haine sur les deux amants.

Les quatre personnages ayant gravi l'escalier, la trappe fut soigneusement refermée, et la petite troupe s'achemina vers Auray, protégée par la nuit épaisse.

Un peu avant d'arriver en ville, ils descendirent le long des rives du Loch, puis remontèrent par une ruelle détournée jusqu'au logis du prêtre.

Là, Marcel et Louise prirent congé de lui, et l'abbé, poussant Guerno devant lui, le fit entrer avec Petit-Jean dans son logis, dont il referma soigneusement la porte.

En peu d'instants il eut allumé une petite lampe portative et, revenant vers l'espion :

— Suis-moi, lui dit-il. Toi, Petit-Jean, marche derrière lui et surveille-le.

Levant alors une trappe qui donnait dans le vestibule, l'abbé descendit dans un cellier, dont l'étroite ouverture donnait sur une petite cour intérieure.

— Voilà ta prison, fit-il à l'espion, et tâche de t'y bien conduire, sinon, ajouta-t-il d'un air terrible qui contrastait avec sa placide physionomie, tu sais que je suis de force à t'y contraindre.

Déliant alors les mains de Pierre, il lui désigna un amas de paille.

— Voici ton lit. Tous les matins l'enfant te descendra ta nourriture par ce soupirail, en attendant que je te mène dans un endroit dont tu ne t'échapperas pas facilement.

L'espion s'était tenu immobile sans prononcer une parole. Dès que la porte se fut refermée sur lui et qu'il eut entendu grincer la serrure et glisser un énorme verrou, sa figure se décomposa au point de devenir hideuse :

— Oh! l'abbé, fit-il d'une voix sourde, je me vengerai!

IV

La prise d'Auray.

Pour l'intelligence de ce qui va suivre, il est utile que nous nous transportions avec le lecteur à Auray et que nous lui donnions sur la topographie de cette ville d'indispensables détails.

La ville d'Auray est située sur une colline dominant la rivière du Loch, qui y forme un port profondément encaissé et divise la ville en deux quartiers :

Saint-Goustan et Saint-Gildas, du nom des deux paroisses.

Saint-Goustan n'est, en quelque sorte, qu'un faubourg, embelli par une charmante promenade possédant un belvédère rococo du dix-huitième siècle, d'où l'on a sur la rivière d'Auray une vue merveilleuse.

Au contraire, c'est à Saint-Gildas que se trouvent les édifices publics et partant toute l'animation commerciale dont une petite ville de trois à quatre mille âmes était susceptible à cette époque.

De l'église, édifice renaissance datant de Louis XIII et qui servait alors de grenier à fourrages, nous n'avons rien à dire; mais l'hôtel de ville, qui portait à cette époque le nom de district, est un assez vaste édifice datant de la fin du siècle dernier et surmonté d'un beffroi avec fronton aux armes de la ville.

A cette époque on trouvait encore à Auray un assez grand nombre de maisons en bois à pignon sur rue et à étages surplombant avec sculptures.

Celle de Louise Bernard, contiguë à la maison de Marcel Rey, était de ce nombre. C'était dans ce modeste logis qu'avait pris naissance l'affection des deux enfants l'un pour l'autre, affection qui, avec l'âge, s'était changée en un sentiment plus vif.

Depuis les derniers événements dont nous avons parlé dans notre première partie, la physionomie de cette maison avait bien changé.

C'était devenu une sorte de bureau de recrutement où venaient s'engager dans le bataillon de la jeune héroïne tous les patriotes ardents, tous ceux, — et ils étaient nombreux, — qui avaient à se venger des déprédations ou des crimes des chouans. C'était aussi un asile ouvert aux malheureux, toujours sûrs de trouver auprès de Louise un appui, des secours et, mieux encore, cette ardente sympathie d'un cœur ouvert à tous les nobles sentiments.

Marcel Rey, officiellement accepté comme le fiancé et partant le protecteur naturel de Louise, l'aidait dans cette double tâche, infatigable et zélé, et ne trouvait pas de meilleure façon de lui prouver son amour qu'en mettant à son service son dévouement tout entier; prêt à lui sacrifier avec joie sa fortune et sa vie, si elle les lui demandait.

Ce jour-là, une animation extraordinaire régnait dans la ville. On venait d'apprendre que les émigrés avaient débarqué à la presqu'île de Quiberon, et cet événement si grave était l'objet de nombreux commentaires parmi les groupes qui s'étaient formés dans la ville.

La nouvelle du débarquement avait été apportée par un des envahisseurs. C'était un marin nommé David Goujon, contre-maître de timonerie et fait prisonnier par les Anglais. Ceux-ci l'avaient obligé de s'embarquer avec les émigrés, et David, en madré Normand qu'il était — c'était un Dieppois — s'était bien promis, aussitôt débarqué, de fausser compagnie à ses compagnons forcés.

Pendant la traversée, retardée par des vents contraires, le marin avait fait contre fortune bon cœur, taciturne, parlant peu, mais écoutant de toutes ses oreilles.

Il avait ainsi surpris, par des lambeaux de conversation, les projets des envahisseurs, et s'était bien promis, dès le débarquement, d'en faire profiter l'armée française. Son cœur de patriote saignait en pensant au crime qu'allaient commettre ces nobles qui ne craignaient point, pour tenter de reconquérir leurs priviléges, d'amener l'ennemi héréditaire, — comme on considérait alors les Anglais, — sur le sol de la patrie.

David Goujon était venu à pied de Carnac à Auray, et là, voyant des uniformes républicains, il avait demandé à parler au commandant de la troupe. C'était le capitaine Hulot, qui le conduisit de suite au district, où il fit appeler en toute hâte les membres de la municipalité.

Il fut décidé, après un conciliabule de quelques minutes, que le messager serait envoyé de suite à Rennes sous la conduite d'une escorte suffisante, afin d'instruire le général en chef et les représentants en mission, de la grande nouvelle.

— Non, citoyens, non, fit David Goujon, dont la finesse naturelle et l'esprit aventureux concevaient un autre plan, pas d'escorte; donnez-moi deux écus pour faire la route, un costume de paysan, un bâton et je ferai le reste.

— Vous prendrez au moins une lettre d'introduction? fit l'adjoint Joseph Marteau.

— Oh! que non pas, répondit David Goujon, pour me faire arrêter et fusiller par les chouans.

— Mais qui répondra de votre sincérité au général en chef?

— Est-ce que j'ai l'air d'un menteur? fit le marin.

— Non certes, dit l'adjoint en contemplant la mâle figure de David Goujon.

— Eh bien, ne vous inquiétez de rien; je me charge de convaincre le père éternel. En attendant, si c'était un effet de votre bonté de me faire donner à dîner, je meurs de faim.

Les membres de la municipalité s'empressèrent de déférer à ce désir, et moins d'une heure après, le marin lesté d'un bon repas, admirablement déguisé en paysan, un bâton de cornouiller à la main, prenait la route de Rennes en chaloupant de l'air le plus dégagé.

Le bruit de cette aventure venait de se répandre en ville et c'est ce qui causait les attroupements.

Le marin avait donné les détails les plus circonstanciés sur la composition de l'armée des émigrés. Le gouvernement anglais, harcelé par le comte d'Artois, s'était vu dans l'obligation de réaliser les promesses faites depuis si longtemps et avait armé une flotte pour le débarquement des émigrés. De plus, Pitt avait promis dix mille soldats anglais de renfort.

L'évêque de Dol, émigré à Londres, prêchait la guerre sainte contre la République, et l'envahissement de la patrie avec le secours de l'étranger. Presque tous les officiers français de la *marine royale* et de *royal-artillerie*, tous nobles, bien entendu, se présentèrent pour l'expédition; mais, à de pareils cadres, il fallait des soldats, et, les hommes faisant défaut, on enrôla de force les soldats républicains prisonniers de guerre, fort maltraités dans les prisons anglaises, parmi lesquels se trouvait David Goujon.

Le gouvernement anglais parvint à former cinq corps réguliers et plusieurs cadres d'autres régiments destinés à se compléter en Bretagne à l'aide des chouans.

Les cinq corps enrégimentés étaient: le régiment de d'Hervilly ou Royal-Louis, qui avait pour colonel le comte d'Hervilly, nommé à un commandement supérieur.

La légion de marine, commandée par le comte d'Hector, ancien chef d'escadre, et composé, comme nous venons de le dire, d'officiers émigrés de l'ancienne marine royale.

La légion du Drénay, sous les ordres du marquis de ce nom;

Le régiment de Loyal-Emigrant ou de la Châtre;

Enfin, un régiment d'artillerie commandé par M. de la Rotalie, et formé presque en entier des officiers et sous-officiers qui avaient défendu Toulon contre l'armée de la Convention.

Les principaux chefs de cette petite armée, qui comptait près de cinq mille hommes, étaient les comtes de Puisaye, d'Hervilly, de Vauban, Dubois, Berthelot et le chevalier de Tinteniac, descendant dégénéré de ce Tinteniac qui se battit si vaillamment au combat des Trente contre les Anglais de Bemborough.

L'évêque de Dol, accompagné d'un grand nombre d'aumôniers, faisait partie de l'expédition.

Cette première division d'émigrés devait être bientôt suivie d'une seconde et d'une troisième dont le comte d'Artois, le futur Charles X, devait prendre le commandement.

Ceux qui en faisaient partie avaient mis la cocarde blanche, afin, disaient-ils, de conserver à l'expédition son caractère national. Vaine défaite; n'étaient-ils pas sous la protection du pavillon et des canons de l'Angleterre? De quelque beau prétexte qu'on le colorât, l'envahissement de la patrie était un crime.

Ce premier convoi allait être suivi d'un second, porteur des débris de plusieurs autres régiments de l'armée de Condé, réunis en Hanovre pour y être embarqués à destination de la Bretagne.

Ces corps, cruellement éprouvés durant la guerre, étaient ceux de Béon, de Rohan, de Périgord et de Salm : ils ne formaient guère qu'un noyau de quinze cents hommes, sous le commandement du jeune comte de Sombreuil.

Ils descendirent l'Elbe, furent transportés sur une escadre anglaise à Portsmouth et de là dirigés sur Quiberon, lieu désigné pour le débarquement.

On comptait que la Bretagne allait se soulever, et, une fois le débarquement opéré avec succès et lorsqu'un point important serait au pouvoir de l'armée royale, une armée anglaise, sous le commandement du prince français, mettrait de suite à la voile.

Il y avait eu, durant la traversée, de violentes discussions entre les deux principaux chefs de l'expédition, d'Hervilly et Puisaye, qui retardèrent le débarquement. Enfin, l'avis de Puisaye prévalut. Son plan exigeait la célérité et surtout le secret, qui est l'âme des opérations militaires. Nous venons de voir que l'on avait perdu un temps précieux; ces divisions intestines avaient révélé à tous le plan d'envahissement.

Il consistait à débarquer sur un point de la côte, faiblement défendu, et à s'emparer, sur-le-champ, d'une ville importante du littoral, où l'on proclamerait Louis XVIII et où l'on annoncerait la prochaine arrivée du comte d'Artois.

Le 27 juin 1795, après avoir plusieurs jours croisé en vue des côtes de France, le commodore Warren, qui commandait la flotte anglaise, décida que la descente allait avoir lieu.

Elle s'effectua ce jour même dans la baie de Quiberon, formée, comme on sait, d'un côté par la côte de Bretagne et de l'autre par une presqu'île longue d'environ deux lieues et fort étroite, puisque dans sa plus grande largeur elle n'atteint pas trois kilomètres.

C'est la presqu'île aujourd'hui fameuse sous le nom de Quiberon, jointe à la côte bretonne par une bande sablonneuse appelée la Falaise. Le fort de Penthièvre, occupé par sept cents hommes de troupes républicaines et construit à peu près au centre de la petite péninsule, en défendait l'approche du côté du continent.

C'était au fond de la baie qu'avait eu lieu le débarquement; auprès du village de Carnac, cette mystérieuse nécropole d'une race disparue, qui n'a laissé d'au-

tres traces que ces merveilleux aligne-
ments de menhirs et ces dolmens, ces
cromlechs, indéchiffrable énigme, désespoir des savants.

Sur le bord, des bandes de chouans
étaient accourues au-devant des émigrés, attirés par la curiosité et, disons-
le, par la cupidité, car les émissaires
royaux avaient répandu le bruit que la
flotte apportait des caisses pleines d'or
monnayé et destinées aux combattants
de la bonne cause.

Ces bandes qui, réunies, pouvaient
former quatre ou cinq mille hommes,
avaient dispersé sur le rivage quelques
détachements républicains et forcé les
paysans paisibles à sortir de leurs chaumières aux cris de : « Vive le roi ! »

En entendant ces cris, Puisaye se retourna vers le comte d'Hervilly, et d'un
ton plein d'orgueil :

— Eh bien, mon cher, que vous avais-
je dit ? La Bretagne entière vient à
nous.

— Si c'est là toute la Bretagne, avait
répondu sèchement d'Hervilly, elle n'est
guère peuplée.

— Je n'ai qu'à frapper du pied pour
faire sortir de terre des hommes armés.

— Frappez donc, il est temps.

— Ainsi ferai-je.

Et les deux chefs s'étaient tourné le
dos.

Dès le premier jour, les émigrés
avaient fait la grimace lorsqu'il s'était
agi d'ouvrir leurs rangs aux chouans
et de les incorporer. Ces officiers à
l'eau de rose ne coudoyaient qu'avec
une répugnance manifeste ces bandits
déguenillés, pleins de vermine et, de
plus, mendiants et voleurs.

Leurs principaux chefs étaient Dubois, d'Allègre, Mercier dit *la Vendée*, et
celui qui fut fameux depuis, sous le nom
de Georges Cadoudal. Mais ils n'avaient
pas assez d'autorité sur leurs hommes
pour les obliger au respect envers les
émigrés, avec lesquels ils voulaient traiter d'égal à égal. De là des disputes, des
rixes et un temps irréparablement perdu
à organiser ces régiments hybrides.

Lorsque David Goujon était parvenu
à s'échapper, trompant la surveillance
dont il était l'objet, Puisaye venait
d'être reconnu comme général en chef,
et l'on se préparait à s'emparer avec
des forces considérables du petit fort
de Penthièvre.

Le fort, mal défendu, se rendit, en
effet, presque sans combat, et Puisaye
en fit la première base de ses opérations, après l'avoir préalablement aug-
menté d'ouvrages importants, auxquels
une grande partie de l'armée a travaillé.

Dès lors, la presqu'île, défendue du
côté de la terre, et protégée du côté
de la mer par la flotte, Puisaye, ne
craignit plus d'y faire débarquer le ma-
tériel considérable apporté par l'escadre anglaise, entre autres des habits
et des armes pour les chouans.

En peu de jours, l'armée royaliste se
fut répandue sur la côte, depuis les portes d'Auray jusqu'à celles de Lorient.

Plus de dix mille hommes tenaient la
campagne ; Auray allait être attaqué.

Quels étaient les moyens de défense
de la ville d'Auray ?

Ils étaient bien faibles, si l'on songe
au nombre des assaillants et à la confiance que leur inspirait le peu de résistance qu'ils avaient trouvé jusque-là
devant eux, si l'on songe surtout au
petit nombre de ses défenseurs.

Deux compagnies d'infanterie, pla-
cées sous le commandement du capitaine Hulot, et les quelques volontaires
réunis par Louise Bernard : c'était
tout.

Dès que l'on avait appris le débarquement des émigrés et leur marche
en avant, le capitaine, sans songer un
instant à la disproportion de ses forces,
eu égard à celles de l'ennemi, avait
pris avec décision et rapidité les mesures de défense qu'il jugeait les plus
efficaces à arrêter l'ennemi.

Des barricades formées de poutres,
d'arbres, portant pour gabions des sacs
remplis de terre fermaient l'entrée des
rues principales. La défense en était
confiée à un petit nombre d'hommes
sous le commandement d'un sous-offi-
cier.

En outre, les portes et les fenêtres
des maisons les plus voisines avaient
été bouchées avec des matelas, entre lesquels on laissait un petit intervalle pour
les tireurs. Enfin on avait, au moyen
de la sape, fait communiquer les maisons contiguës, afin que les défenseurs

obligés de battre en retraite trouvassent toujours un abri.

Pendant ce temps, Marcel Rey avait réuni dans la salle basse de la maison de Louise ses volontaires auxquels il distribuait des munitions et prodiguait les exhortations.

Malade par suite des émotions violentes causées par les derniers événements, Louise était étendue sur son lit, dans la chambre du premier, en proie à une fièvre violente. L'abbé Tréguier et Petit-Jean s'étaient constitués ses gardiens.

La jeune fille dormait d'un sommeil agité, lorsque Marcel entra dans sa chambre.

D'un signe, l'abbé lui fit comprendre que le bruit éveillerait Louise, et il s'avança sur la pointe du pied avec des précautions infinies.

— Monsieur l'abbé, dit-il, les chouans cernent la ville et se préparent à l'attaquer. Un de nos hommes a reconnu parmi les assaillants de ce côté Bras-de-Fer et sa bande; nul doute qu'ils ne se livrent à des excès. Il faut fuir.

L'abbé regarda autour de lui avec inquiétude.

— Fuir, dit l'abbé, c'est nous jeter sans gloire dans la gueule du loup. Il est évident que la maison de Louise est l'objectif de ces bandits. Nous n'avons qu'une chose à faire, rester tous ici, barricader la maison et la défendre jusqu'à notre dernier soupir.

— Oh! ben sûr, fit Petit-Jean.

— Ils savent par leurs espions, continua l'abbé, que Louise est chez elle, et vous savez l'infâme marché dont elle est l'objet et peut être la victime. Bras-de-Fer, ignorant que Guerno est mon prisonnier, a le plus grand intérêt à s'emparer d'elle vivante. Si la ville est prise, ils délivreront l'espion et la lui livreront.

— J'aimerais mieux la voir morte, s'écria Marcel.

— C'est pourquoi, reprit l'abbé, il faut retenir vos hommes près d'ici pour les appeler en cas de besoin. Quant à vous, ne quittez pas la maison. Au reste, s'il s'agit de la défendre, je serai là, près de vous.

— Et moi, fit le jeune homme, je vous promets qu'ils ne l'auront pas vivante!

— Merci, mon ami, fit la jeune fille, ouvrant tout à coup les yeux. Merci. Voilà comment je veux être aimée. Oui, plutôt mourir que retomber au pouvoir de cet homme. Je saurai me défendre aussi, et vous verrez si je faiblis. Que Bras-de-Fer et ses hommes franchissent le seuil de ma maison, ils ne trouveront plus qu'un cadavre.

En ce moment, on entendit une immense clameur et la grande voix de bronze du beffroi.

— C'est l'attaque.

— Écoutez.

Au même instant, on entendit résonner le tambour, pendant que les portes et les fenêtres restées ouvertes se fermaient avec fracas. Puis à ce bruit succéda le morne silence de l'attente.

— Mes amis, dit tout à coup Louise, jusqu'à ce que les assaillants parviennent ici, en supposant qu'ils forcent la ville, vous avez un devoir à remplir : allez aux barricades. Moi, je n'aurais pas la force de vous y accompagner. Allez, je vais penser à vous et faire mes préparatifs de défense.

— Elle a raison, dit l'abbé; nous sommes tous solidaires, et rester ici pendant que les autres vont se battre pour nous, serait plus que l'égoïsme. Marcel, embrassez votre femme, et aux barricades. Je ne suis pas républicain, et pourtant je vais combattre avec les républicains.

— Vous l'êtes plus que vous ne pensez, monsieur l'abbé, puisque vous êtes patriote.

— Je ne sais pas ce que je suis, je me croyais royaliste; mais je sais une chose, c'est que je suis Breton et que je ne puis voir de sang-froid l'Anglais envahir mon pays. Allons Marcel, venez.

Le jeune homme, s'arrachant des bras de Louise, saisit son fusil, et, l'œil en feu :

— Marchons, allons la défendre.

— Et moi qui le croyais lâche, murmura Louise en le suivant des yeux.

V

Tuerie royaliste.

A peine dans la rue, les deux hommes se dirigèrent vers l'hôtel de ville, afin de se mettre à la disposition du capitaine Hulot, ainsi que leurs hommes.

Le petit bataillon, bien qu'éprouvé à l'affaire de Granchamp, comptait encore une trentaine de jeunes gens, vigoureux, hardis et bien armés.

La plus grande activité régnait dans la ville. On ne rencontrait que des hommes armés de mauvais fusils et se rendant aux barricades.

Les hommes chargés de leur défense se cantonnaient dans les maisons voisines et se postaient aux fenêtres et aux meurtrières pratiquées dans l'épaisseur des murs, et, le doigt sur la détente, les soldats-citoyens s'apprêtaient à recevoir l'ennemi.

L'hôtel de ville avait été transformé en une véritable forteresse, et dans son beffroi, le capitaine Hulot avait placé dix de ses meilleurs tireurs, bien munis de cartouches, auxquels il avait donné l'ordre de ne tirer qu'à coup sûr, en choisissant leur homme sur ceux qui tenteraient de s'emparer de la maison commune.

L'adjoint Joseph Marteau, la taille ceinte de son écharpe tricolore, assistait le capitaine dans ses préparatifs de défense.

Mais ce n'était pas tout.

Il n'était pas un habitant qui ne tînt à honneur de prendre sa part du danger commun. Chacun voulait sa part à la défense, et, si faible qu'il fût, apporter son concours au combat suprême.

Les femmes, les vieillards, jusques aux enfants rivalisaient de zèle dans les préparatifs de défense. Les uns montaient aux étages supérieurs des maisons de l'eau pour éteindre les incendies, les autres entassaient sur les toits des monceaux de pierres pour les jeter sur les assaillants, s'ils parvenaient à forcer l'enceinte et pénétrer dans la ville.

Les chefs des chouans, de leur côté, n'avaient point perdu de temps, et, par un mouvement habile, avaient cerné la ville de façon à ce que nul habitant n'échappât par la fuite.

Le véritable chef des forces royalistes était un homme du pays qui bientôt allait devenir une célébrité. Esquissons son portrait en quelques lignes.

Georges Cadoudal, né en 1771 au hameau de Kerléano, dépendant de la paroisse de Brech, près d'Auray, n'était pas, comme on l'a souvent prétendu, le fils d'un meunier, mais d'un cultivateur aisé. Il achevait ses études au collége de Vannes, lors du grand mouvement révolutionnaire de 1789, dont il parut d'abord accepter les promesses. Bientôt, cependant, l'influence des prêtres, qui avaient dominé sa jeunesse, vint éteindre cette ardeur généreuse pour le jeter dans le mouvement contre-révolutionnaire de la Vendée, puis, après la déroute de Savenay, dans la chouannerie du Morbihan. Encouragé, excité par l'abbé Philippe, recteur de Locmariaker, il avait soulevé une partie des paysans de la Basse-Bretagne et pris part comme chef de la division d'Auray à la première campagne du Morbihan.

La convention de la Mabilais, à laquelle il refusa d'adhérer, le fit rentrer momentanément dans l'obscurité.

Mais bientôt nous le retrouvons parmi les assaillants de Granchamp et, lors du débarquement de Quiberon, il venait d'être placé, avec 3,500 chouans éprouvés, sous le commandement de Tinténiac, dont MM. de Rochecombe et de Sérent étaient devenus les inséparables.

Doué d'une grande énergie, plutôt apte à commander qu'à obéir, Cadoudal avait su reléguer au second plan les officiers émigrés et c'était de lui seul que les chouans acceptaient des ordres. Car ils détestaient pour la plupart ces nobles insolents, qui leur parlaient en maîtres et semblaient s'arroger le droit de les diriger à leur guise, comme des troupeaux de brutes. Georges Cadoudal, par son talent, son courage, s'était placé vis-à-vis des officiers émigrés dans une situation telle que, sentant la nécessité de ménager un auxiliaire aussi précieux, M. de Rochecombe, le vicomte de Sérent et jusqu'à Tinténiac avaient jugé prudent de faire taire leur orgueil.

Au moment d'ouvrir le feu, Georges

Cadoudal fit sortir des rangs un parlementaire, porteur d'un ultimatum. Cet homme, muni d'un drapeau blanc et accompagné d'un trompette, se présenta devant la première barricade et tendit à celui de ses défenseurs qui était le plus proche un papier plié en quatre. Puis, il attendit tranquillement la réponse à l'ultimatum du commandant.

Un soldat se détacha et, portant la dépêche au bout de son fusil, courut jusqu'à l'hôtel de ville.

Le capitaine Hulot prit le papier d'un air étonné.

Voici ce que portait la sommation :

« Le commandant de la division d'Auray,

« Invite les habitants de la ville d'Auray à se rendre sur-le-champ et a ouvrir leurs portes à l'armée royale; sinon tout sera passé au fil de l'épée.

«Signé : GEORGES CADOUDAL. »

L'officier froissa vivement le papier.
— L'insolent ! murmura-t-il. Tenez, monsieur l'adjoint, dit-il à Joseph Marteau, voulez-vous lire vous-même cette sommation aux braves gens d'Auray ?

La pièce fut immédiatement lue sur la place publique.

Un seul cri lui répondit :
— Aux barricades !

Le vieux soldat sourit, puis, rentrant dans la maison commune, il rédigea la réponse suivante :

« J'ai communiqué votre insolente
« sommation aux habitants d'Auray,
« mais je n'ai pas trouvé parmi eux un
« citoyen assez lâche pour s'en émou-
« voir ».

Signé : LE CAPITAINE HULOT,

Commandant la place d'Auray.

Le messager rapporta cette réponse aux chefs royalistes poursuivis par les huées des soldats républicains.

Georges Cadoudal, en lisant la fière réponse du capitaine, rougit de colère.

— Tant mieux, fit le vicomte de Sérent en ricanant, nous allons châtier ces drôles, et de la bonne façon.
— Canonniers, à vos pièces ! hurla Cadoudal.

En même temps les bandes s'ébranlèrent au pas de course.

— Feu !

Le coup partit et le boulet alla se loger dans le toit d'une des maisons d'angle de la route.

Du côté des défenseurs de la place, tout restait silencieux.

Les chouans n'étaient plus qu'à une trentaine de mètres de la barricade.

Tout à coup une formidable détonation vient jeter le désordre dans les rangs des chouans qui reculent épouvantés.

Cadoudal rallie ses hommes sous le feu et les ramène devant l'obstacle, pendant que l'enragé canon s'acharne à trouer l'une des maisons sur lesquelles il s'appuie.

De toutes parts, la fusillade s'engage, furieuse, meurtrière.

Les défenseurs sont moins nombreux, mais ils ont der armes, des munitions; les femmes ets les enfants rechargent les fusils et les passent aux volontaires. Petit-Jean se distingue entre tous; c'est lui qui charge les armes de Marcel et de l'abbé, car, malgré ses scrupules, l'abbé Tréguier, à la vue de quelques officiers anglais venus en curieux, a saisi une carabine et tire sur les habits rouges.

Les royalistes commençaient à s'apercevoir que la prise d'Auray n'étant point aussi facile qu'ils l'avaient pensé d'abord.

Le feu redouble de toutes parts; c'est un crépitement sinistre.

Quelques chouans, plus hardis que les autres, s'aventurent jusqu'aux barricades et jettent sur les planches et les madriers qui la composent des fascines enflammées.

Bientôt la flamme et la fumée forcent les défenseurs de reculer et de chercher un abri momentané dans les maisons d'où l'on verse un torrent d'eau sur l'incendie naissant.

Des fenêtres on tire sur les incendiaires, mais ceux-ci, animés par les aumôniers qui viennent ne leur donner l'absolution *in articulo mortis,* se précipitent sur la barrière, comme les Indiens fanatiques sous les roues du char de Jaggernat; plusieurs tombent mortellement frappés, mais quelques-uns réussissent, à coups de hache, à frayer une trouée au travers de la barricade.

— En avant! s'écrie Cadoudal, qui entraîne ses chouans. Et la trombe humaine se précipite sur la barricade.

En vains volontaires et soldats s'opposent héroïquement à l'irruption victorieuse des royalistes, il faut céder au nombre. La petite troupe recule lentement, sans désordre, rendant dix coups pour un, et les chouans pénètrent au cœur de la place et se répandent dans la ville.

De toutes parts les soldats républicains se replient sur l'hôtel de ville pour n'être point surpris par derrière, et la plus grande partie de la cité tombe au pouvoir des assaillants.

Le capitaine Hulot a fait de la place un véritable camp retranché. Il n'a plus aucun espoir de repousser l'ennemi, mais il veut, avant de mourir, vendre chèrement la victoire.

Du beffroi, ses vaillants tireurs font pleuvoir sur les chouans une grêle de balles; mais ceux-ci n'attaquent plus que mollement le centre de la ville; dispersés dans les rues, ils s'occupent de piller et d'incendier les maisons dont la construction légère offre à l'incendie une facile proie.

Bras-de-Fer est au premier rang des pillards, animant ses bandits du geste et de la voix.

Son objectif, c'est la maison de Louise, dans laquelle se sont réfugiés les volontaires du bataillon sacré.

— Par ici, les amis! crie-t-il à ses hommes.

Et la tourbe des assassins et des incendiaires s'abat sur la maison du pauvre Bernard.

— Tuez les hommes, mais épargnez la femme, tel est le mot d'ordre de Bras-de-Fer; et les balles commencent à s'incruster dans la façade de la vieille maison.

Marcel est là, avec l'abbé, avec Petit-Jean et les fidèles volontaires. Ils ripostent de leur mieux à cette soudaine attaque; mais le nombre des assaillants grossit à chaque minute, car Bras-de-Fer a fait courir le bruit que la maison renferme la caisse de l'armée républicaine, et, pour ces payans cupides, l'appât de l'or est un puissant levier.

Bras-de-Fer, étonné d'une résistance à laquelle il ne s'attend pas, demande des hommes de bonne volonté pour abattre les portes.

Il s'en présente dix pour un, et, sous une pluie de balles, le travail de destruction commence.

Mais les assiégés, comprenant le danger, dirigent un feu si meurtrier sur les chouans que ceux-ci, malgré les exhortations de Bras-de-Fer, sont contraints de reculer. Aucun d'eux n'ose plus se hasarder, lorsqu'un homme, ou plutôt un démon, les cheveux roussis par le feu, le visage noirci, se précipite, les yeux injectés de sang, contre la porte qui résiste encore.

Quel est cet homme?

C'est l'espion Pierre Guerno, délivré par les chouans de la cave de l'abbé, et qui vient apporter aux assaillants l'appoint de sa haine et de sa vigueur herculéenne.

A sa vue, Bras-de-Fer et ses hommes reprennent courage; l'espion porte de furieux coups sur l'obstacle qui lui barre l'entrée de la maison, sans s'inquiéter des projectiles qui s'abattent autour de lui.

Petit-Jean l'a reconnu le premier.

— Attends, failli chien! crie-t-il.

Et de sa main débile il ajuste le colosse, dont une balle vient raser la tête.

L'espion, qui l'a entendue siffler, redouble d'efforts; la porte cède et tombe à l'intérieur avec un grand fracas.

Tous se précipitent, mais derrière l'obstacle renversé se trouve l'abbé, qui, faisant tournoyer, arme formidable entre ses mains, une lourde barre de fer, repousse les premiers assaillants et renverse l'espion étourdi.

— En avant, les enfants! crie-t-il d'une voix de tonnerre.

Et la petite troupe furieuse, irrésistible, s'ouvre à la baïonnette un chemin sanglant à travers les chouans qui, sans s'inquiéter des fuyards, se précipitent dans la maison.

La voix de Bras-de-Fer est impuissante à les rappeler, la soif de l'or les entraîne, et le petit bataillon parvient, non sans peine, à gagner le district, dernier point de la suprême résistance.

De toutes parts les colonnes assaillantes se ruaient sur le dernier boulevard des défenseurs d'Auray.

— Courage! mes enfants, criait le capitaine Hulot; montrons-leur comme savent mourir des soldats républicains.

Et les chouans tombaient dru comme grêle sous la pluie de balles qui leur venait du clocher.

Néanmoins, toute résistance était vaine. Ce n'était plus qu'une affaire de temps. L'intrépide adjoint, après avoir bravé le feu, était rentré dans l'hôtel de ville, où se pressaient des enfants, des femmes, muettes et blanches de terreur, attendant le moment suprême. Louise, n'ayant pas la force de combattre, les réconfortait par de virils encouragements.

Préparée à mourir, elle n'avait plus qu'un souci : expirer dans les bras de Marcel, qui, toujours au premier rang, se battait avec le courage du désespoir.

Qu'allait-il se passer ?

Les chouans, furieux de cette résistance inattendue, ivres de carnage, allaient massacrer cette foule sans défense.

C'est alors que Joseph Marteau eut une inspiration.

— Capitaine, dit-il à Hulot, allons-nous laisser écharper ces femmes et ces enfants ?

— Comment l'empêcher? fit brusquement l'officier.

— Il faut capituler.

— Et vous croyez qu'ils accepteront?

— J'ai un moyen.

— Lequel !

— Il y a de la poudre dans les caves de l'hôtel de ville. Je vais faire passer au commandant une lettre par laquelle je demande la vie sauve pour les non-combattants, sinon je fais sauter la ville et les chouans avec nous.

— Essayez, fit Hulot avec insouciance.

Aussitôt un drapeau blanc fut hissé et la trompette annonça l'envoi d'un parlementaire.

Georges Cadoudal surpris parvint non sans peine à faire suspendre le feu de ses hommes. Quelques instants après, Marcel Rey se présentait avec le message de l'adjoint.

M. de Tinténiac, le comte et son futur gendre, qui assistaient d'une maison voisine aux péripéties de cette lutte émouvante, descendirent au moment où le chef des chouans congédiait le parlementaire.

— Arrêtez, fit M. de Tinténiac, l'armée royale n'est pas encore assez nombreuse pour que l'on sacrifie de gaieté de cœur d'aussi braves soldats. J'accorde la capitulation, mais à une condition : tous les hommes seront prisonniers de guerre et fusillés, si le général Hoche n'accepte pas l'échange avec ceux des nôtres qui ont été pris dans les derniers engagements.

Marcel Rey alla porter cette réponse à l'adjoint et au capitaine Hulot.

Celui-ci, pour toute réponse, brisa son sabre sur son genou et en jeta les tronçons loin de lui. Puis, se croisant les bras, il appela un sergent et lui donna l'ordre de former les faisceaux.

— Quant au drapeau, ajouta-t-il, qu'on le déchire, chaque homme en prendra un morceau, je ne le rends pas.

Quelques instants après, la petite troupe décimée, noire de poudre, couverte de sang, assistait à l'entrée victorieuse des chouans dans l'hôtel de ville.

Les prisonniers, placés deux à deux, défilèrent devant les chefs royalistes.

— Tiens, fit tout à coup M. de Tinténiac, une femme !

— Un soldat, monsieur, riposta Louise Bernard qui marchait à côté de Marcel.

— Cette femme m'appartient, dit une voix derrière lui.

C'était l'espion.

M. de Tinténiac se retourna.

— Que veut ce drôle ? demanda-t-il.

— Je dis, reprit Pierre Guerno, que M. de Rochecombe m'a donné cette femme pour ma part de prise à Grandchamp.

— Eh bien, fit le comte visiblement contrarié, tu l'as eue?

— Oui, mais les patauds me l'ont reprise. C'est l'abbé et celui-là (il désignait Marcel) qui me l'ont volée.

— Tant pis pour toi, répondit M. de Rochecombe.

— Ah! c'est ainsi, fit l'espion; eh bien, vous verrez si l'on se joue ainsi de moi. Fiez-vous donc à la parole des nobles!

— Ah ça, maraud, je vais te faire châtier, dit le vicomte en s'avançant vers lui d'un air menaçant.

— Patience, patience! murmura Guerno en se retirant.

Les prisonniers furent enfermés pêle-mêle dans un grand bâtiment situé près des halles. De ce nombre étaient le capitaine Hulot et l'adjoint; quant à l'abbé et à Petit-Jean, ils avaient disparu. Peut-être étaient-ils au nombre des morts.

Il ne restait en ville que quelques vieillards et des femmes. Les chouans se répandirent dans les maisons, sous le prétexte de chercher des armes, mais en réalité pour se faire servir à boire et à manger et piller tout à leur aise. La nuit qui suivit ne fut qu'une vaste orgie, pendant que les chefs réunis à l'hôtel de ville fêtaient leur victoire.

Le lendemain, les officiers royalistes se réunissaient dans la grande salle convertie pour la circonstance en conseil de guerre et jugeaient sommairement les malheureux défenseurs d'Auray. Il va sans dire que, sauf quelques malheureux qui furent renvoyés chez eux, tous furent condamnés à mort.

La jeunesse et la beauté de Louise Bernard avaient un instant ému M. de Tinténiac, qui présidait le conseil. En dépit des charges qui l'accablaient, il tenta plusieurs fois de la sauver; mais la jeune fille voulait mourir avec Marcel, et ses réponses furent empreintes d'une telle fierté, d'une telle audace, qu'en dépit de cette bonne intention, M. de Tinténiac fut obligé de prononcer sa condamnation. Elle sortit radieuse.

Il restait aux condamnés un seul espoir : c'est que le général Hoche consentît à un échange de prisonniers. Un parlementaire fut envoyé au quartier général pour en discuter les bases, si le général l'acceptait en principe.

VI

La nuit du 10 août 1772

Comme on devait le penser, l'abbé Tréguier, comprenant bien vite que s'il se laissait capturer il ne lui serait plus possible de secourir ses amis prisonniers, était parvenu à sortir avec Petit-Jean de l'enceinte de l'hôtel de ville. Arrêté par les chouans, il n'eut qu'à montrer son costume semi-ecclésiastique; on le laissa passer, le prenant pour un des aumôniers de l'armée royalistes.

Le prêtre, toujours accompagné de l'enfant, rentra dans sa maison par des rues détournées, y revêtit son costume de recteur, la meilleure sauvegarde pour lui en ce moment; puis, fourrant à la hâte dans ses poches quelques pièces d'or, sa seule fortune, il s'arma d'un simple gourdin, puis descendit avec précaution l'escalier et regarda par la porte entre-bâillée si aucun être suspect ne passait dans la rue.

Satisfait par cet examen, l'abbé sortit, referma soigneusement sa porte, dont il mit la clef dans la poche de Petit-Jean, et prit avec l'enfant la route de Pluvigner, où la comtesse attendait, dans une anxieuse impatience, les nouvelles qu'espérait son ambition.

Au lieu de prendre la grande route qui est plus longue et qui d'ailleurs les exposait à de dangereuses rencontres, l'abbé prit un chemin de traverse qui, cotoyant Brech, s'élance droit vers le bourg à travers les rochers, les bois et les landes.

Près d'entrer dans le bourg, l'abbé s'arrêta.

— Tu sais où je vais? dit-il à l'enfant.

— Chez les Rochecombe?

— Oui.

— Vous allez voir la demoiselle?

— C'est à la comtesse que je vais parler, et il se pourrait que ce que j'ai à lui dire ne lui fût pas agréable.

— Alors, elle vous fera tuer. Emmenez-moi.

— Non. Ecoute-moi bien. Je ne pense pas qu'elle aille jusqu'au meurtre d'un prêtre, mais ma liberté peut être en péril, et, dans ce cas, rôde autour de la maison et tâche de m'apercevoir : j'aurai une commission à te donner d'où dépend la vie de nos amis.

— Ah ben! vous pouvez être tranquille, fit Petit-Jean.

— En attendant, tu vas aller jouer dans ce terrain vague qui touche au presbytère, — c'est là que demeure la comtesse, — et si dans une demi-heure je ne suis pas de retour, approche-toi insensiblement de la maison et ouvre les yeux et les oreilles.

— Oui, monsieur l'abbé.

— C'est bien, petit.

Et l'abbé s'avança d'un pas ferme vers la porte du presbytère, dont il fit avec force retentir le marteau.

Une servante vint ouvrir. Elle ne put retenir un geste de surprise à la vue de l'abbé.

Celui-ci posa un doigt sur sa bouche et la jeune fille resta muette.

— Qu'est-ce donc? fit du haut de l'escalier une voix impérieuse.

— Des nouvelles d'Auray, madame, répondit l'abbé.

— Ah! montez vite, montez, fit précipitamment la comtesse.

Le pas lourd et mesuré de l'abbé retentit dans l'escalier. Puis sa grande silhouette apparut à l'entrée de l'oratoire. Jeanne brodait près d'une fenêtre.

La comtesse se leva stupéfaite.

— Comment, vous, l'abbé?

— Moi-même, madame la comtesse, qui vous apporte la nouvelle de la prise d'Auray par les chouans de Cadoudal.

— Ah! enfin!... Mais m'expliquerez-vous comment c'est vous...

— Comment c'est moi qui vous apporte ce message? Parfaitement, madame la comtesse. Personne ne m'en a chargé que moi-même. Jeanne, mon enfant, dit l'abbé en se retournant vers la jeune fille, laissez-moi seul avec madame de Rochecombe.

Dominée par l'air grave du prêtre, la comtesse fit un geste d'assentiment. A peine la porte se fut-elle refermée sur sa fille, qu'elle se rapprocha, anxieuse, de l'abbé Tréguier.

— Serait-il arrivé malheur au comte? à son gendre?

— Non, grâce au ciel, madame, ces deux messieurs ont eu le courage de ne pas s'exposer et doivent être en parfaite santé.

— Alors, je ne comprends pas...

— Le but de ma visite? c'est qu'il est une existence qui ne doit pas vous être moins précieuse que la leur. En ce moment, cette existence est menacée et son salut dépend de vous.

— Je vous avouerai, monsieur l'abbé, que je n'entends rien aux énigmes.

— Eh bien, madame, je vais être plus clair, si vous voulez bien me prêter votre attention.

— J'écoute, fit la comtesse avec impatience.

— Il y a vingt-trois ans, madame, je revenais un soir de remplir les devoirs de mon ministère auprès d'un mourant, et je descendais le val de Tré-Auray, lorsque je crus apercevoir dans l'épaisseur de la nuit une ombre qui glissait silencieusement le long du torrent, semblant sonder l'obscurité. Rarement on se cache pour faire le bien; je m'arrêtai et j'observai. Je vis l'homme dont je ne pouvais distinguer la tournure ni les traits, enveloppé qu'il était dans un large manteau, s'arrêter près du torrent, puis y déposer un objet de couleur blanche, mais dont je ne distinguais pas la forme. Tout à coup, se relevant, l'homme prit la fuite dans ma direction. Au moment où il passait près de moi, je bondis sur lui et le saisis au collet.

— Grâce! cria le misérable en tombant à genoux.

— Qu'as-tu jeté dans le torrent? lui dis-je en l'étreignant d'une main robuste.

— Une enfant.

— Malheureux! sauve-la, ou je t'étrangle.

Dominé par la frayeur, l'homme courut, suivi de près par moi, un peu au-dessous de l'endroit où il avait jeté l'enfant. Par un heureux hasard, l'eau n'avait pas eu le temps d'imbiber l'étoffe qui enveloppait le petit être, pour le moment arrêté par un rocher à fleur d'eau.

Blandin entra dans le torrent.

— Blandin! murmura la comtesse d'une voix étranglée.

— Oui, Blandin; l'ai-je nommé? C'était lui. Nous retirâmes la petite créature; elle respirait encore. Un peu de feu que nous allumâmes dans l'anfractuosité d'un rocher, quelques frictions la rappelèrent à la vie. Ce fut alors que, sous la menace d'aller le dénoncer et de le livrer moi-même à la justice prévôtale, Blandin me livra, sous le sceau de la confession, le secret de la naissance de l'innocente enfant envoyée à la mort par sa propre mère, dans la nuit du 10 août 1772.

— C'est faux! s'écria la comtesse livide.

— C'est vrai, madame, fit l'abbé d'un ton ferme, car l'enfant est le vivant portrait de sa mère. Et cette enfant, c'est Louise Bernard, élevée par un pauvre commerçant d'Auray et sa femme, qui, pour éviter les embûches qu'on ne manquerait pas de lui tendre, l'ont fait passer pour leur fille.

La comtesse, par un suprême effort de volonté, était parvenue à dominer son émotion,

— En vérité, monsieur, dit-elle en ricanant, vous contez fort bien les histoires, mais que peut me faire ce sombre récit ?

— Madame, Louise Bernard a été prise à Auray et condamnée à mort par un tribunal militaire où figure le comte de Rochecombe.

— Eh bien ?

— Si le général en chef républicain ne ratifie pas l'échange des prisonniers, ils seront passés par les armes.

— Après ?

— Après, après, fit l'abbé avec une violence contenue, Louise va mourir et je suis venu vous prévenir.

— Et qu'a de commun, je vous prie, la comtesse de Rochecombe avec cette amazone ?

— Mais, fit l'abbé en éclatant, vous savez bien que c'est votre fille !

— Allons, l'abbé, vous êtes fou.

— Non, madame, je ne suis pas fou, et je ne suis ici que pour empêcher ce crime.

— Vous tairez-vous, à la fin ? cria la comtesse ivre de fureur.

En ce moment, la porte s'ouvrit ; le vicomte de Sérent apparut tout poudreux, suivi de quelques officiers chouans.

— Vicomte, fit la comtesse en courant à lui, le ciel vous envoie : arrêtez cet homme qui m'insulte et faites-le mettre en sûreté !

— Tiens ! fit M. de Sérent en tirant son épée, mais n'est-ce pas monsieur qui nous fusillait si bien tantôt, qu'il a logé une balle dans l'épaule de lord Clifton, un de mes bons amis.

— Précisément, monsieur le vicomte, fit l'abbé en se croisant les bras ; c'est moi, Français et Breton, qui ai fait mon devoir de citoyen en tirant sur les Anglais qui envahissent mon pays.

— Vous entendez, messieurs, fit le vicomte en se retournant ; obligez-moi donc de vous assurer de cet homme et de l'envoyer à Auray par notre escorte, bien inutile maintenant.

L'abbé, sans dire un mot, se tourna lentement vers la comtesse, qui, tout impénétrable qu'elle fût, tressaillit sous l'intensité de mépris que renfermait ce regard.

— Allons, messieurs, fit l'abbé, je vous suis.

Arrivé sous le vestibule, le prisonnier trouva Petit-Jean, qui, feignant de mendier, se faufila jusqu'à lui.

— On m'emmène à Auray, dit-il bas à l'enfant, en prison ; envoie-moi Yvonne.

L'abbé fut conduit avec toutes sortes d'égards dans l'hôtel de ville d'Auray, où on lui donna pour prison une des salles du rez-de-chaussée, dont la fenêtre était ornée de grilles formidables qui défiaient toute évasion.

Le portier du district, le père Truffaut, élevé aux fonctions de greffier en chef, fut chargé, en outre, de lui apprêter ses repas, soin dont il allait s'acquitter avec d'autant plus de zèle, qu'il était un des nombreux obligés de l'abbé Tréguier.

Il y avait à peine une heure que l'abbé était écroué, lorsque se présenta Yvonne Blandin, accompagnée de Petit-Jean, portant une corbeille pleine de linge.

— J'apporte du linge pour M. Tréguier ; bien sûr, il en aura besoin, le cher homme.

— Puissiez-vous dire vrai, répondit le père Truffaut en regardant autour de lui d'un air d'effroi.

— Oh ! est-ce qu'ils auraient le cœur de tuer un si brave homme ?

— Ils sont capables de tout, répéta le geôlier à voix basse.

— Mais alors, père Truffaut, il faut le faire échapper.

— Hélas, mamzelle, on me mettrait à sa place, et que deviendraient ma pauvre femme et mes petits enfants ?

— Enfin, dit Yvonne après une pause, peut-on le voir ?

— On ne l'a point défendu.

— Ouvrez-moi donc alors.

— Et ce petit gars ?

— C'est lui qui porte mes paniers quand je vais rendre l'ouvrage.

— C'est bon, entrez.

Et le geôlier improvisé, ayant ouvert

la porte, introduisit Yvonne et Petit-Jean.

L'abbé était assis devant une table, la tête dans ses mains ; il se retourna au bruit de la porte qui tournait sur ses gonds.

— Ah ! c'est toi, petite ?

— Oui, monsieur l'abbé, dit Yvonne avec une révérence à la paysanne.

— Bien, ma fille, je te remercie de ton empressement. Il s'agit de Louise Bernard.

— Hélas ! elle est prisonnière.

— Je le sais, et c'est pour la sauver que je t'ai fait venir.

— Oh ! disposez de moi alors... mais que puis-je faire ?

— Ce que je vais t'indiquer. Tu as toujours tes entrées chez ta sœur de lait ?

— Cette bonne Jeanne ! Toujours, monsieur l'abbé.

— Eh bien, tu vas aller la trouver de suite et lui répéter les paroles que je vais te dire : L'abbé Tréguier vous supplie de sauver Louise Bernard et son fiancé Marcel Rey. A tout le moins, si vous ne pouvez y réussir, faites surseoir à leur exécution. Inutile d'agir sur la comtesse, ce serait tout perdre. Il faut pour cela que Jeanne s'adresse à M. de Sérent ; je sais combien cette démarche lui coûtera, mais il s'agit d'épargner un crime et d'éternels remords à sa mère. Tu m'as entendu ?

— Oui, monsieur l'abbé.

— Eh bien ! va, et sois bénie, mon enfant.

La jeune fille s'inclina sous les deux mains du vieillard, et, se disposant à partir, se retourna vers Petit-Jean, muet spectateur de cette scène.

— Je le garde, fit l'abbé en souriant ; Truffaut me le laissera bien.

Yvonne salua et sortit.

A peine hors de l'hôtel de ville, elle courut chez elle, où le père Blandin fronça le sourcil en apprenant de quelle commission l'abbé l'avait chargée.

— M. Tréguier nous fera égorger, bien sûr, murmura-t-il ; mais telle était l'influence de l'abbé sur lui que le vieil avare n'osa résister à son ordre, bien qu'il fût peu rassuré sur l'issue de cette démarche.

Il alla préparer dans sa cour la carriole qui devait emmener à Pluvigner la jeune fille, qui descendit quelques instants après couverte de sa mante et chargée de petites provisions campagnardes, prétexte de sa visite, telles que galettes de sarrasin, beurre, œufs frais, etc.

— Qu'ont-ils besoin de tout cela ? grommela le père Blandin ; ils sont plus riches que nous.

— Comme si Jeanne ne me le rendait pas au centuple, fit Yvonne d'un ton de reproche.

Le vieux fesse-mathieu n'osa rien répondre et se contenta de pousser un énorme soupir en ouvrant à deux battants la porte cochère de sa maison pour laisser sortir la voiture.

Jamais la Grise, sa vieille jument, n'avait marché pareil train, et comme ce cheval légendaire qui n'avait galopé qu'une fois dans sa vie, elle prit pour la première fois de sa longue existence cette allure inusitée.

Il y eut bien, de sa part, quelques protestations muettes, telles que ralentissements et arrêts subits ; mais deux ou trois coups de fouet bien cinglés apprirent à la Grise que sa jeune maîtresse n'était point en humeur de plaisanter, et, quoi qu'elle en eût, la pauvre bête dut, tout en rechignant, se conformer à sa volonté.

Quelques chouans avinés essayèrent d'arrêter la voiture.

— Où que tu vas, pataude ? dit l'un d'eux.

— D'abord, riposta Yvonne dans le plus pur breton, je ne suis point pataude, et je m'en vais porter ces provisions chez le seigneur de Rochecombe.

Le nom redouté du comte fut le meilleur passe-port, et la jeune fille arriva sans autre accident au presbytère de Pluvigner. Sautant légèrement à bas de sa voiture, elle poussa vivement la porte.

— Quoi ! sitôt de retour ? fit une servante.

— Chut, dit Yvonne, en mettant un doigt sur sa bouche ; conduis-moi vite à la chambre de Jeanne et dis-lui que sa petite sœur l'attend.

Par bonheur, Jeanne se trouvait chez elle. Elle sauta au cou d'Yvonne, qui s'empressa de fermer la porte derrière elle, afin de s'acquitter avec plus de sécurité du message de l'abbé.

Lorsque la fille du père Blandin sortit de la chambre de sa sœur de lait, celle-ci était pâle, mais on lisait dans ses yeux qu'elle venait de prendre une grande résolution.

— Allez dire, je vous prie, à M. de Sérent que je suis dans le jardin et que je désire l'entretenir, fit-elle à sa camériste.

Et comme celle-ci s'éloignait :

— Attendez, ajouta-t-elle, non sans un léger embarras, il est inutile que ma mère le sache.

Quelques instants après, le vicomte, qui avait changé ses habits poudreux pour un galant accoutrement de cavalier, se rendait à l'invitation de Jeanne.

Au bruit de ses pas, qui faisaient craquer le sable, la jeune fille leva la tête.

Le vicomte esquissa un salut qui n'eût point été déplacé à l'Œil-de-Bœuf, et auquel Mlle de Rochecombe répondit par une cérémonieuse révérence.

— Est-ce qu'elle m'a fait venir pour danser le menuet? pensa le vicomte.

— Monsieur, dit Jeanne avec précipitation, j'ai un service à vous demander.

— En vérité, mademoiselle, c'est la première fois que j'ai cette bonne fortune.

— C'est un grand service, monsieur.

— J'en suis doublement heureux, mademoiselle.

— Il me faut la grâce de deux condamnés.

Le visage du chevalier se rembrunit légèrement.

— Ce que vous me demandez là n'est pas en mon pouvoir.

— Mais vous êtes influent, monsieur, vous pouvez agir sur les juges; vous même faites, je crois, partie du conseil de guerre.

— C'est la vérité..

— Eh bien, ne pouvez-vous obtenir la grâce de deux malheureux enfants ?

— De qui s'agit-il ?

— D'une jeune fille, Louise Bernard, et de son fiancé.

— Oh! mais vous me citez là les deux personnes les plus compromises dans l'insurrection ! Ce sont des chefs de bande.

— Elle n'a que vingt ans.

— D'accord ; mais elle a été condamnée à l'unanimité.

— Oh ! mon Dieu ! fit Jeanne en se se tordant les mains, n'y a-t-il rien à faire ?

— Je ne vois pas le moyen, mademoiselle.

— Vous pouvez au moins retarder l'exécution.

— C'est bien difficile.

— Dans ce cas, ce n'est pas impossible. Vous vous y emploierez, n'est-ce pas, monsieur? C'est si affreux de voir mourir une jeune fille, son fiancé. Faites cela, monsieur, et ma reconnaissance...

— Votre reconnaissance, mademoiselle, m'est certes fort précieuse, mais vous m'avez tellement prodigué les rigueurs que je ne serai pas trop indiscret en cherchant à savoir comment elle se traduira.

Jeanne, qui ne s'attendait pas à ce coup droit, se sentit pâlir. Elle pensa au chevalier, dont elle était sans nouvelles.

— Allons, pensa la vaillante fille, mourons, s'il le faut, mais restons digne de lui.

— Eh bien, monsieur, fit Jeanne avec effort, si vous réussissez à sauver ces deux jeunes gens, vous pourrez compter sur mon obéissance aux ordres de mon père.

Ce n'était certes pas une parole d'amour, mais le vicomte s'en contenta, et, mettant un genou en terre devant la jeune fille, il s'écria d'un ton emphatique :

— J'aurais payé de ma vie, mademoiselle, les paroles que vous venez de prononcer.

— Eh ! monsieur, fit Jeanne tremblante, je ne demande pas votre mort, mais le salut de deux pauvres fiancés.

— Comptez sur moi, fit le vicomte en se relevant ; ce qu'il est humainement possible de faire sera fait.

Et il sortit à grands pas.

Resté seul avec Petit-Jean, l'abbé parut réfléchir profondément, comme un homme qui va prendre une grande résolution et qui ne veut pas agir à la légère.

Puis il s'avança vers la fenêtre et de sa main robuste essaya de secouer la grille qui en protégeait l'entrée. C'était du fer plein, solidement scellé au soufre dans le granit; la grille ne fut même pas ébranlée.

— C'est pour vous *ensauver*? demanda l'enfant.

— Oui.

— Pourquoi pas par la porte? J'ai mon couteau; la nuit venue, je dévisserai la serrure et nous décamperons sans bruit.

— Oui, mais le chouan qui fait sentinelle.

— Ah bah! il ronfle comme une toupie.

— Mais il peut se réveiller.

— Puisque je vous dis que j'ai mon couteau.

— Veux-tu te taire, petit malheureux. La vie d'un homme, c'est sacré.

— C'est pas un homme, un chouan.

— Si, comme les autres.

Petit-Jean n'osa dire non, bien que le mot fût sur ses lèvres.

— Comment faire alors, si on ne peut se servir de la porte ni de la fenêtre?

— Attends, dit l'abbé, j'ai une idée.

— Ah! fit l'enfant dont le front s'éclaircit.

— Oui, c'est cela, disait l'abbé Tréguier, se parlant à lui-même, parfaitement, il n'y a pas d'autre moyen; celui-là est peut-être un peu vif, mais la nécessité...

Petit-Jean écarquillait les yeux, tâchant de comprendre les lambeaux de phrases échappés à son compagnon.

— Ecoute, dit l'abbé, voici vingt sous, tu vas aller m'acheter du tabac à priser et une cordelette bien solide de deux aunes environ. Tu cacheras tout cela dans ta poche, et au retour tu prieras le père Truffaut de m'apporter à souper de bonne heure, j'ai faim.

— Bien, monsieur l'abbé.

Petit-Jean cogna pour se faire ouvrir et, dégringolant le perron de l'hôtel de ville, alla faire les acquisitions de l'abbé. Il trouva un bout de filin chez un voilier et du tabac dans un cabaret du port, fourra le tout dans les poches de son pantalon, sur lesquelles il rabattit sa blouse, et revint le nez au vent du district.

— Où as-tu donc été? demanda le père Truffaut d'un ton soupçonneux.

— Porter à mam'selle Yvonne des rabats à empeser qu'elle avait oubliés.

— Ah! vous savez, fit Petit-Jean, comme s'il se rappelait tout d'un coup la chose, M. l'abbé désire souper de bonne heure.

— Bon, on va lui porter ça.

En effet, quelques instants après, le geôlier entrait, porteur d'un grand panier qui renfermait du linge et de la vaisselle, tandis que Petit-Jean portait d'un air grave une vaste soupière sur laquelle était posée un plat contenant un magnifique poulet.

— A la bonne heure, fit l'abbé d'un ton jovial, voilà qui promet.

— C'est mon épouse qui a fait rôtir le poulet, dit le geôlier en se rengorgeant, voyez comme il est doré.

— Il a bonne mine, dit Petit-Jean, qui le lorgnait en connaisseur.

En un tour de main, la table fut couverte d'une nappe éblouissante de blancheur sur laquelle Truffaut disposa avec art les mets qui devaient composer le dîner; plus un pichet de cidre.

— C'est égal, fit l'abbé d'un ton de regret, je suis tellement fatigué, que j'aurais volontiers bu un verre de vin.

— En le payant, je sais où il y en a de bon, dit Truffaut clignant de l'œil.

L'abbé surprit ce regard d'ivrogne.

— Eh bien, répondit-il en tirant de sa poche deux gros écus, avec cela en aurait-on quelques bouteilles?

— Sûr, fit Truffaut.

— Alors apportez-m'en une petite provision et venez le goûter avec moi.

— Oh! monsieur l'abbé.

— Pas de façons, parbleu.

— Eh bien, c'est dit, fit Truffaut rayonnant; mais ne laissez point refroidir votre dîner.

— Non pas, répondit l'abbé en plaçant une assiette de potage devant Petit-Jean.

Les deux convives achevaient à peine leur repas, lorsque Truffaut reparut avec un panier d'une main et des verres de l'autre.

— Vous m'en direz des nouvelles, dit-il après avoir soigneusement essuyé et débouché une bouteille qu'il plaça sur la table.

— Voyons cela! fit l'abbé en remplissant les verres.

Le liquide empourpré répandit dans la chambre un suave parfum de violette.

— Oh! oh! continua l'abbé en interposant son verre entre la lumière et lui, voilà du vin qui m'a bien l'air d'avoir vu le jour sur les bords de la Garonne.

— C'est du bordeaux, et du bon, dit Truffaut.

— En effet, dit l'abbé qui venait de déguster une gorgée, c'est du médoc et d'un bon crû.

Truffaut venait de faire disparaître le contenu de son verre avec une dextérité qui prouvait son habitude de ce genre d'exercice.

— Ah! il est fameux, dit-il après avoir fait claquer sa langue.

— Encore un verre, Truffaut, et asseyez-vous.

— Merci bien, monsieur l'abbé; ce n'est pas de refus.

Quelques instants après, Truffaut, sur qui le médoc commençait à agir, s'embarquait dans une interminable histoire de chouans à laquelle l'abbé semblait prendre un tel plaisir, que, la nuit presque venue, il ne songeait point à allumer les flambeaux.

La langue de Truffaut s'épaississait, et l'abbé, sans doute pour lui éclaircir la voix, continuait à verser à pleins bords le généreux médoc.

Petit-Jean dormait sur sa chaise, les bras tombants et les jambes pendantes.

Tout à coup, Truffaut, dont la parole devenait de plus en plus embarrassée, laissa tomber sa tête sur sa poitrine, et un ronflement sonore vint annoncer que le vin avait fait son œuvre.

D'un bond, Petit-Jean qui dormait en gendarme, un œil ouvert, se trouva debout.

— Allons, fit l'abbé à voix basse, prends-lui les jambes pendant que je vais le porter sur le lit.

L'ivrogne entr'ouvrit les yeux pour bégayer un semblant de protestation, et finalement se laissa porter comme un paquet.

— Dépêchons maintenant, fit l'abbé en ôtant ses vêtements, les moments sont précieux. Ote-lui ses habits.

Petit-Jean, qui commençait à comprendre, enleva prestement la veste et la culotte du geôlier, dont l'abbé se revêtit à la hâte, jetant sur le lit sa défroque demi-ecclésiastique et se coif-

fant jusqu'aux oreilles du grand chapeau de Truffaut.

Le déguisement terminé, l'abbé se retourna vers Petit-Jean.

— Du calme, du sang-froid, ramasse tout cela dans le panier et suis-moi.

Et l'abbé sortit, suivi de Petit-Jean qui pliait sous le poids du panier.

La sentinelle laissa l'abbé refermer la porte à double tour, sans lui jeter seulement un coup d'œil.

Quant à Petit-Jean, il alla reporter les ustensiles chez le geôlier.

— Et Truffaut? demanda la femme.

— Ah! il est bien, allez, cria l'enfant en désignant l'abbé qui sortait en chancelant.

— Ivrogne! va, murmura la femme, va prendre l'air, va, sac à vin.

Et la digne compagne de Mons Truffaut referma sa porte d'un air de mauvaise humeur.

— Maintenant, dit l'abbé lorsqu'ils se furent engagés dans une ruelle où l'on ne pouvait plus les apercevoir, descendons au port et vivement

Le port était désert à cette heure et la mer dans son plein.

— Le moment est favorable, dit l'abbé en frappant à la fenêtre d'une masure.

— Qui va là? fit une voix de l'intérieur.

— Tréguier.

— Attendez, je suis à vous.

Bientôt, en effet, un homme, qu'à sa veste et à son bonnet, on reconnaissait dour un vieux marin, vint ouvrir.

— Vous, à cette heure, monsieur l'abbé?

— Oui, tais-toi. As-tu ton bateau?

— Le voici là, amarré.

— Bon, tu vas me conduire à Gavr'inis.

— Tout de suite?

— Oui.

— Laissez-moi prendre ma vareuse et mes avirons.

— Fais vite.

Quelques minutes plus tard, la petite embarcation descendait, emportée par le courant, la rivière d'Auray, tandis que Petit-Jean, muni des instructions de l'abbé, remontait vers Saint-Goustan.

Aux premières lueurs du jour, la barque quitta la rivière d'Auray pour entrer en plein Morbihan.

Le Morbihan, qui donne son nom au département qui l'enserre, est un lac intérieur qui ne communique avec l'Océan que par un étroit goulet ouvert au sud-ouest, resserré entre les pointes Port-Navals en Arzon et de Kerpenhir en Locmariaquer. Cette Méditerranée en miniature compte autant d'îles, dit-on, que l'année de jours. La forme de cet archipel est à peu près celle d'une feuille de vigne, tant son rivage a été déchiré par la mer, tant il est dentelé de baies, de caps, de criques et de promontoires.

L'onde sur laquelle glissait la barque était unie comme un miroir, tachée çà et là par des accumulations de lichens où viennent se reposer les mouettes, qui font dans cet inextricable fouillis la chasse aux coquillages et au menu fretin.

Une légère vapeur, dorée par les premiers rayons du soleil, se levant du golfe, estompait, en les adoucissant, les contours des îles noyées dans cette brume matinale.

La nature sortait peu à peu de son nocturne silence, les coqs se renvoyaient d'île en île leurs retentissants appels, les oiseaux de mer poussaient en se poursuivant des cris aigus, et sur la côte de la grande terre des femmes de l'île d'Arz halaient un bateau chargé de légumes et de poissons qu'elles allaient vendre au marché de Vannes.

C'est que dans ce rude pays la vie se gagne par un effort incessant. Les hommes, pêcheurs ou marins au service de l'État, sont à la mer, et leurs femmes restent seules dans leur village, où demeurent seulement les gabelous et le curé, comme ils disent.

Les robustes Bretonnes travaillent alors la terre ; elles sont maraîchères principalement, et les légumes du Morbihan jouissent d'une réputation méritée. Elles se lèvent la nuit pour cueillir leur récolte, qu'elles entassent dans de longs bateaux plats. Une corde est attachée à la proue du bateau, et lorsqu'elles ont gagné la côte, si le flot leur est contraire, elles descendent à terre pieds nus, et, s'attelant à l'amarre, elles halent le bateau en chantant. Si le char-gement est trop lourd, quelques-unes prennent sur leur tête des paniers qui pèsent souvent un quintal, puis, légères et court-vêtues, elles s'avancent à grands pas, jouant entre elles et se poursuivant comme de gais enfants.

Mollement bercé par le mouvement de la barque, l'abbé s'abandonnait à la rêverie. Il repassait dans son esprit les derniers événements qui s'étaient si tragiquement déroulés, et sa pensée se reportait toujours vers ces deux pauvres enfants enfermés dans une prison et déjà voués à la mort avant d'avoir connu la vie.

Tout à coup le batelier l'interrompit pour lui désigner au loin une petite île qui se distinguait des autres par un tumulus profilant sur le ciel son cône gazonné.

— Voici Gavr'inis, dit-il simplement.

— Ah! fit l'abbé, enfin!

— Ce n'est pas facile pour accoster, reprit le vieux marin.

— Pourquoi?

— Le côté le plus accessible est barré par un banc de varechs très glissants et qui m'empêcheront d'avancer jusqu'à terre.

— N'importe, fit l'abbé; où un autre a passé, je passerai.

Bientôt, en effet, les avirons s'engagèrent dans des paquets de varechs vésiculeux et la barque dut s'arrêter à deux ou trois mètres du bord. Le batelier fit avec ses deux rames un pont improvisé sur lequel l'abbé chancelant put gagner l'île et grimper en glissant sur les lichens gluants jusqu'à la terre ferme.

Là, il se releva et s'adressant au batelier :

— Dans combien de temps la marée montera-t-elle jusqu'ici?

— Dans deux heures.

— C'est plus qu'il ne m'en faut. A bientôt.

Et l'abbé, après avoir contourné le tumulus, s'enfonça dans l'île vers une petite ferme que l'on voyait à quelques centaines de pas.

La porte était close; il frappa; l'aboiement d'un chien lui répondit, puis il entendit une voix d'homme morigéner à demi-voix l'animal.

Sans doute l'abbé reconnut la voix, car il cria : — C'est moi, Tréguier.

Presque aussitôt la porte roula sur ses gonds, un homme de haute taille parut et ouvrit les bras à l'abbé qui s'y précipita.

— Tréguier !

— Gildas !

Et les deux hommes s'embrassèrent.

VIII

Ce que c'était que Gildas.

Non loin de cette belle forêt de Camors, aujourd'hui propriété de l'Etat et qui fournit de bois de construction jusqu'aux chantiers de Lorient, s'élevait, il y a plus d'un siècle, le vieux château de Porhoët, dont il ne reste plus aujourd'hui que des ruines encore imposantes par leur masse.

Cette résidence était alors habitée par le vieux baron de Porhoët, parent éloigné de ce fameux comte de Lannion, dont la pierre tombale se voit encore dans la sacristie de l'église Saint-Sané.

Le baron avait prématurément perdu sa femme, tuée par suite d'une chute de cheval dans une chasse au sanglier. Une fille lui était restée de cette union, sur laquelle il avait reporté toute son affection et dont la santé, longtemps chancelante, avait mis son cœur de père à de rudes épreuves. Vint l'âge critique où l'enfant devient femme ; la jeune fille fut longtemps entre la vie et la mort, mais sa constitution vigoureuse au fond reprit le dessus, et Yolande, d'enfant débile, devint une fière et robuste fille, qui rappelait de tous points sa défunte mère.

M. de Porhoët se sentait rajeunir dans cette enfant qui lui rappelait ses beaux jours, et le rude gentilhomme breton, devant qui tout le monde tremblait, avait fini par baisser pavillon devant les grâces juvéniles et l'indomptable caractère de sa fille.

Yolande, qui semblait avoir hérité des goûts masculins de sa mère, faisait de longues courses à cheval dans la forêt de Camors, seulement accompagnée d'un grand lévrier de Syrie, présent d'un vieil officier de marine, ancien condisciple de son père au collége de Lorient.

Souvent, dans ses promenades solitaires, la jeune fille emportait un livre, et, arrivée dans une des solitudes les plus sombres de la forêt, elle descendait de cheval et lisait, étendue sur l'herbe comme la Madeleine du Corrège, les pages brûlantes de Rousseau ou de Diderot, dont elle faisait secrètement acheter les ouvrages les plus récents chez le libraire de Lorient.

Un jour qu'elle était profondément enfoncée dans sa lecture, les joues empourprées, l'œil brillant, palpitant d'une indécible émotion, un léger bruit lui fit relever la tête.

Un grand et beau garçon se tenait droit devant elle, tenant par la bride Soliman, son cheval favori, qui, sans qu'elle s'en aperçût, avait pris la clef des champs. Le jeune homme avait d'abord cru à un accident ; il avait attrapé le cheval par surprise, et, pénétrant dans la forêt, il avait trouvé Yolande tellement absorbée dans sa lecture qu'elle ne s'était point aperçue de la disparition de sa monture.

Un peu confuse d'être surprise dans ce moment d'abandon, la jeune baronne rajusta ses vêtements un peu défaits et, remerciant le jeune homme d'un mot poli, se disposa au départ.

Lui, s'approchant alors de Soliman, mit un genou en terre pour offrir un marchepied plus facile à Yolande qui, légère comme un oiseau et toute rougissante, sauta sur son cheval.

A peine en selle et pour donner à l'inconnu une idée de ses talents d'écuyère, elle sangla le noble animal de coups de cravache et partit au triple galop, devancée par son levrier blanc qui gambadait devant elle.

Le jeune homme la regarda s'éloigner sans changer de place. La nuit qui s'avançait le surprit dans cette attitude, et il rentra tout songeur à Baud, où il demeurait dans une petite maison, seul avec un vieux serviteur.

Pendant huit jours, le jeune homme vint rôder dans la forêt de Camors, aux abords de l'endroit où il avait rencontré la charmante apparition, mais ce fut en vain.

Depuis qu'il avait entrevu Yolande,

son sommeil, si tranquille auparavant, était traversé par des rêves voluptueux; la nature se réveillait chez ce farouche enfant des bois avec d'autant plus de violence qu'elle avait plus longtemps sommeillé. Il se tordait toute la nuit en poussant de sourds gémissements, et, le matin, brisé de fatigue, il s'endormait.

Il avait perdu l'habitude des courses matinales, et si, par occasion, il sortait encore dans le jour pour aller dans la campagne, il pouvait s'écrier comme Hippolyte, dans la *Phèdre* de Pradon :

La chasse fit jadis mes plaisirs les plus doux.
Si j'y vais maintenant, c'est pour penser à vous.

Enfin, le neuvième jour, au moment où, désespéré, il allait s'éloigner du bosquet solitaire où la jeune baronne lui était apparue, il vit à travers les arbres une forme blanche qui s'avançait lentement un livre à la main. Son cœur battit avec violence, il se sentait pâlir.

Gildas se dissimula du mieux qu'il put derrière un taillis, mais le beau lévrier, fidèle gardien de sa jeune maîtresse, l'avait éventé, et bondit en aboyant vers lui.

Le jeune homme, sentant le ridicule de sa situation, s'avança en saluant respectueusement.

—Ah! c'est vous, monsieur? fit Yolande du ton le plus naturel; il paraît que nous avons les mêmes goûts de promenade.

Tout le sang de son cœur avait reflué aux joues du jeune homme, qui répondit en balbutiant :

— Oui, mademoiselle.

Il ne lui vint pas à la pensée de lui dire qu'il n'était venu là que pour la revoir, que son image avait, depuis une semaine, occupé sa pensée. Tout cela se heurtait dans sa tête, il ne savait comment exprimer ce qu'il ressentait ; il se tut.

Mais il y a des silences plus éloquents que les tirades les plus pathétiques. Yolande lui sut gré de cet embarras qui flattait à la fois son amour-propre et son orgueil.

Elle avait fait une longue route à pied, et s'essuyant le front de son fin mouchoir armorié, elle se laissa tomber sur le gazon en s'écriant :

— Comme cela semble bon de se reposer.

Gildas osa alors émettre l'avis que l'*on* serait mieux adossé à un hêtre dont le tronc moussu formait un siége naturel. *On* reconnut qu'il avait raison et *on* lui tendit la main pour qu'il aidât la jeune fille à se relever.

Le jeune homme était au comble de la félicité; toucher la main fluette et blanche de cette divinité lui semblait pour le moment la plus grande somme de bonheur à laquelle un mortel pût aspirer.

Tout tremblant, il conduisit Yolande jusqu'au banc de mousse et se tint debout devant elle, pendant qu'elle disposait ses jupes avec une pudeur pleine de coquetterie.

La jeune fille saisit par contenance le livre qu'elle avait posé auprès d'elle.

— Connaissez-vous la *Nouvelle Héloïse?* demanda-t-elle à Gildas.

— Non, mademoiselle, répondit le jeune homme, brusquement arraché à sa muette contemplation ; j'ai peu d'occasion de lire.

— Je vous prêterai des livres, si cela vous amuse, fit Yolande.

— C'est trop de bonté, mademoiselle ; je ne sais si je dois accepter.

— Mais certainement, reprit la jeune fille ; il y a beaucoup de livres au château, sans compter que nous recevons toutes les nouveautés de Paris. Demain, je vous apporterai un roman de M. Diderot. C'est fort intéressant.

— Mademoiselle, je suis confus de tant de bonté.

— N'est-ce pas tout naturel? Vous devez tant vous ennuyer à la campagne, si je juge par moi. Oh ! Paris, que je voudrais connaître Paris!

Gildas s'empressa d'abonder dans le sens de son interlocutrice qui, le prenant à son costume pour le fils d'un gentilhomme des environs, le traitait d'égal à égal.

Bientôt, l'intimité s'établit entre les deux jeunes gens, les promenades de Mlle de Porhoet devinrent de plus en plus fréquentes et longues, et elle finit par venir passer dans le bois de Camors tout le temps dont elle pouvait disposer.

Les deux jeunes gens lisaient ensemble les œuvres les plus passionnées. Souvent leurs figures se rapprochaient, leurs haleines se confondaient, et tous deux s'arrêtaient, rougissant, puisant dans les yeux l'un de l'autre un nouvel aliment à leur naissant amour.

Un jour que, penchés l'un vers l'autre, ils s'enivraient dans cette muette contemplation, Yolande, prise d'une subite langueur, s'abandonna dans les bras de Gildas, qui osa effleurer ses lèvres roses d'un baiser, qu'elle lui rendit avec la fougue d'un amour longtemps contenu. Tout fut oublié, et, la nuit venue, lorsque le jeune homme reconduisit sa bien-aimée jusqu'à la limite du bois, ils se tinrent longtemps embrassés, se jurant un éternel amour.

Le lendemain, Yolande ne vint pas ; son père s'était inquiété de ses absences si longues et si répétées. Pour la première fois, la jeune fille manqua d'assurance et, afin de ne pas éveiller les soupçons, elle résolut de laisser passer quelques jours sans retourner au lieu de leur rendez-vous.

Gildas était comme un fou. Il s'aventura jusqu'aux abords du château, mais, craignant de mécontenter Yolande ou de la compromettre, il n'osa pas s'informer d'elle, et retourna chez lui en proie au plus violent désespoir.

Trois jours après, il reçut un billet parfumé, qui lui fut remis par un paysan remplissant au château l'emploi de messager, le père Blandin, comme on l'appelait. On lui disait de prendre patience, qu'on souffrait autant que lui de cette séparation momentanée, mais nécessitée par la prudence.

Gildas relut et baisa mille fois ces lignes tracées par Yolande, et résolut, en amant soumis, de se conformer à sa volonté.

La jeune fille, après avoir calmé par sa précoce dissimulation les appréhensions du baron, put bientôt retourner en toute sécurité à ses rendez-vous amoureux. Six mois se passèrent ainsi pour les deux jeunes gens dans une extase continue.

Dans une de ces longues heures d'abandon, Yolande avait provoqué les confidences de Gildas et obtenu de lui le simple récit de sa vie.

Gildas était un enfant abandonné.

Un paysan l'avait trouvé un jour au bord d'une haie, emmaillotté dans des langes magnifiques, dans les plis desquels se trouvait une bourse pleine d'or. Elle contenait six mille livres, une grosse somme alors, surtout pour un paysan, plus un papier sur lequel étaient ces mots : « L'enfant s'appelle Gildas, ayez-en bien soin ; vous serez récompensé. »

Le paysan, qui s'appelait Noirot, avait emporté chez lui la petite créature, où sa femme, qui n'avait point d'enfant, avait reçu avec joie le double présent que le hasard lui envoyait.

Noirot était un homme avisé. Sa maison se trouvant sur le bord d'une route assez fréquentée des rouliers, il ouvrit une petite auberge, qui fut bientôt achalandée, grâce à l'aimable caractère de sa femme à son activité. Quinze années s'écoulèrent et l'argent du bambin prospéra tellement que les époux Noirot, se trouvant assez riches, vendirent leur auberge et se retirèrent dans une jolie maison qu'ils avaient achetée à Baud.

Mais l'inactivité produisit bientôt ses résultats habituels : la femme, la première, tomba dans une maladie de langueur dont elle mourut après avoir traîné deux ou trois ans, et le pauvre Noirot suivit de près sa femme, qu'il adorait, non sans avoir, par un acte formel, adopté Gildas, auquel il laissait la fortune qu'il avait amassée grâce à lui.

Il y avait deux ans que son père adoptif était mort et que Gildas, qui s'ennuyait à Baud, ayant peu de goût pour la culture, encore moins pour le métier de la guerre, songeait à réaliser le peu qu'il possédait pour aller vivre à Rennes, et de là peut-être à Paris, objet de sa secrète convoitise.

Yolande avait fait un peu la moue en apprenant que son ami n'était qu'un enfant trouvé ; mais les circonstances de son abandon indiquaient qu'il était de grande extraction et qu'elle n'avait point dérogé en acceptant son amour. Un jour, elle pourrait le présenter à son père, dont elle saurait vaincre l'intraitable orgueil nobiliaire. Et tous deux se berçaient dans ces rêves d'avenir.

Un jour, la jeune fille arriva soucieuse. Gildas, la pressant de questions, apprit

qu'un jeune seigneur allié de leur famille venait d'arriver au château de
Porhoet, où son père le lui avait présenté avec une chaleur qui lui faisait
prévoir qu'il s'agissait d'un prétendu
déjà agréé par son père.

— C'est le fils de M. de Rochecombe,
un des plus anciens amis de mon père,
et nul doute que ce mariage n'ait été
arrangé entre eux.

— Alors, nous sommes perdus, fit
Gildas.

— Non, je résisterai, s'il le faut, à
mon père ; il n'osera pas me contraindre.

— Oh! cet homme, fit le jeune homme en pâlissant, s'il vous épouse, je le
tuerai.

— Rassurez-vous, nous n'en sommes
pas encore là, et vous pouvez compter
sur moi.

En effet, Yolande fit très froide mine
à l'hôte de son père, qui, de son côté,
paraissait faire peu d'attention à elle
et semblait plutôt faire la cour à M. de
Porhoet qu'à sa fille.

Yolande, piquée de ce dédain, fit
quelques frais de coquetterie pour attirer les regards du jeune officier, qui
continua à garder vis-à-vis d'elle la
même réserve, jusqu'au jour où, son
congé expirant, il dut aller rejoindre
son régiment.

Au moment des adieux, le baron re-
nouvela son invitation pour l'automne,
laquelle fut acceptée comme la chose
du monde la plus naturelle.

— Ma fille, dit le vieux gentilhomme
d'un ton qui n'admettait pas de réplique,
M. de Rochecombe m'a fait l'honneur
de me demander votre main et je la lui
ai accordée. Dites adieu à votre fiancé.

Yolande, interdite, tendit sa main au
jeune homme qui y déposa un respectueux baiser.

Le lendemain, la jeune fille alla trouver Gildas, que l'inquiétude dévorait,
mais elle se garda bien de lui dire de
quelle façon M. de Rochecombe avait
pris congé d'elle.

— Enfin, le voilà parti ! répétait à
chaque instant Gildas. Si vous saviez
ce que j'ai souffert !

— Enfant !

— Trois longs jours sans vous voir !

— Et mes lettres ?

— Sans elles, je serais mort d'en-
nui. Non, c'est trop longtemps différer ;
je vais aller demander votre main au
baron de Porhoet.

— Gardez-vous-en bien, fit la jeune
fille avec embarras.

— Pourquoi ?

— Il faut que je prépare mon père à
cette demande. Vous ne le connaissez
pas ; trop de précipitation pourrait tout
perdre.

Cependant la jeune fille changeait à
vue d'œil, sa vive carnation avait fait
place à une pâleur maladive sur ses
joues amaigries ; elle éprouvait par in-
atant des éblouissements et d'étranges
défaillances. Il lui semblait qu'un grand
changement, dont elle ne pouvait se
rendre compte, s'opérait en elle. En
même temps, son humeur changeait :
elle devenait fantasque, farouche, et
Gildas était le premier à souffrir de ses
boutades.

Bientôt le secret que s'obstinait à
garder la jeune fille sur la cause de ses
souffrances n'en fut plus un pour Gildas : Yolande allait être mère.

Cette pensée bouleversa tout son
être. Il osa, pour la première fois, abor-
der ce sujet dans une de leurs entre-
vues, mais la jeune baronne le regarda
d'un œil si hautain, qu'il n'osa pas la
questionner davantage, se réservant,
quand il en serait temps, de faire ce
qu'il considérait comme son devoir, de
demander Yolande en mariage.

Tout à coup la jeune fille cessa ses
promenades solitaires. Gildas parvint,
en rôdant du côté de Porhoet, à savoir
qu'elle était partie pour Rennes, suivie
d'une de ses femmes. On la disait en
visite pour quelque temps chez une
vieille cousine du baron.

Le jeune homme pénétra facilement
le motif de cet absence, mais il avait
peine à comprendre pourquoi celle qu'il
considérait déjà comme sa femme lui
avait fait un mystère de ce départ. Il
résolut de partir lui-même pour Rennes, où il descendrait chez son ami Tréguier, qui faisait en cette ville ses études de théologie.

Le lendemain, la bourse garnie et le
bâton à la main, il s'acheminait vers la
vieille cité bretonne, où son ami le reçut comme un frère.

A cet âge, l'amitié est expansive ;
Gildas ne put cacher à son ancien ca-

marade le motif qui l'amenait à Rennes, et celui-ci, dont les scrupules furent vaincus par l'assurance qu'un bon mariage allait réparer le passé, consentit à aider son ami dans ses recherches.

Plusieurs jours se passèrent, durant lesquels les deux jeunes gens parcouraient chacun de leur côté les rues les plus désertes et jusqu'aux faubourgs de la ville, mais sans succès.

Enfin, un matin, Tréguier pénétra d'un air riant dans la chambre de son ami :

— Victoire ! s'écria-t-il, j'ai trouvé la demoiselle.

— Que d's-tu ?

— Oui. Je ne sais pas où elle demeure...

— Eh bien alors ?...

— Attends donc. Mais je sais où elle va, le dimanche à la messe avec Mlle de Porhoet, une vieille demoiselle, sa cousine.

— Précisément.

— Dimanche dernier, le sacristain de la cathédrale les a vues à la messe basse de la chapelle de la Vierge, où Mlle de Porhoet a l'habitude d'aller tous les dimanches depuis vingt ans. Cette fois, elle était accompagnée d'une grande jeune fille brune, un peu pâle...

— C'est elle, mon ami, c'est elle ! s'écria Gildas.

— Certainement, mais ce n'est pas une raison pour m'étouffer. Tu la verras demain à la cathédrale.

Toute la nuit, Gildas ne put dormir à l'idée qu'il allait voir Yolande. Le lendemain matin, il était sur pied dès l'aube, apportant à sa toilette un soin tout particulier. Enfin il arriva à l'église une demi-heure avant le commencement de l'office et se réfugia dans un des coins les plus obscurs de la sombre basilique de granit.

Peu à peu, les fidèles arrivèrent dans la chapelle. Gildas sentait son cœur battre à lui rompre la poitrine, à l'idée qu'il allait la revoir.

Bientôt, en effet, on vit s'avancer un grand laquais à l'œil sournois, portant deux carreaux armoriés sur lesquels le jeune homme reconnut le blason des Porhoet. Deux femmes venaient à quelque distance, l'une petite, un peu contrefaite, vêtue de noir ; l'autre, grande,

élancée, enveloppée d'un long manteau. Gildas n'eut point de peine à la reconnaître, mais il eut la force de se contenir et de ne pas se faire voir.

A la fin de l'office, il alla se placer près de la porte d'où il était impossible qu'en passant Yolande ne l'aperçût point, et il attendit.

Les deux femmes arrivaient d'un pas lent. Lorsqu'elles furent près du seuil de l'église, Gildas fit un pas en avant et salua respectueusement les deux cousines.

Le visage de la jeune fille prit une teinte livide, mais elle passa droite et raide sans paraître remarquer le jeune homme interdit.

Gildas les suivit de loin et remarqua que sa maîtresse, ralentissant le pas pendant que sa cousine causait avec quelqu'un, le désignait au laquais qui l'accompagnait.

— Bon ! pensa-t-il tout joyeux, elle ne pouvait me reconnaître tout à l'heure, elle charge le domestique de me suivre pour savoir mon adresse.

En effet, le laquais, quittant les deux femmes, se mit à suivre Gildas, qui se rendit lentement chez lui, pour que ce dernier pût le suivre plus facilement, retournant parfois la tête pour voir s'il ne le perdait pas de vue.

Arrivé à sa porte, Gildas héla l'homme, qui s'approcha non sans quelque répugnance.

— Tenez, mon ami, lui dit le jeune homme en lui mettant un gros écu dans la main, voici pour votre peine.

Et il éclata de rire en voyant la mine interloquée du laquais.

Rentré chez lui, Gildas se promit bien de ne pas sortir et d'attendre de pied ferme le messager qu'on ne manquerait certainement pas de lui envoyer.

En effet, on frappa le lendemain discrètement à sa porte, et il vit entrer un monsieur vêtu de noir, qui, s'inclinant très bas, lui demanda d'une voix mielleuse si c'était bien à M. Gildas qu'il avait l'honneur de parler.

— Parfaitement, répondit le jeune homme.

— En ce cas, reprit l'homme poli, si monsieur veut bien me suivre, je vais le conduire où j'ai reçu l'ordre de le mener.

— Très bien, monsieur, je vous suis,

répondit Gildas en prenant son chapeau.

Le jeune homme descendit sans défiance et trouva devant le seuil une grande voiture de voyage fermée et attelée de deux vigoureux chevaux. Un homme de haute taille se tenait à côté du postillon, et il s'en trouvait un second dans l'intérieur.

Le jeune homme, étonné de trouver si nombreuse compagnie, hésitait à monter, mais l'homme obséquieux le fit entrer presque de force dans le carrosse, dont il referma soigneusement la portière.

La lourde machine s'ébranla aussitôt, et les chevaux partirent au grand trot.

Gildas, étourdi de tout ce qui lui arrivait, n'avait pas songé encore à s'informer de l'endroit où on le conduisait.

Il s'adressa à l'individu qui lui faisait face.

— Vous le saurez bientôt, répondit celui-ci d'un air goguenard.

Le jeune homme, ne trouvant pas la réponse suffisante, se retourna vers son second compagnon.

— Voilà de la discrétion bien inopportune, dit-il, puisque je dois le savoir ; autant que cela soit de suite.

— Pardon, fit l'homme poli, mes instructions portent que je ne dois pas vous perdre de vue jusqu'au but de notre voyage, et il m'est expressément défendu de vous dire quel il est.

— Comment, un voyage ? fit Gildas.

— Oui, qui durera plusieurs jours.

— Mais je ne veux pas faire de voyage, cria Gildas, qui s'apercevait seulement qu'il était tombé dans un piége.

— Il est inutile d'opposer la moindre résistance, fit l'exempt en tirant deux pistolets de sa poche, car nous avons de quoi vous mettre à la raison.

— Mais c'est infâme ! hurla le jeune homme.

— Ne criez pas, ou je vous fais bâillonner, reprit l'homme de la police.

Gildas se renfonça dans son coin, et la nuit le surprit, comme un chat aux aguets, épiant pour s'enfuir le moment où la portière s'ouvrirait.

Mais son attente fut déçue : la voiture ne s'arrêta que le lendemain matin, devant un grand édifice sombre, dans une ville que Gildas ne connaissait pas.

On le fit entrer dans une salle voûtée, qui n'était autre chose que le guichet d'une prison. Là on lui servit à manger pendant que la voiture relayait, et après un repos d'une demi-heure, il dut remonter dans la berline que l'on avait eu le soin de faire entrer dans la cour intérieure.

Plusieurs jours se passèrent ainsi, la voiture ne s'arrêtant que pour relayer ; enfin, un soir, Gildas comprit que la voiture passait une sorte de pont de bois et qu'elle traversait plusieurs cours, lorsque tout à coup elle s'arrêta et la portière s'ouvrit.

— Descendez, fit une voix rude.

Gildas obéit et se trouva entre quatre soldats qui, l'arme au bras, l'entourèrent.

Un guichetier attendait.

— Numéro cinq ! reprit la voix impérieuse.

Et le piquet se mit en marche, escortant Gildas.

On le fit passer par d'innombrables corridors et descendre plusieurs escaliers avant d'arriver à une porte basse ornée d'énormes ferrures et portant le n° 5.

Le guichetier l'ouvrit, poussa Gildas dans le cachot et en referma brusquement la porte.

IX

A la Bastille

Pendant les premiers jours de sa détention, Gildas fut pris d'un immense désespoir, qui se traduisit par des cris et des larmes. Il refusa toute nourriture et résolut de se laisser mourir de faim. Puis, vint la période d'affaissement et, finalement, la réaction qui se produit chez tous les prisonniers d'Etat, l'espoir de la délivrance.

Dès lors, Gildas, avec cette soudaineté de résolution qui caractérise les natures énergiques, changea complétement de façon d'agir, il accepta les aliments qu'on lui apportait et échangea quelques mots avec le gardien chargé de sa cellule.

— A la bonne heure, lui dit celui-ci,

vous voilà raisonnable. Ça finit toujours comme ça.

— Ah! fit Gildas, j'espère bien ne pas rester longtemps ici.

— Qui sait? qui sait? dit le geôlier en hochant la tête.

— Mais je n'ai rien fait, moi, s'écria Gildas.

Le geôlier le regarda d'un air de compassion et se retira sans mot dire.

Cependant les jours, les mois s'écoulèrent sans apporter le moindre changement dans la situation de Gildas. En vain il écrivit mémoires sur mémoires, lettres sur lettres, il ne reçut jamais de réponse.

Une fois convaincu que sa détention devait se prolonger indéfiniment, il reconstitua dans son esprit les motifs de son arrestation, et les doutes qu'il avait eus dans le principe sur la participation de sa maîtresse à ce crime s'évanouirent enfin.

Dès lors il n'eut plus qu'une pensée, s'évader, et, une fois libre, tirer vengeance de celle qui avait brisé sa vie.

Gildas avait remarqué que le soupirail de sa cellule donnait sur une des cours extérieures de la prison. Souvent la brise lui apportait les sons lointains du dehors; il se dit que, leste et agile comme il était, s'il avait une corde assez longue pour atteindre le fond du fossé, il trouverait bien moyen de sortir, dût-il étrangler la sentinelle.

En se hissant à la force des poignets, il parvint à plonger ses regards au dehors et jugea qu'il y avait environ quarante pieds de la fenêtre jusqu'au sol.

On lui avait laissé son argent, qui lui servait à se procurer quelques douceurs, entre autres des livres d'étude, dont on lui permettait la lecture.

Il demanda à acheter du linge, dont il se servit la nuit à tresser une corde solide. Ce travail lui demanda près d'une année, durant laquelle il s'exerçait à tenir son corps dispos et alerte.

Il s'occupa ensuite à fabriquer une lime avec un couteau et un vieux morceau de fer qu'il parvint à extraire de la muraille. Ce travail de patience lui demanda encore plusieurs semaines.

Il commença enfin à attaquer les barreaux: la lime mordait bien. En quelques jours, il les eut sciés, moins un,

de façon à pouvoir les détacher d'un vigoureux effort.

Il avait remarqué les heures de ronde, et, avec cette finesse d'ouïe particulière aux prisonniers, il entendait parfaitement le pas des soldats venant relever les sentinelles. Il fallait qu'il profitât à la fois de l'heure de nuit où le soldat en faction depuis une heure commençait à se relâcher de sa surveillance ou à s'endormir et où il n'aurait pas à redouter les rondes.

Toutes ses précautions prises, il résolut de mettre son projet à exécution par une nuit sombre où la pluie tombant drue et pressée lui donnait plus de chance de n'être pas aperçu.

Vers une heure du matin, il attacha au seul barreau resté solide une des extrémités de sa corde et arracha ceux qui s'opposaient à son passage.

Puis il se hissa et laissa se dérouler la corde. Pendant quelques minutes il attendit, pour être sûr que la sentinelle ne l'avait pas aperçu; n'entendant aucun bruit, il se décida à descendre.

La corde tendue vibrait et se balançait d'une façon terrible; néanmoins, telle était sa volonté, qu'en dépit des blessures qu'il se faisait aux mains, il continua de descendre avec lenteur.

Tout à coup il s'aperçut avec terreur que sa corde était trop courte. La nuit l'empêchait de distinguer la distance qui le séparait du sol. Remonter, il n'y fallait pas songer; il préférait mourir; d'ailleurs, ses forces s'épuisaient. Il se laissa tomber.

La chute fut rude, mais amortie cependant par une épaisse couche de vase qui couvrait le fond du fossé.

Par malheur, le bruit qu'il avait fait en tombant réveilla de sa somnolence le soldat de garde, qui poussa un formidable: Qui vive!

Gildas, encore étourdi de sa chute, se tenait immobile.

Bientôt il vit paraître une lueur et entendit un bruit de pas. C'était une ronde attirée par l'appel de la sentinelle.

Il allait être découvert; un seul moyen lui restait: la fuite. Il se leva péniblement et, se courbant pour n'être point aperçu, il tourna dans le fossé jusqu'à une grille qui la fermait dans toute sa largeur. Il grimpa comme un chat jusqu'au haut de la grille, et, se dressant de toute sa hauteur parvint à saisir la crête du mur.

L'enjamber fut pour lui l'affaire d'un instant.

En même temps, il vit apparaître, au tournant de la muraille, un peloton de soldats conduit par un gardien.

— Feu! cria celui-ci.

Gildas, entendant siffler les balles, s'élança dans le vide.

Cette fois, il tomba si malheureusement qu'il resta sur la place. Il avait la cuisse brisée

Il eut le courage de ne pas pousser un gémissement. Il essaya de se relever, mais ne pouvant y parvenir, il se traîna péniblement vers un arbre, auquel il s'adossa.

Il percevait les bruits de l'intérieur de la prison. Dans quelques minutes, on allait arriver jusqu'à lui, le découvrir et le réintégrer dans sa cellule.

Tout à coup il entendit le roulement d'une voiture qui s'approchait rapidement.

Il se souleva et regarda.

C'était une voiture de voyage qui s'avançait au galop.

Lorsqu'elle fut à dix pas de lui, il poussa un cri déchirant :

— A moi! Au secours!

Instinctivement le postillon arrêta ses chevaux.

Une tête sortit de la portière.

— Qu'est-ce? demanda le propriétaire de la voiture.

— Un blessé, un prisonnier! s'écria Gildas.

La portière s'ouvrit et l'homme descendit avec précipitation.

Il s'approcha du blessé qui lui tendait les bras.

En un instant, il comprit la situation et, soulevant Gildas dans ses bras, il l'emporta comme un enfant et le plaça sur les coussins de la voiture, puis montant rapidement :

— Au galop! cria-t-il au cocher.

Et la berline disparut dans l'obscurité.

Le blessé souffrait beaucoup; chaque cahot de la voiture lui arrachait une plainte.

— Un peu de patience, mon pauvre ami, lui disait l'inconnu; dans quelques instants nous serons arrivés et j'enverrai chercher un chirurgien.

En effet, la voiture, après avoir tourné dans plusieurs rues et traversé la Seine, s'arrêta devant un vieil hôtel de la rue Saint-Dominique.

Le voyageur descendit le premier et frappa vigoureusement à la porte, qui s'ouvrit aussitôt.

— Faites vite descendre du monde pour transporter un blessé dans ma chambre, fit l'inconnu.

— Oui, monsieur l'abbé, répondit respectueusement le portier.

Et, presque aussitôt, deux vigoureux gaillards en livrée descendirent et s'approchèrent de la berline.

Le portier apporta un matelas sur lequel on plaça le blessé, et les deux laquais, aidés de celui qu'on appelait l'abbé, montèrent Gildas au deuxième étage, où se trouvait l'appartement désigné.

Le jeune homme fut déposé avec tous les soins imaginables sur le propre lit de son hôte, et, sur l'ordre de celui-ci, un domestique se détacha pour aller réveiller le chirurgien.

En même temps, l'abbé avait fait allumer une lampe, dont la douce clarté serait plus supportable aux yeux du malade.

— Que vous êtes bon, monsieur! lui dit ce dernier entre deux gémissements.

L'abbé se retourna brusquement. C'étaient les premiers mots que prononçait le blessé depuis son entrée dans la maison. Le son de la voix l'avait frappé.

Instinctivement, poussé par une secrète curiosité, il se leva et s'approchant de Gildas, considéra cette figure pâle, amaigrie et que cachait en partie une longue barbe.

Leurs yeux se rencontrèrent.

— Mon Dieu! est-il possible! fit l'abbé en joignant les mains.

— Tréguier, c'est toi?

Oubliant sa douleur, Gildas jeta ses deux bras autour du cou de l'abbé, qui sanglotait de joie.

— Il y a trois ans que je te cherche, fit l'abbé.

— Eh! mon ami, j'étais à la Bastille.

— Je te croyais assassiné.

— N'était-ce pas une mort lente, mais sûre?

— Oui, oui, murmura l'abbé, le crime était bien combiné.

— Ah! tu sais quelque chose, toi!

— Tais-toi; nous parlerons de tout cela plus tard.

En effet, on entendait des pas dans la chambre voisine; c'était le chirurgien qui arrivait accompagné d'un domestique.

La fracture était simple, heureusement, et, malgré l'enflure produite par le transport, l'adroit praticien parvint à la résoudre.

— En voilà pour six semaines sans remuer, fit-il au malade, mais une heure plus tard j'aurais été obligé de vous couper la jambe. Je reviendrai demain.

Et il sortit, laissant les deux amis réunis.

Trop énervé pour dormir, Gildas, resté seul avec l'abbé, lui raconta les détails de son arrestation. Son récit terminé :

— Et Mlle de Porhoet, demanda-t-il d'un ton amer, qu'est-elle devenue?

— La comtesse de Rochecombe.

— L'infâme! Mais l'enfant?

— Elle n'en a pas eu, dit l'abbé.

— Ah! tant mieux! Les monstres n'engendrent point. Aussitôt remis, je pars pour Auray, et nous verrons ce que dira la nouvelle comtesse, en voyant apparaître celui qu'elle croit mort dans un cachot.

— A quoi bon? fit doucement l'abbé. Ce qui est fait est fait. Le vieux baron est mort; tu ne pourras rien prouver, et l'on te remettra à la Bastille. Le comte est puissant; ce sera la lutte du pot de terre contre le pot de fer.

— Alors, je le tuerai.

— Un crime rachète-t-il un crime? et d'ailleurs, lui n'est pas coupable.

— Ce forfait restera donc sans châtiment?

— Et Dieu que tu oublies, fit l'abbé en montrant le ciel.

— Dieu, Dieu, laisse tant d'infamies impunies...

— Qu'en sais-tu?

— C'est justement parce que je n'en sais rien que je préfère les punir de mon vivant.

— Et après, Gildas? Quand tu te seras vengé, seras-tu plus heureux? Si tu ne peux oublier, pardonne, dédaigne

et... laisse faire le temps. Tu es jeune, intelligent, l'avenir est devant toi. Je te cacherai; dans Paris c'est plus facile que partout ailleurs; tu changeras de nom et je te trouverai une occupation qui te permettra de gagner ta vie.

— Tu es meilleur que moi, dit Gildas.

— Non, mais le malheur ne m'a pas aigri.

— Eh bien! fit le jeune homme avec effort, je t'obéirai, j'oublierai mes souffrances, ma rage impuissante entre les murs d'une prison, j'oublierai jusqu'à celle que je devrais maudire. Es-tu content?

— Oui, Gildas.

Le blessé resta près de deux mois couché dans l'hôtel où l'abbé remplissait les fonctions de précepteur auprès du jeune chevalier de Kervignac, dont la mère, restée veuve, reportait toute son affection sur le jeune Raoul et prenait le plus grand soin de son éducation.

Grâce à la faveur dont son ami jouissait dans la maison, Gildas fut entouré de soins délicats qui hâtèrent sa convalescence. Bientôt, soigneusement rasé et revêtu d'un costume tout neuf qu'il avait un jour trouvé sur le pied de son lit, il put sortir et faire quelques promenades, appuyé d'un côté sur une forte canne, de l'autre sur le bras de l'abbé. Trois mois après, il ne lui restait plus de sa blessure qu'un souvenir désagréable.

L'abbé lui avait fait prendre le nom de Meriadec, qui est celui d'un grand saint de la Bretagne. Or, comme la plupart de ses compatriotes, il avait une foi profonde dans l'hagiographie de son pays; il se figurait que ce nom porterait bonheur à son protégé.

Peu de temps après, il entrait en qualité de secrétaire particulier chez Helvétius, par l'entremise d'un vieil ami de Mme de Kervignac, qui fréquentait la maison d'Auteuil, rendez-vous habituel des philosophes et des beaux esprits.

Là, il vécut dans l'intimité de ces hommes qui préparaient sans s'en douter le grand mouvement rénovateur de 1789. Il y vit de près Voltaire, dans toute sa gloire, environné de l'admiration et du respect de tous, Diderot, dont l'activité dévorante trouvait le moyen de mener de front ses études philosophiques et littéraires, d'écrire la *Religieuse*, un des plus admirables pamphlets contre les couvents de femmes, les *Bijoux indiscrets*, pour tirer d'embarras Mme de Puisieux, et ses admirables *Salons*, modèle de critique artistique que l'on a point égalé. Il y rencontra également Franklin, le fin bonhomme, l'économiste populaire de la nouvelle Amérique, et Jefferson, à qui était réservé l'honneur de rédiger et d'appliquer dans son pays cette belle constitution dont l'esprit vient de la France du dix-huitième siècle, et qu'aucune réaction n'est parvenue à entamer.

La place nous manquerait si nous voulions citer toutes les célébrités qui se rencontraient dans le salon d'Auteuil.

Durant plusieurs années, Gildas assista, spectateur attentif, au laborieux enfantement de cette Révolution féconde, qui, partie de tous les points de la France, vint aboutir à Paris.

Il coopéra à la prise de la Bastille, « au grand soleil de messidor », et, presque porté dans l'intérieur de la prison par le flot populaire, il parcourut ces sombres corridors où, quelques années auparavant, il passait en désespéré, et visita son cachot, dont la muraille portait encore les entailles qu'il y avait pratiquées pour mesurer le temps, qui s'écoulait pour lui dans la solitude et le désespoir.

Au 20 juin, il entrait avec le peuple dans les appartements royaux, et le 10 août, il ramenait le coupable Louis XVI au sein de la Convention. Lors des massacres de septembre, il eut le bonheur de sauver son ami Tréguier et le jeune chevalier de Kervignac, qui venait de perdre sa mère. Par ses soins, l'abbé et son élève purent gagner, sous un déguisement, la Bretagne, où ils étaient certains de trouver un asile sûr et d'où, dans tous les cas, ils pouvaient facilement passer en Angleterre.

Pour lui, sa voie était tracée, sa place était parmi les hommes de la révolution, au milieu desquels il comptait plusieurs amis, entre autres Danton et Camille Desmoulins. Pendant que l'un tonnait à la Convention contre les Girondins qui voulaient porter atteinte à l'indivisibilité de la République, et que l'autre écrivait contre les Brissotins ses virulents pamphlets, Gildas prononçait au club des Cordeliers des discours dont l'éloquence naturelle produisait une impression profonde sur les masses populaires.

L'audace de Danton avait contribué au salut de la France; il crut avec ce grand homme et ses amis que l'heure de la clémence avait sonné. Il eut comme eux cette vue politique si humaine et si sage que la continuation des supplices ne pouvait qu'amener une implacable réaction, et voulut fermer l'ère de la vengeance pour ouvrir celle de la réconciliation. L'événement prouva combien avaient raison ces grands citoyens qui payaient de leur tête le crime d'avoir discerné le juste et le vrai, comme Robespierre paya de la sienne celui de s'être trompé.

Forcé de s'enfuir après l'exécution des Dantonistes qu'il avait tout fait pour empêcher, en essayant de soulever le peuple en leur faveur, il s'enfuit à Auray, où il comptait demander un asile à l'abbé Tréguier.

Un abîme séparait les deux amis. L'abbé, poussé par ses liens d'amitié avec la plupart des chefs du mouvement royaliste, par sa croyance mystique aux mystères de la religion qu'il professait, avait refusé le serment constitutionnel et s'était jeté dans la chouannerie avec son jeune ami, le chevalier de Kervignac. Pour lui, c'était moins la monarchie qu'il croyait défendre que les autels du Dieu qu'il servait. Mais il réprouvait de toutes ses forces les excès commis au nom de Dieu et du roi et son libre langage déplaisait parfois dans le camp royaliste. Mais comme il avait une grande influence sur les paysans, on le craignait et partant on le ménageait.

L'abbé n'adressa pas un reproche, une remontrance à Gildas, bien qu'il fût engagé, selon lui, dans une voie détestable, et après lui avoir pendant quelques jours donné secrètement asile, il le conduisit une nuit dans la petite île de Gavr'inis, au cœur du Morbihan, chez un de ses cousins qui y exploitait une petite métairie. Là il avait trouvé une retraite ignorée, où il pouvait en paix laisser passer l'orage et attendre des temps moins troubles.

En effet, depuis plus d'une année que Gildas habitait l'île, hormis les gens de la ferme et Tréguier, personne, sauf quelques rares pêcheurs, n'avait abordé dans l'île.

Il y avait plusieurs mois qu'il n'avait reçu la visite de l'abbé, et Gildas savait, par les rapports de quelques mariniers, que le pays était en proie aux horreurs de la guerre civile. Sa première pensée fut que son ami, échappant à son tour à quelque danger, venait partager sa retraite.

— Non, Gildas, lui dit tout bas l'abbé, je viens te chercher, au contraire.

— Pour dire la messe aux chouans? demanda Gildas en riant.

— Non, pour remplir un devoir.

La figure du réfugié devint sérieuse; il entraîna l'abbé dans sa chambre, où tous deux eurent un long entretien. Une heure après, tous deux se dirigeaient vers la barque qui avait amené l'abbé et stationnait à la pointe de l'île.

Du plus loin que le batelier l'aperçut, il le héla :

— Eh! dépêchons, cria-t-il, le flux monte, il faut en profiter; s'il redescend avant que nous soyons à Auray, ce sera le diable pour avancer.

Les deux hommes descendirent, non sans peine, jusqu'au frêle esquif qui se balançait sous l'influence du flux, et quelques instants après ils se dirigeaient à force de rames vers la rivière d'Auray.

X

Préparatifs d'exécution.

Nous avons laissé Louise et Marcel séparément enfermés dans la prison d'Auray et livrés aux tristes pensées que leur suggérait la terrible fin qui leur était réservée. En effet, comme on s'y attendait, le général républicain n'avait pas voulu entendre parler de négociations, et cette nouvelle leur avait été donnée avec avis de se préparer à une prochaine exécution.

Ce n'était pas comme cela que Louise eût voulu mourir. Elle avait volontiers affronté les balles royalistes dans les combats à côté de Marcel, mais il lui répugnait de tomber assassinée dans un coin par quelques brigands. Les insultes mêmes lui seraient-elles épargnées. Puis il y a chez l'être jeune, si courageux qu'il soit, une révolte contre la mort. Louise eût voulu vivre pour aimer, et la mort était là près d'elle, hideuse, inévitable.

Un soir assise sur un escabeau, à la lueur douteuse d'une lanterne qui éclairait sa prison, elle songeait à son bonheur passé, à son père, à son fiancé, qui allait partager son sort, lorsqu'elle entendit tourner la clef dans la massive serrure de la porte.

Cette visite à une heure inaccoutumée la fit tressaillir. Allait-on donc l'exécuter nuitamment? Instinctivement elle frissonna.

Un homme entra dans le cachot et la porte se refermait doucement derrière lui.

— Vous savez, lui dit le geôlier à voix basse, rien que quelques minutes.

— C'est bon, sois tranquille, dit l'homme.

A cette voie, Louise se leva, comme mue par un ressort: elle avait reconnu l'espion.

— Vous ici! fit-elle avec horreur.

— Oh! n'ayez pas peur, répondit Pierre Guern avec douceur; je ne m'approcherai de vous qu'autant que vous me le permettrez.

— Si vous n'êtes pas ici pour m'insulter, qu'y venez-vous chercher?

— Mon pardon.

— Jamais! fit Louise avec force.

— Ecoutez, dit humblement l'espion, vous avez le droit de me parler comme vous faites; j'ai été mauvais; mais je suis bien changé, allez, et la démarche que je viens faire auprès de vous va vous prouver que je vaux mieux que vous ne croyez.

— Que voulez-vous dire?

— Louise, je viens vous sauver.

— Vous? fit Louise avec dédain.

— Oui, j'ai de l'or, beaucoup d'or. J'ai déjà corrompu le gardien qui m'a introduit ici. Il est à ma discrétion. L'exécution est fixée à après-demain; si vous voulez, demain nous fuirons ensemble.

Louise eut un rire insultant.

— C'est fort tentant, dit-elle ; mais je préfère mourir.

— Y pensez-vous ? fit Guerno, sans paraître s'offenser. Mourir à votre âge, pleine de force et de vie ?...

— Oui, dit Louise pensive, se parlant à elle-même, c'est bien tôt mourir !...

— Acceptez donc ce que je vous offre ! alors reprit l'espion avec feu.

Louise considérait attentivement Pierre Guerno.

— Vous me connaissez donc bien peu ? lui dit-elle. Ainsi, vous avez pu croire un instant qu'après avoir entraîné à leur perte ceux qui m'ont suivie, je les laisserais mourir seuls, et cela pour vous suivre, vous ?...

— Ah ! fit Pierre, si c'était pour suivre Marcel Rey...

— Eh bien, interrompit Louise avec force, fût-ce pour suivre Marcel que j'aime, je refuserais de commettre une lâcheté, mieux, une infamie.

— Ecoutez, fit alors Pierre Guerno, et nous allons voir si vous me mépriserez encore. Cette liberté dont vous ne voulez pas, je vais l'offrir à Marcel en le faisant évader sous mes habits et prenant sa place.

— Il refusera comme moi.

— Non, car je lui dirai que vous avez accepté, que vous êtes réfugiée à Rennes et qu'il peut aller vous y retrouver. Vous n'avez pas voulu vivre avec moi, eh bien, moi, je veux mourir pour vous et avec vous.

Louise considérait l'espion avec étonnement. Un feu singulier brillait dans ses yeux.

La jeune fille resta quelques instants songeuse.

— Dites-vous vrai ? demanda-t-elle.

— Sur mon salut.

— Eh bien, si vous faites cela, Pierre, dit-elle en lui tendant la main, non seulement je vous pardonnerai le passé, mais je mourrai en vous bénissant.

— Vous l'aimez donc bien ? demanda l'espion.

— Plus que moi-même, puisque j'accepte pour lui ce que je refuse pour moi. Il est jeune, il n'a fait que suivre mon impulsion ; je n'ai pas le courage de le voir mourir. Puis, c'est un homme ; il peut être utile à la République.

— Puisqu'il en est ainsi, fit Pierre Guerno qui avait gardé la main de Louise dans les siennes, il faut me donner un gage de votre promesse.

— Quel gage ?

— Consentez à vous unir demain avec moi ; l'abbé Bernier a pleins pouvoirs pour les unions *in extremis*. La cérémonie terminée, je vole au cachot de Marcel, je prends sa place, et l'on ne s'apercevra que le lendemain de la substitution, alors que, grâce à mon costume et au mot de passe, Marcel aura dépassé les lignes républicaines...

Louise avait écouté cette tirade sans quitter du regard l'œil de l'espion.

Pour la seconde fois elle eut un rire sarcastique, puis avec explosion :

— Bien imaginé ! s'écria-t-elle, la fille de Bernard, l'honnête homme, devenir la femme de l'assassin Pierre Guerno !

L'espion pâlit affreusement.

— Ah ! vous pensiez que j'allais donner dans votre piége ? continua-t-elle ; devenir votre proie et du même coup perdre Marcel. Pauvre imbécile !

Pierre se redressa ; sa figure exprimait une rage hideuse.

— Eh bien, fit-il en grinçant des dents, puisque tu me repousses, vous mourrez tous deux, et de ma main, car je ferai partie du peloton d'exécution.

— Je puis bien mourir de la main qui a tué mon père : sors d'ici, lâche gredin ! cria Louise.

Au même instant, la porte du cachot s'ouvrit et la tête du geôlier parut.

— Assez causé, fit-il à l'espion, on vient.

Guerno, se retournant vers Louise, lui montra le poing et sortit précipitamment.

Quelques instants après, un greffier improvisé, accompagné du porte-clefs et de deux chouans, venaient lire à la jeune fille sa sentence de mort, portant qu'elle serait passée par les armes avec ses complices sur la place publique d'Auray.

Louise écouta froidement cette lecture. Lorsqu'elle fut terminée, le greffier, plus ému qu'elle, lui demanda si elle avait quelque grâce à solliciter.

— Je voudrais, fit-elle, dire un dernier adieu à mon fiancé, Marcel Rey, prisonnier et condamné comme moi.

— Cette demande sera transmise au

chef, répondit le greffier, qui sortit accompagné de ses acolytes.

Restée seule, Louise se laissa retomber sur une chaise. Cette scène l'avait brisée. Tout était bien fini. L'abbé ne revenait pas ; sans doute il avait eu bien de la peine à se sauver lui-même — car elle avait entendu parler de son évasion — et ne pouvait lui être d'aucun secours non plus qu'à Marcel. Il ne leur restait plus qu'à faire bonne contenance devant la mort.

XI

Le Revenant

Nous avons laissé la comtesse de Rochecombe à Pluvigner ; mais, depuis la prise d'Auray par les chouans, elle était revenue habiter son château que gardait un bataillon de troupes royalistes, et qui était devenu en quelque sorte le quartier général de l'état-major royaliste.

Pendant que Cadoudal et ses chouans occupaient Auray où ils commandaient en maîtres, M. de Tinteniac et ses officiers avaient accepté l'hospitalité du châtelain de Rochecombe, en attendant le jour où l'armée du roi serait assez forte pour marcher sur Rennes.

Le château était même désigné pour être l'une des étapes du comte d'Artois, dont on annonçait toujours l'arrivée et qui continuait à papillonner dans les salons aristocratiques de Londres. Aussi Mme de Rochecombe, enivrée d'orgueil par l'annonce de cette visite princière, s'occupait-elle avec une fiévreuse activité de mettre son château en état de recevoir dignement un pareil hôte.

Elle était seule un soir dans l'appartement qu'elle réservait au prince, tort occupée à disposer dans une petite pièce une tapisserie dont la teinte sombre faisait ressortir l'éclat de quelques flambeaux dorés et d'un grand Christ d'ivoire jauni par le temps, destinés à orner l'oratoire du prince, dont la dévotion n'avait d'égale que la galanterie.

Un épais tapis couvrait le plancher et assourdissait les pas ; aussi n'entendit-elle pas venir à elle un homme qui, parfaitement au courant des êtres du château, s'était introduit dans l'appartement par un escalier de dégagement.

Il était auprès d'elle lorsqu'elle se retourna ; la comtesse reconnut l'abbé Tréguier.

La comtesse fit un mouvement en arrière.

— Encore vous ? monsieur, fit-elle.

— Encore moi, madame, jusqu'à ce que j'aie obtenu de vous la grâce de Louise Bernard. Vous n'avez qu'un mot à dire pour la sauver ; je viens vous supplier une dernière fois de le prononcer.

— Eh bien, monsieur, je vous répète une dernière fois que je ne veux en rien m'occuper des rebelles... Quant à vous, monsieur l'abbé, vous êtes imprudent d'être revenu au château de Rochecombe. Oubliez-vous que tout m'obéit ici et que je n'ai qu'un geste à faire pour vous faire mettre dans un endroit dont vous ne vous échapperez pas si facilement que de votre prison d'Auray ?

— Je n'ai rien oublié, madame ; je sais à quel danger je m'expose ; mais j'ai pensé que votre cœur avait pu s'attendrir, et que vous ne me refuseriez peut-être pas une seconde fois la grâce que je viens solliciter de vous humblement.

La comtesse pâlissait visiblement. L'abbé conservait tout son calme.

— Madame, continua-t-il, le sort de cette enfant, *abandonnée de tous*, fit-il en appuyant sur les mots, sauf d'un pauvre prêtre poursuivi et proscrit, ne vous semble-t-il pas assez misérable pour avoir pitié d'elle ? Son exécution doit avoir lieu dans deux jours ; je l'ai entendu dire dans les rues d'Auray ; faites taire l'orgueil offensé de la grande dame et laissez-vous gagner par la pitié. Louise va mourir, madame, entendez-vous ? c'est une enfant de vingt ans.

La comtesse, droite et pâle, ne répondait point.

— Un mot, madame, un seul mot d'espoir, fit l'abbé en s'inclinant vers elle.

— Je ne puis rien, fit d'une voix sèche Mme de Rochecombe.

— C'est votre dernier mot, madame ?

— C'est mon dernier mot.

— Mais ce que vous me refusez à moi, madame,. fit l'abbé en élevant la voix, peut-être l'accorderez-vous à quelqu'un de plus puissant auprès de vous ?

— Qui donc ? fit la comtesse en relevant orgueilleusement la tête ; qui donc oserait me dicter des lois, dans mon château, au milieu de mes serviteurs ? Qui donc l'oserait ?

— Moi ! dit une voix grave.

Et un nouveau personnage entra dans l'oratoire.

La comtesse regarda fixement le sombre inconnu qui s'avançait lentement vers elle. Passant sa main sur ses yeux comme pour chasser un fantôme menaçant, elle fit un pas en arrière et regarda de nouveau cet être mystérieux dont l'œil implacable semblait pénétrer jusqu'au fond de son cœur.

— Vous ? fit-elle machinalement.

L'abbé s'était effacé et contemplait cette scène émouvante.

— Oui, moi, répéta l'inconnu, moi, Yolande de Porhoët.

— Oh ! fit la comtesse devenant livide, ce n'est pas possible... une telle ressemblance...

L'abbé alla fermer la porte de l'oratoire.

— Il n'y a pas de ressemblance, fit Gildas en jetant loin de lui le chapeau qui ombrageait sa figure ; il y a que les morts sortent de la tombe où ils sont mal enfouis ; il y a que tôt ou tard le crime se révèle, et que, si tardive qu'elle soit, l'heure du châtiment finit par sonner. Yolande, où est mon enfant ?

La comtesse, les yeux démesurément ouverts, tendit les bras en avant comme pour arrêter cette terrifiante apparition.

Mais lui, pâle et résolu, s'avançait vers elle, qui reculait toujours, jusqu'à ce qu'elle eût rencontré la muraille.

Alors Gildas leva la main sur elle et lui saisissant le bras dans sa main, de fer :

— Répondras-tu ! lui cria-t-il.

En cet instant il se passa un fait étrange. La comtesse, courbée sous l'étreinte de Gildas, blême d'épouvante, se releva brusquement, ses yeux s'allumèrent d'un feu étrange et ses joues s'empourprèrent, un horrible sourire vint se dessiner sur ce visage flétri, et elle partit d'un éclat de rire strident, inextinguible.

La comtesse de Rochecombe était folle. Gildas s'était machinalement reculé.

L'abbé s'élança vers elle :

— Madame, madame ! s'écria-t-il, revenez à vous, on peut vous entendre.

— Oh ! fit Gildas, elle n'a plus sa raison, le châtiment est venu trop tôt. Mon enfant est perdue !

La comtesse s'était jetée sur un fauteuil et se tordait dans les spasmes d'un rire effrayant.

On entendit des bruits de pas dans une chambre voisine.

— Fuyons, dit l'abbé en entraînant Gildas qui semblait pétrifié ; peut-être reste-t-il un moyen. Mais si nous restons, nous nous perdons et Louise avec nous.

Ce nom arracha Gildas à sa muette contemplation ; il se laissa entraîner par l'abbé, et la porte de l'escalier dérobé se refermait à peine sur eux que M. de Rochecombe entrait dans l'oratoire de sa femme.

XII

Le voyage de Tallien

Nous avons laissé les deux représentants Tallien et Blad, dans la cour du ministère où les attendait une voiture de voyage. Au dernier moment, Tallien s'était adjoint un deuxième compagnon. C'était Rouget de l'Isle, l'auteur déjà célèbre de la *Marseillaise*, à qui ce titre n'avait pas fait trouver grâce devant l'impassible Robespierre. Tallien l'avait fait mettre en liberté au 9 thermidor. Un jour plus tard, il allait rejoindre Roucher, l'auteur des *Mois*, et André Chénier.

Aussi Rouget de l'Isle avait-il conservé dans son cœur une profonde reconnaissance pour son libérateur, et lorsque celui-ci lui proposa de l'accompagner, il ne répondit qu'un mot au rendez-vous : « J'irai. »

L'auteur de la *Marseillaise*, alors

dans la force de l'âge, était un énergique garçon, fort intelligent, ayant une
réputation d'écrivain. Tallien, qui se
considérait déjà comme le sauveur de
la République gréco-romaine, dont il
rêvait de donner à l'Europe le carnaval,
pensa qu'il serait bon d'avoir auprès de
lui un historiographe de ses faits et
gestes, et au besoin un compagnon solide au moment du danger.

Jusqu'à Alençon, la route se fit sans
événement important. Les voyageurs
traînaient leurs écharpes tricolores,
leurs grands sabres et leurs chapeaux à
plume dans les meilleurs hôtels, éba-
hissant les municipalités qui venaient
les complimenter au passage.

A partir de cette ville, ils furent
avertis que des chouans déguisés
avaient été reconnus suivant leurs traces. Blad, la prudence même, conseilla
de prendre une escorte qui ne devait
plus les quitter jusqu'au terme de leur
voyage et dont faisait partie un détachement de la légion nantaise.

Ceux qui déblatèrent contre la discipline et les vertus propres aux armées
républicaines feront bien de lire ce passage, emprunté au récit, aussi exact
qu'intéressant, publié par Rouget de
l'Isle :

» Je ne puis sans émotion, dit l'auteur de la *Marseillaise*, me retracer le
noble dévouement dont ces jeunes gens
étaient animés. Toujours prêts, toujours les premiers au poste de la fatigue et du danger, indifférents aux pri-
vations, insensibles aux besoins, jamais, pendant plusieurs jours et plusieurs nuits d'une marche forcée, on ne
les entendit proférer une plainte. »

Ils s'indignaient lorsque les représentants proposaient de s'arrêter pour
qu'ils prissent quelque repos.

Dans le trajet de Laval à Vitré, —
en pleine chouannerie, — nous fûmes
attaqués par les chouans, qui nous fu-
sillèrent jusqu'au soir, cachés, suivant
leur coutume, derrière les haies qui
bordent leurs routes. Percer ou trouer
ces haies dont chacune exigeait un assaut, en débusquer l'ennemi, le poursuivre la baïonnette aux reins jusqu'à
ce que nous fussions hors de ses attein-
tes, revenir pour livrer de nouveaux
combats à de nouveaux assaillants, telle

fut la tâche que nos fidèles Nantais surent remplir pendant cette journée.

La nuit venue, ils se jetaient dans les
bois qui servaient de repaire à ces misérables chouans. Pendant qu'ils les
fouillaient au clair de lune, je les entends encore s'appeler, se répondre
dans le patois de leur pays ; j'entends
leurs voix sonores et accentuées retentir au milieu de ces vastes solitudes en
répétant le refrain cher et sacré :

Mourons pour la Patrie !
C'est le sort le plus beau, le plus digne d'envie.

En passant à Laval, les représentants trouvèrent cette ville encore émue
d'un événement tragique dont elle venait d'être pour ainsi dire témoin.
Quinze ou vingt enfants de onze à quatorze ans se rendaient de Paris à Brest,
sur un décret qui les réquisitionnait
pour la marine. Ils traversaient gaiement la France en chantant des hymnes
patriotiques, intéressant sur leur passage les populations par leur jeune âge,
leur bonne humeur et la gentillesse de
leurs manières.

A Laval, on pensa que ces enfants
inoffensifs n'auraient rien à craindre
des chouans, et l'on ne prit aucune
précaution pour les garantir de leurs
insultes. A peine hors de la ville, les
malheureux enfants furent assaillis et
massacrés sur place par les bandits qui
infestaient la route. Un seul fut épargné, et ce fut lui que ces cannibales
chargèrent d'aller annoncer aux autorités le sort de ses pauvres petits camarades.

Ce récit avait mis l'escorte des représentants dans une indescriptible fureur. Aussi furent-ils, ce jour-là, impi-
toyables pour les chouans dont ils purent s'emparer. Un épisode frappa surtout Rouget de l'Isle, indigné de ces
représailles souvent cruelles.

« Un chasseur de l'escorte nous pré-
cédait à quelque distance, vêtu, faute
d'uniforme, d'une veste grise à la manière des chouans. Tout à coup leur
cri se fait entendre ; le chasseur qui
savait l'imiter regarde autour de lui,
découvre un homme à cheval dans un
fossé au bord du chemin, et, répondant
au signal s'avance lentement d'un air
de connivence. Lorsqu'il est à portée, il
fond sur le chouan, le désarçonne et

nous l'amène triomphant... La fatalité voulut que dans le moment les Nantais fussent à la poursuite de l'ennemi et que l'escorte ne fût composée que de volontaires de Laval. Ils se précipitent sur le malheureux, lui reprochent le meurtre des jeunes Parisiens, les tortures infligées aux bleus par les chouans, et son accent décelant qu'il est Anglais, leur rage ne connut plus de bornes. Nous ne pûmes leur arracher cette victime, que nous vîmes écharper sous nos yeux ».

Les représentants apprirent en route le débarquement des émigrés et la nouvelle des premiers avantages obtenus par leur armée. Avant d'arriver à Rennes, on leur dit que le général Hoche, après avoir envoyé le général Humbert avec un petit corps d'armée contre les envahisseurs, avait transporté son quartier général à Vannes et se disposait à reprendre Auray et à refouler l'ennemi vers la mer.

Ils arrivèrent à Vannes et n'y restèrent que le temps de pourvoir aux besoins les plus pressants de l'armée, dont ils connaissaient le profond dénûment par les rapports qu'ils venaient de recevoir. Le soir même de leur arrivée, ils montèrent à cheval et, suivis d'une escorte nombreuse, ils se rendirent à Sainte-Barbe, quartier général de Hoche, situé à peu de distance de Carnac et au commencement de la presqu'île de Quiberon.

Au point du jour, ils se firent conduire auprès du jeune général en chef, qui habitait le grenier d'une mauvaise grange, au rez-de-chaussée de laquelle il avait établi les bureaux de l'état-major. Les généraux de cette époque ne logeaient pas dans des châteaux et ne passaient point leur temps à table; ils n'en gagnaient pas moins des batailles.

Hoche ne s'attendait pas à la visite des représentants, dont il ignorait même le nom; il ne fut pas moins satisfait que surpris de leur visite, car les généraux de la première République trouvaient tout simple que la nation s'intéressât à ce qui se passait aux armées et voulût savoir en tout temps si ceux à qui était confié le soin de la défendre remplissaient leur devoir.

« Nous le trouvâmes seul, dit Rou-

get de l'Isle, l'œil attaché sur une longue-vue à l'aide de laquelle il observait ce qui se passait dans son camp, assis à l'entrée de la falaise et s'appuyant à la mer par les deux extrémités de sa ligne de front.

— Vous me voyez, dit Hoche aux représentants, dans une grande perplexité; ce matin, des volontaires qui cherchaient des vivres se sont jetés sur un village où il restait quelques habitants. Ils ont commis quelques excès. J'ai immédiatement donné l'ordre que, sous aucun prétexte, les soldats ne sortissent du camp. Comment cet ordre a-t-il été reçu? Quand vous êtes entrés, j'examinais s'il n'excite aucun mouvement dans le camp. Il faut dire aussi que, depuis trois jours, mes soldats manquent de pain.

« Pendant que le général parlait, ajoute Rouget de l'Isle, je ne me lassais pas de le regarder, de contempler son imposante stature, son air guerrier, quoique simple et sans forfanterie. Ses traits doux et fiers étaient embellis par une cicatrice qui, sans les altérer, lui traversait le front dans toute sa hauteur et venait expirer à la naissance du sourcil droit. J'admirais son héroïque simplicité, l'heureux accord de ses paroles et de ses manières, du son de sa voix avec ses expressions. Tout en lui révélait un homme supérieur.

« — Mon cher général, répondit Tallien, Blad et moi nous avons pris en passant, à Vannes, toutes les mesures nécessaires. Ce matin, à huit heures, vous recevrez du pain; vous pouvez l'annoncer à l'armée.

« Le visage de Hoche s'éclaircit.

« — Ah! citoyens représentants, s'écria-t-il, vous ne pouviez m'annoncer une meilleure nouvelle : du pain et des souliers; avec cela une armée va au bout du monde. »

Après une conversation de quelques heures, les représentants se retirèrent laissant le général en chef se disposer à l'attaque générale des lignes ennemies.

XIII

La délivrance d'Auray

Revenons aux deux amis que nous avons laissés quittant précipitamment le château de Rochecombe, après la scène terrible où la comtesse avait perdu la raison.

Gildas n'avait plus qu'une pensée : sauver Louise, dût-il employer la ruse ou la force.

Tous deux s'avançaient vers Auray d'un pas rapide et presque sans échanger une parole. Tout à coup, arrivés dans les environs de Landevan, ils entendirent au loin le crépitement de la fusillade.

Les deux hommes se regardèrent. Gildas blêmit.

— Si c'était l'exécution ?... fit-il d'une voix tremblante.

— Non, rassure-toi, répondit l'abbé fort perplexe ; elle était fixée à demain.

En ce moment, le bruit de la mousqueterie redoubla.

— Plus de doute ! s'écria l'abbé, on se bat. Les républicains attaquent les avant-postes des chouans.

— Marchons, alors, fit Gildas ; il ne sera pas dit que je n'en prendrai point ma part.

Au détour de la route, ils s'aperçurent que leurs prévisions étaient justes. Une colonne républicaine attaquait le village de Landevan, occupé par les troupes de Tinteniac.

— Ecoute, fit Gildas, toi, tu ne peux te battre ; cours sur Auray, et jette la panique dans la ville. Quant à moi, je vais rejoindre les miens, et je puis te répondre d'une chose, c'est que si tous font comme moi, ce soir j'aurai délivré mon enfant.

En disant ces mots, Gildas descendit en courant vers la plaine, où se voyaient les uniformes des bleus.

En approchant de leur ligne de bataille, il fut salué par quelques coups de fusil ; mais, sans inquiéter autrement, il se dirigea vers un petit tertre, où se tenait le général républicain, entouré de son état-major.

A cent pas, les hommes de l'escorte le mirent en joue.

— Ami ! cria Gildas.

— Que veux-tu ?

— Parler au général.

— C'est impossible maintenant.

— Il le faut absolument. Dites-lui que je suis le citoyen Gildas.

Un homme, subjugué par le ton d'autorité de Gildas, se détacha et alla trouver le général.

Tout à coup, il se fit un mouvement dans l'état-major, les officiers se retournèrent du côté du nouveau venu, et l'un d'eux, se détachant, vint au-devant de lui.

— Citoyen, dit l'officier, le général te prie d'approcher.

Gildas s'avança avec empressement.

Du plus loin qu'il put se faire entendre, le général lui cria d'une voix forte :

— Que diable viens-tu faire ici, tu veux donc attraper des prunes ?

— Comment c'est toi, Mermet ? fit Gildas à son tour.

— Comme tu vois, en train de causer avec messieurs les chouans. Mais qu'avais-tu à me dire ?

— Rien, sinon que je viens te demander un fusil.

— A la bonne heure, fit le général Mermet. La chose est facile. Observe, et le premier homme qui tombera prends son fusil et ses cartouches. Mais tu ferais mieux de rester auprès de moi, tu verrais mieux.

— Je veux me battre, fit Gildas d'un ton résolu.

— Bien, bien ! à ton aise !

Comme il achevait ces mots, une balle cinglait de plein fouet le visage d'un soldat de l'escorte, qui tomba comme une masse.

— Tiens, voilà ton affaire, dit Mermet sans s'émouvoir.

Gildas se précipita vers le malheureux que ses camarades relevaient et, lui prenant son fusil et sa giberne, courut se placer au premier rang des tirailleurs.

Chasseur exercé, Gildas ajustait avec soin son homme et le manquait rarement.

— Il va bien, le civil, fit un vieux sergent.

Gildas n'entendait pas ces éloges ; et n'était préoccupé que d'une pensée : faire reculer cette masse de chouans, qui, sous le commandement de Tinténiac, tenait assez bien devant le feu des républicains.

Comme si Mermet eût partagé les secrètes pensées de Gildas, après avoir jeté un coup d'œil sur les corps des soldats républicains qui jonchaient la terre.

— Tonnerre ! s'écria-t-il, si je laisse continuer, ils vont me flanquer la moitié de mes hommes par terre. Allons, dit-il à son officier d'ordonnance, faites battre la charge, et à la baïonnette!

L'ordre fut transmis comme un éclair et les tambours commencèrent leur batterie précipitée, pendant que les soldats s'élançaient en chantant la *Marseillaise* au son du canon, dont les boulets allaient fouiller les rangs des royalistes.

Habitués aux combats d'embuscades, les chouans ne purent tenir devant cette impétuosité et se dispersèrent, en dépit des efforts de Tinténiac qui pleurait de rage.

La route d'Auray était ouverte ; la colonne, voulant profiter de cet avantage, s'avança vers la ville tambour battant et enseignes déployées.

Arrivés aux portes de la cité, les républicains sont reçus par toute la ville, municipalité en tête. Quelques chouans fugitifs étaient venus donner la nouvelle du désastre de Landevan, en même temps qu'on apprenait la défaite du comte de Vauban dans la plaine que domine Auray. L'abbé Tréguier accompagnait le brave adjoint, notre vieille connaissance. Louise et Marcel étaient à ses côtés.

En arrivant près de Gildas, il les poussa dans ses bras.

— Embrasse tes enfants ! lui cria-t-il.

Gildas ouvrit les bras, où tous deux, prévenus par l'abbé, se précipitèrent les larmes aux yeux.

Gildas couvrait de baisers le front de Louise, qu'il pressait sur son cœur, tout en serrant à la lui briser la main délicate de Marcel.

— Mes enfants ! mes enfants ! répétait-il sans pouvoir trouver d'autres paroles.

Le premier mouvement d'effusion passé, et lorsque l'on eut assisté à l'ovation faite à la colonne rédublicaine, l'abbé Tréguier entraîna ses amis dans sa maison, qui était encore heureusement debout.

— Écoutez, leur dit-il, ne nous endormons pas dans une trompeuse sécurité ; un retour offensif des chouans peut de nouveau remettre la ville en leur pouvoir. Le séjour ne m'en paraît pas sain pour nous, car cette fois nous serions exécutés sans rémission. D'autre part, Louise et Marcel n'estiment rien de fait, tant que l'étranger foule le sol de notre Bretagne ; donc, nous allons tous partir pour le camp du général Hoche ; vous, vous ferez ce que vous croyez être votre devoir ; moi, je soignerai les blessés, et au besoin je protégerai Louise. Un défenseur de plus ne lui nuira pas, car elle a des ennemis d'autant plus à craindre qu'ils rampent comme les serpents de nos haies.

— C'est convenu, fit Gildas en lui frappant dans la main, mais j'aurais préféré voir Louise en sûreté.

— Où puis-je être mieux que près de vous, *mon père*, dit Louise en appuyant sur ce mot.

Gildas regarda sa fille avec ravissement. Cet homme si énergique contre la douleur, si calme dans le danger, sentait son cœur se fondre sous un regard de son enfant.

— Allons, dit-il, il faut faire ce que tu veux. Partons donc.

Le même jour, le petit bataillon de Louise prenait la route de Vannes, d'où il comptait rejoindre le quartier général.

Instruit des prouesses de cette petite troupe, Hoche, trop bon militaire pour ne pas comprendre l'utilité des partisans, lui donna la mission d'éclairer sa droite en lui adjoignant quelques marins républicains évadés du fort de Penthièvre et le fameux David Goujon, dont la connaissance de l'armée ennemie pouvait être fort utile.

D'autre part, l'infatigable général en chef, qui savait par les rapports de ses espions que la famine était au camp ennemi où éclataient chaque jour de nouvelles querelles, se fortifiait dans ses positions afin de résister à une tentative désespérée des émigrés et d'attendre avec sécurité les renforts qu'il faisait venir de divers points de la Bretagne.

Notre prochaine partie roulera presque entièrement sur cet émouvant drame historique, dont la défaite des émigrés à Quiberon est le point culminant et pour le récit duquel nous avons puisé aux sources historiques les plus intéressantes et les plus authentiques.

FIN DE LA DEUXIÈME PARTIE

TROISIÈME PARTIE

$$\sim\!\!\sim\!\!\sim$$

QUIBERON

I

L'attaque de Sainte-Barbe

Au moment où s'ouvre cette nouvelle partie de notre récit, les émigrés et les chouans, ramenés de toutes parts vers la presqu'île de Quiberon par les colonnes républicaines, s'y étaient jetés, entraînant avec eux plus de trente mille paysans, hommes, femmes et enfants, qui, tout en les accusant hautement de trahison et de lâcheté, cherchaient auprès d'eux un refuge et une protection contre les représailles des bleus.

D'autre part, la rivalité entre M. de Puisaye et le comte d'Hervilly s'accentuait de plus en plus, au grand détriment des affaires royalistes. Ce dernier crut même pouvoir profiter de la difficulté qui allait résulter pour les troupes rebelles de nourrir tant de bouches inutiles, et donna l'ordre que les réfugiés royalistes reçussent une demi-ration sans solde, les femmes et les enfants quatre onces de riz.

Devant le mécontentement que provoqua cette mesure inhumaine désavouée même par le comte de Puisaye dans un ordre du jour, le comte d'Hervilly, jetant le masque, proposa la solde

et la ration entières à ceux qui consentiraient à s'engager sous ses ordres.

Le comte de Puisaye, qui attendait que le gouvernement anglais se prononçât entre lui et d'Hervilly pour le commandement de l'armée, et jusque-là s'était abstenu de donner des ordres, sortit de sa réserve et de son autorité privée fit délivrer la ration entière aux malheureux réfugiés.

En même temps M. de Tinténiac et Georges Cadoudal étaient embarqués avec quelques milliers d'hommes pour aller faire diversion sur la grande terre.

Il ne restait plus guère dans la presqu'île, outre les chouans, que quatorze cents hommes sous le commandement immédiat du comte de Vauban, lorsque le quatorze juillet un marin de faction sur le point le plus élevé du fort Penthièvre signala plusieurs voiles à l'horizon. C'était Sombreuil.

D'après le nombre de voiles, on pouvait s'attendre à un secours considérable, aussi toute la nuit se passa-t-elle en transports d'allégresse.

Le lendemain la flottille mouillaient dans la baie de Quiberon. Elle transportait à peine un millier d'hommes, débris de l'armée de Condé. C'étaient des troupes d'infanterie ayant pour chef immédiats MM. de Béon, de Damas, de Salm, de Rohan et de Périgord, sous le commandement du général comte de Sombreuil.

Depuis plusieurs jours, d'Hervilly méditait de reprendre la position de Sainte-Barbe aux républicains; l'arrivée de ce renfort le décida à la tenter le lendemain, malgré les avis réunis de Puisaye et de l'amiral Warren.

Le comte de Vauban reçut l'ordre de débarquer à minuit sur la plage de Carnac avec 2,000 chouans escortés par 200 soldats anglais et des bateaux portant du canon pour protéger l'expédition. Elle consistait à débarquer à Carnac, attaquer les républicains qui s'y trouvaient et qu'il devait surprendre; longer ensuite la côte et attaquer les batteries qui s'y trouvaient, et faire enfin une diversion sur la gauche de la position de Sainte-Barbe, afin de surprendre l'ennemi.

On perdit du temps, et l'opération projetée échoua. Lorsque Vauban, que d'Hervilly avait forcé de partir en dépit de ses protestations, arriva sur la plage de Carnac, il y trouva douze ou quinze cents hommes de troupes républicaines avec du canon, et fut obligé de se rembarquer après avoir eu plusieurs hommes tués ou blessés.

Les chouans ne paraissaient guère disposés à se mesurer avec la troupe et trempaient leurs fusils dans la mer afin de ne plus pouvoir s'en servir. Ils s'éloignèrent de la côte pour regagner la presqu'île.

Pendant ce temps, d'Hervilly, qui ne doutait jamais du succès de ce qu'il avait projeté, se préparait à attaquer Sainte-Barbe. Il avait vu la fusée qui lui apprenait le débarquement de Vauban; mais l'intensité du jour ne lui avait pas permis d'apercevoir celle qui devait lui indiquer que l'opération avait échoué. On n'avait pas encore pu débarquer les troupes amenées par le comte de Sombreuil; mais le jeune colonel avait tenu à accompagner d'Hervilly en qualité d'aide de camp, et sa réputation, sa bonne mine, excitèrent l'enthousiasme dans l'armée royaliste.

Au milieu de la nuit, l'armée royaliste sortit du fort sur quatre colonnes,

et composée de deux mille quatre cents chouans, avec huit pièces d'artillerie. D'Hervilly commandait toutes les troupes soldées. Son régiment et mille insurgés aux ordres du chevalier de Saint-Pierre formaient deux colonnes à gauche; le régiment de la marine, celui de Dudresnay et six cents hommes sous les ordres du duc de Lévis, deux autres à droite, et le régiment de Royal-Emigrant faisait l'avant-garde, suivi de six pièces de canon.

Pour encourager les chouans, Puisaye, accompagné de Sombreuil, s'était mis à la tête de la colonne du chevalier de Saint-Pierre.

Dès que le jour parut, comme nous l'avons dit, d'Hervilly aperçut la première fusée de Vauban, et, ne voyant pas la seconde, il en conclut que la descente avait réussi. Une grande agitation remarquée à la gauche des républicains confirma les royalistes dans cette opinion. Pleins de confiances, ils arrivent aux avant-postes français, et les attaquent.

Hoche était absent, et le général Lemoine commandait l'armée. Docile aux ordres qu'il a reçus, l'impétueux général Humbert réprime son ardeur, ne fait qu'un simulacre de résistance et vient se fondre dans la ligne républicaine. Les émigrés regardent cette retraite comme une fuite; fiers d'un succès auquel ils ne sont pas habitués, ils continuent leur marche.

D'Hervilly, qui s'est porté en avant, croit voir du désordre parmi les républicains et distinguer une fusillade lointaine.

Il court en avertir son général.

Puisaye vient s'assurer du fait, et, transporté de joie:

— C'est Tinténiac, s'écrie-t-il, chargeons.

Les républicains restent immobiles, l'arme au bras derrière leurs lignes, gardant un profond silence.

Un vieux sergent, regardant la contenance des royalistes, ne peut s'empêcher de dire tout haut:

— A la bonne heure aujourd'hui, on voit que ce sont des Français.

Parvenus à trente pas du retranchement, les émigrés, pleins de confiance, s'engagent entre les deux épaulements qui le terminent.

Quelques-uns, plus ardents que les autres, s'élancent sur le talus, qu'ils s'efforcent de gravir.

Soudain, la ligne républicaine s'éclaire sur toute la longueur, un feu roulant soutenu arrête les colonnes d'assaut, qui reculent étonnées. En même temps, l'artillerie d'un des épaulements se démasque et les prend en écharpe; les assaillants fléchissent et se portent vers l'autre épaulement, dont les batteries les foudroient à leur tour.

La droite des royalistes est écrasée, le régiment de la marine est décimé, celui de Dudresnay perd presque tous ses officiers et les deux tiers de son effectif.

D'Hervilly, perdant la tête, fait charger les colonnes de gauche qui, naturellement, sont écharpées à leur tour. Il fait alors battre en retraite son régiment qui, de tous, est celui qui a le moins souffert.

Au même instant son aide de camp, le jeune de Saint-Crâne, lui fait remarquer que les régiments de Dudresnay et de la marine battent toujours la charge.

— Eh bien, s'écrie d'Hervilly, portez-leur l'ordre de battre en retraite.

Le jeune homme, sentant que les instants sont précieux, s'affermit sur sa selle et, enfonçant ses éperons dans le ventre de son cheval, part au galop vers la droite sous une pluie de projectile.

Il n'a pas fait cent pas qu'un boulet le renverse et son cheval s'enfuit affolé dans les rangs des émigrés.

Alors se passe ce fait exorbitant d'une ligne de bataille dont la droite marche en avant tandis que la gauche se replie.

Il y avait plus d'un quart d'heure que les royalistes souffraient, avec un courage digne d'une meilleure cause, d'un feu qui, mieux dirigé, eût été leur complète extermination, lorsque ceux-ci s'aperçurent de la retraite de d'Hervilly.

Alors commença la déroute la plus épouvantable, la hideuse panique, la fuite désordonnée; les soldats n'écoutent plus la voix de leurs officiers, abandonnent leurs canons et jettent leurs fusils, poursuivis par quelques cavaliers et des tirailleurs.

La fuite devenait tellement précipitée, malgré les efforts des tirailleurs, qu'il devenait évident que les vainqueurs allaient pénétrer dans le fort en même temps que les vaincus et s'en rendre maîtres, lorsque l'arrivée du comte de Vauban vint suspendre la poursuite.

A la tête de sept ou huit cents hommes, il se jette au-devant des républicains et engage avec eux, en couvrant les fuyards, une action très-vive.

Les Français avançaient toujours, et, en dépit de ce secours inespéré, allaient forcer les retranchements ennemis, lorsque l'amiral anglais, à l'instigation du capitaine de vaisseau Vaugirard, son premier aide de camp, embosse ses chaloupes canonnières et dirige sur les républicains un feu si nourri et si meurtrier, qu'il les empêche de passer outre.

Sans ce hasard, les forts de Quiberon eussent été pris ce jour-là.

De l'aveu des mémoires royalistes, cette journée coûta aux rebelles une quantité énorme d'officiers et la moitié de leurs troupes. Dans la retraite le comte d'Hervilly avait été blessé mortellement, payant ainsi de sa vie son incapacité orgueilleuse. Parmi les morts on découvrit le cadavre du comte de Rochecombe. Il avait été tué d'une balle au front et presque à bout portant.

Une autre cause était encore à ajouter aux causes multiples de la défaite des royalistes. Ils comptaient sur une diversion opérée sur les derrières de l'armée républicaine par Tinténiac, qui ne vint point.

En voici la raison :

En débarquant à Sarzeau, Tinténiac, au lieu de suivre à la lettre les instructions qu'il avait reçues de Puysaye, avait trouvé des instructions lui enjoignant, au nom du roi, de se rendre à Elven pour y recevoir des ordres au château de Coëtlogon.

Après avoir perdu un temps précieux pour lui à batailler avec les garnisons républicaines, il arrive enfin le 14 à Coëtlogon.

Le château avait été préparé pour lui, son état-major et Mmes de Boishardy et de Guernisac, qui faisaient la correspondance des chouans et celle de l'agence royaliste, qui n'osait en charger des hommes dans un pays parcouru par les colonnes républicaines.

Un grand dîner fut offert aux dames émissaires. A peine était-il commencé, que les avant-postes de Tinténiac sont attaqués.

Il entend crier aux armes et accourt au bruit de la fusillade, une serviette à la main.

Les soldats avaient déjà repoussé une troupe républicaine qui se repliait en bon ordre, protégée par ses tirailleurs.

Tinténiac s'avance au bout de l'avenue du château pour mieux voir ; sa serviette blanche attire l'attention d'un soldat républicain qui, placé non loin de lui, l'ajuste.

Tinténiac l'aperçoit :

— Bas les armes ! crie-t-il.

En même temps un chouan accourt pour protéger Tinténiac ; il met en joue le grenadier qui tombe, mais non sans avoir frappé Tinténiac d'un coup mortel.

Sa mort fut le signal d'une débandade générale parmi les chouans, dont une grande partie n'était pas du Morbihan, malgré les efforts du vicomte de Pontbellanger, leur nouveau général.

Ainsi manqua la diversion que devait opérer Tinténiac.

Les revers successifs et multipliés des royalistes avaient jeté le découragement parmi leurs soldats, dont un grand nombre, nous l'avons dit, avaient été retirés des pontons où ils étaient prisonniers de guerre pour être incorporés bon gré mal gré dans les régiments formés pour faire l'expédition.

Toute pénible que fût la condition mise à leur liberté, ces malheureux souffraient tellement dans leurs cachots qu'ils allèrent au plus pressé, et beaucoup acceptèrent, avec cette restriction mentale qu'ils trouveraient bien le moyen de s'échapper un jour ou l'autre.

Ils furent incorporés dans les régiments de Royal-Louis, Royal-Émigrant, Royal-Artillerie, du Dresnay et de la Marine, et formèrent la moitié de ces corps, mélange hétérogène de royalistes et de républicains qui se trouvaient les champions de la même cause avec des opinions, des intérêts et des passions absolument opposés. Il ne fallait pas moins que l'esprit de parti et l'incroyable infatuation des émigrés pour les aveugler sur les dispositions de ces transfuges involontaires.

Aussi la désertion ne tarda-t-elle pas à se déclarer sur une grande échelle.

L'exemple fut donné par deux hommes nommés Antoine Mauvage et Nicolas Litté, qui, avaient été sergents dans le régiment de Bretagne. Ils s'échappèrent du fort pendant la nuit, en profitant de la marée basse, pour se laisser glisser dans la mer, au pied du rempart ; puis, après avoir fait près d'une demi-lieue, plongés dans l'eau jusqu'aux épaules, ils gagnèrent la falaise, et vinrent se présenter aux avant-postes républicains.

Leurs camarades, instruits par ces moyens de correspondance familiers aux soldats du succès de leur tentative, et du bon accueil qu'ils avaient reçu, ne songèrent plus qu'à les imiter, et chaque nuit amenait de nouveaux fugitifs au camp de Sainte-Barbe.

Le 18, il se passa un fait assez curieux, ainsi rapporté par le comte de Vauban :

M. le comte de Puisaye, M. le marquis de Contades et moi, escortés d'un petit détachement, nous sortions des forts pour aller faire un tour sur la falaise. Nous vîmes de loin un officier général républicain qui en faisait autant avec une troupe pareille. Peu à peu nous nous approchâmes. Lorsque nous fûmes à la distance de deux cents pas, le républicain nous fit signe, avec un mouchoir blanc qu'il mit à son épée, qu'il désirait nous parler. M. le marquis de Contades et moi, nous nous portâmes en avant. Lorsque nous fûmes assez près pour nous entendre, nous convînmes de faire retirer l'escorte et de ne garder qu'un officier. Je restai avec le marquis de Contades.

Le général Humbert, qui nous demanda nos noms et qui se nomma, resta avec un capitaine de dragons nommé Lebreton.

La conversation s'engagea entre lui et M. le marquis de Contades.

— Pourquoi nous battons-nous ? dit-il, il vaudrait bien mieux être d'accord. Pourquoi n'écrivez-vous pas à Tallien ? L'on pourrait s'arranger.

[...] échange de politesses entre [...]é et l'officier républicain, on se [...] un ordre un peu vif de M. [...] qui gronda M. de Contades [...] conversation qui, dit-il, donna [...] des idées de capitulation [...] d'un grand nombre de dé[...].

[...] avons dit plus haut à quelles [...] il fallait les attribuer.

II

Le fort Penthièvre

[...] ces entrefaites, Tallien revenait [...] Lorient, où l'avait appelé l'avis d'un [...] royaliste, tendant à livrer le [...] aux rebelles. Arrivé à Vannes, il [...] chercher Hoche pour le ramener [...] lui au camp de Sainte-Barbe. Il [...] cette fois accompagné du fameux [...]veandière dont la cauteleuse figure [...] pas depuis longtemps paru dans [...].

[...]veandière, muscadin à Paris, [...] aux armées le plus farouche des révolutionnaires.

Il avait organisé une petite ovation à Tallien, pendant son séjour à Lorient, et le vaniteux représentant lui en savait gré. Ils étaient donc au mieux ensemble.

Lorsqu'ils entrèrent chez le général Hoche, ils le trouvèrent entouré de déserteurs que lui envoyait le général Lemoine.

Ils étaient une trentaine et avaient avec eux une dizaine d'enfants de douze à quinze ans transportés avec leurs pères en Angleterre, lorsque les troupes républicaines reprirent Toulon aux Anglais, et revenus en France en même temps que l'expédition.

Ces enfants, qui n'inspiraient aucune défiance, étaient libres de circuler dans le fort et dans les cantonnements; aussi avaient-ils été choisis pour aider à la désertion qui venait d'avoir lieu.

Ils s'étaient acquittés de cette mission avec une intelligence et une adresse au-dessus de leur âge, en mettant pour unique condition de leur concours que les déserteurs les emmèneraient avec eux.

C'était un spectacle curieux que celui de la joie turbulente de ces enfants joyeux de se retrouver dans leur pays. Les hommes n'étaient pas moins bruyants, tant ils étaient heureux d'avoir échappé à leurs geôliers.

L'un d'eux contrastait par sa mine sombre avec la joie de ses compagnons.

— Qu'as-tu donc? lui demanda le général en chef. Tu parais triste, serais-fâché d'être parmi nous?

— Si j'avais dû me repentir, mon général, reprend le matelot, je ne serais pas ici; mais j'ai à vous parler.

Etonné de l'air singulier de cet homme, Hoche demande qu'on le laisse seul avec lui.

— Qu'as-tu à me dire? lui demande-t-il, en le regardant fixement.

— Voulez-vous prendre le fort, mon général?

— Certes.

— Eh bien, donnez-moi un uniforme de volontaire et des hommes de bonne volonté, j'en fais mon affaire.

— Mais, fit Hoche en le scrutant de l'œil, qui me répond de ta sincérité?

— C'est juste, fit l'homme avec franchise, vous allez savoir qui je suis. Je suis marin, du port de Dieppe; je m'appelle Duhot, et vous avez ici Goujon qui me connaît.

— David Goujon?

— Lui-même. J'ai été pris avec lui sur mer. On m'a conduit en Angleterre et jeté sur les pontons, où j'ai reçu plus de coups que de morceaux de pains. Le jour où David a réussi à s'échapper je voulais faire comme lui, mais j'ai dénoncé par un traître et criblé de coups de fouet : voyez!

A ces mots, le matelot jette sa veste et dépouille ses épaules, qu'il montre encore couturées de traces sanguinolentes.

Hoche ne put retenir un mouvement d'indignation.

— Ah! fit Duhot, cela vous étonne qu'on traite ainsi des prisonniers, et cependant c'est sur l'ordre d'un officier français que j'ai été traité ainsi. Ça se passera, ajoute le matelot en remettant sa veste; mais ce qui ne se passera pas, c'est le souvenir de l'affront qui m'a été fait, à moi, un marin français, et qu'ils me paieront, ces beaux fils!

— Que veux-tu faire? demanda Hoche.

— Vous livrer le fort, si vous me donnez de bons compagnons.

— Quelle route comptes-tu prendre?

— Celle que j'ai prise pour venir, la mer de l'Ouest, la mer sauvage, comme disent les gens d'ici.

— Mais c'est de la folie.

— A pas peur, mon général, elle est plus *gueularde* que méchante. Trouvez-moi seulement de bons lurons.

— Il s'en présentera dix pour un.

— Eh bien, je réponds de tout.

Le marin parti, Hoche se mit à réfléchir aux suites de cette expédition, dont le côté aventureux flattait son audace naturelle; et, comme le secret est l'âme des opérations de cette nature, il ne s'en ouvrit d'abord qu'aux généraux Humbert et Lemoine et au colonel Ménage qu'il voulait charger de la partie la plus périlleuse de l'attaque.

Puis, pour déjouer la surveillance de l'ennemi, Hoche part ostensiblement pour Vannes et revient en secret, se faisant précéder par un ordre du jour minutieux qui règle les moindres détails de l'attaque.

Elle devait avoir lieu le 1er thermidor (19 juillet), mais, par suite de quelques retards, elle fut remise au lendemain, onze heures du soir.

Le matin de cette mémorable journée, on vint annoncer à Hoche que des volontaires venus de l'intérieur demandaient à lui parler.

Le général les fit introduire et reconnut avec son coup d'œil habituel la petite troupe de Louise Drapeau. Seule l'héroïne manquait parmi ses compagnons. Hoche en fit la remarque.

— Elle est, répondit Gildas d'une voix brève, auprès d'une personne qui lui est chère, et dont l'existence est menacée. Mais, général, ajouta le père de Louise, j'ai à vous présenter une nouvelle recrue dans les rangs républicains.

Et il poussa devant lui un grand jeune homme revêtu du costume des volontaires d'Auray.

C'était le chevalier de Kervignac.

Avec son tact habituel, Hoche comprit du premier coup que le jeune homme n'appartenait pas au même monde que les braves gens dont il avait pris le costume.

— Monsieur a déjà servi? demanda-t-il en remarquant l'attitude martiale et l'air d'aisance du chevalier.

— Oui, général, en Vendée.

— Pas de notre côté, alors.

— Non certes.

— Et, reprit lentement le général, comment, d'officier vendéen, vous trouvez-vous dans les rangs des volontaires républicains?

— Parce que, dit Raoul, avant d'être chouan je suis honnête homme, et qu'avant d'être royaliste je suis Français et Breton. J'avais brisé déjà mon épée quand les horreurs de la chouannerie ont remplacé la guerre loyale et chevaleresque que nous faisions en Vendée, et maintenant que l'Anglais souille le sol de mon pays, je viens en demander une autre à la République pour chasser l'étranger.

Raoul avait dit cela d'un si grand air, avec une flamme si ardente dans ses grands yeux limpides, que Hoche lui tendit instinctivement la main.

— Morbleu! lui dit-il, vous êtes un gentil garçon, touchez là. Cela vaut l'épaulette, ce que vous venez de faire.

— Non mon général, fit Raoul d'une voix ferme, je ne veux rien être que simple volontaire, et l'étranger chassé, je ne demande qu'une grâce, c'est de rentrer chez moi comme j'en suis sorti.

— Soit, fit le général après un silence. Au fait, je vous aime mieux ainsi.

— Nous étions venus aussi, ajouta Gildas, pour vous demander l'honneur de faire partie de la colonne qui doit attaquer le fort ce soir.

— Accordé, répondit laconiquement Hoche qui, du geste, congédia la petite troupe. Mettez-vous aux ordres du colonel Ménage.

Le soir, vers onze heures, les trois colonnes d'attaque sortent par une nuit que rendaient plus épaisse d'énormes nuages noirs venant du sud-ouest. A peine les colonnes ont-elle dépassé leurs lignes qu'un affreux orage se déclare, la pluie tombe par torrents et le vent redouble, jetant au visage du soldat le sable dans lequel il entre jusqu'à mi-jambes. La voix de la tempête couvre celles des officiers; les colonnes s'éga-

nt, se disloquent dans un inexprima-
e désordre.

Tallien, Blad et le général en chef
archaient en tête. Lorsqu'ils parvin-
nt aux avant-postes, l'orage était dans
ute sa violence. Tous trois se réfugiè-
nt dans la tente du général Humbert
ui se trouva sur leur chemin, la seule
u'il y eût au camp.—« Je m'y réfugiai
vec eux, dit Rouget de l'Isle. Peu de
ioses dans ma vie m'ont surpris au-
nt que ce qui se passa dans cette pe-
te réunion. Rien de plus enjoué, rien
e plus frivole, de moins analogue à la
rconstance que la conversation qui s'y
nt et dont Hoche fit les frais en grande
artie.

Au bout d'une heure, quoiqu'il plût
ncore à verse, il se lève brusquement
sort en s'écriant : « C'est assez de
lies ; il est temps de faire le général. »
'armée tout entière couvrait la falaise,
rant à l'aventure, les corps séparés et
issous, officiers et soldats se consu-
iant en efforts inutiles pour retrouver
eux auxquels ils appartenaient.

La voix de Hoche se fait entendre,
n accourt, on se presse autour de lui.
reconnaît les chefs, encourage les
oldats, assigne les postes aux pre-
iers, dirige les seconds, rectifie les
rreurs, remplace par de nouveaux or-
res ceux qui sont devenus inexécuta-
les, rassure tout le monde par son cal-
le et sa présence d'esprit ; et l'armée,
eformée comme par enchantement,
ontinue sa marche vers le fort, plus
nimée qu'au départ et sûre de la vic-
oire.

Mais l'orage a fait perdre un temps
récieux. Humbert, chargé de l'attaque
e gauche, n'atteint la forteresse qu'aux
remières lueurs du jour, au moment
ù la division centrale, commandée par
loche, est aperçue par les assiégés.

Les canonniers toulonnais font pleu-
oir un déluge de mitraille sur les ré-
ublicains, privés de canon et dont les
rmes mouillées refusent le service.

Pour comble de malheur, une cha-
oupe canonnière des Anglais accable à
on tour la division d'Humbert sous les
oulets. Il faut se retirer et remettre
a partie. Hoche rallie son monde et se
répare à la retraite.

Une chance de succès restait encore,
attaque de droite commandée par Mé-

nage et entreprise sous la direction de
David Goujon et du matelot Duhot. Le
bataillon de Louise, réduit à une vingtaine de volontaires, en faisait partie.
A leur tête marchaient Gildas et Kervignac, dont la haute taille attirait les
regards.

Raoul était tête nue, ses longs cheveux soulevés par la bise flottaient en
arrière et ses yeux brillaient d'une généreuse ardeur. Gildas, plus froid mais
non moins résolu, marchait à ses côtés,
souriant à son juvénile enthousiasme.

La mer en fureur battait de lames
énormes le roc bastionné. Renversés à
chaque pas, froissés contre les récifs,
tantôt marchant, tantôt rampant en
s'aidant des pieds et des mains sur les
rochers couverts d'une mousse gluante,
ils arrivent enfin au pied du rocher sur
lequel est située l'esplanade du fort.

Sans reprendre haleine, au bruit des
flots, par les ténèbres, ruisselants d'eau,
ils escaladent le rocher, s'accrochant
aux ronces, aux broussailles, se faisant
des échelons de leurs baïonnettes, qu'ils
enfoncent dans les crevasses ; et, s'aidant, se soutenant, se poussant les uns
les autres, ils parviennent au sommet
et s'élancent sur la plate-forme restée
sans garde parce qu'on la croyait ina-
bordable.

Ménage rassemble en silence ses
soldats. Pas un ne manque. Puis, à
peine réunis, il les lance le long de la
pente qui descend vers la mer.

Tout ce qu'ils rencontrent est passé
au fil de la baïonnette.

Surpris dans l'ivresse de leur prétendue victoire, les habits rouges (1) sont
massacrés, les canonniers tués sur leurs
pièces. Le commandant Folmont réu-
nit à la hâte quelques hommes pour
laisser au reste de la garnison le temps
d'accourir, et se précipite sur les assaillants l'épée à la main.

Le premier qu'il rencontre est le chevalier de Kervignac ; une lutte s'engage entre les deux hommes. Le commandant se bat avec l'énergie du désespoir, Raoul avec la fougue de son
âge ; son épée rencontre un vide et se
plonge tout entière dans la poitrine du
malheureux Folmont, dont les soldats

(1) La plupart des royalistes portaient l'uniforme
anglais.

s'enfuient poursuivis par les volontaires.

Le drapeau blanc flotte encore; tout à coup, un enfant bondit avec une prodigieuse agilité vers la muraille, qu'il escalade en s'accrochant aux grilles, aux moindres aspérités; en un instant, il est sur le point culminant du fort et se dispose à jeter bas le drapeau des royalistes. Ceux-ci l'ont aperçu, quelques-uns tirent sur lui; l'héroïque enfant entend siffler les balles et continue son œuvre. Enfin, le drapeau blanc tombe, et l'on voit s'élever à sa place le drapeau tricolore, qui flotte majestueusement. Le fort est bien aux républicains; toute résistance a cessé.

En ce moment, Hoche aperçoit son drapeau et pousse un cri de joie. Tous se retournent; une immense acclamation s'élève. Le général Botta, qui vient d'avoir le pied fracassé, se soulève entre les bras des soldats qui le portent. A la vue de ce drapeau qui semble flotter avec orgueil sur le rempart ennemi, une larme de bonheur vient humecter ses paupières, et il trouve encore la force de crier : « Vive la République ! » A ce cri répété avec enthousiasme, les soldats, bravant la mitraille anglaise, font volte-face et se précipitent en avant. Ils traversent au pas de course les ouvrages avancés, Hoche et les représentants en tête, et arrivent sans encombre à la porte du fort.

Le général est reçu par Ménage ; il lui saute au cou et l'embrasse à l'étouffer :

— Ménage, lui dit-il, tu es général !

— « Vive la République ! » répond Ménage en brandissant son épée; et les deux chefs entrent dans le fort, où ils prennent toutes les dispositions pour assurer et compléter la victoire.

Avant de quitter le fort de Penthièvre, Hoche, voulant remercier les deux matelots qui avaient dirigé si heureusement l'attaque, et leur remit à chacun l'épaulette d'officier.

— Mais, ajouta-t-il, où est le brave qui a planté le drapeau? Il faut que je le récompense.

Alors on vit sortir des rangs, poussé prr Gildas et Kervignac, un frêle gamin, tout rouge d'émotion, qui fit deux pas en avant et s'arrêta tout court.

— C'est lui ! c'est lui ! crièrent deux cents voix.

— Avance donc, fit le général stupéfait.

L'enfant fit encore quelques pas.

— Comment, fit Hoche en se baissant pour lui parler, c'est toi, galopin, qui as été mettre le drapeau là-haut?

— Oui dà, mon général.

— Sais-tu que c'est très bien, ça?

— Oh! fit modestement l'enfant, c'est pas ben difficile.

— Oui, mais les chouans qui te fusillaient?

— J'ai pas peur d'eux.

— Comment t'appelles-tu?

— Petit-Jean.

— Eh bien! puisque tu es si brave, Petit-Jean, veux-tu venir avec moi?

L'enfant se gratta l'oreille. Louise avait retrouvé un père; elle était avec Jeanne chez Mme de Rochecombe, tous allaient être heureux, tous avaient à peu de chose près, rempli le but de leur vie, mais lui avait encore à venger son frère et sa mère et, tant qu'il resterait des chouans, sa tâche n'était pas finie.

Il releva la tête et chercha du regard ses deux amis, Gildas et Kervignac.

Gildas comprit cette interrogation muette et, se détachant du groupe :

— Général, dit-il, cet enfant est orphelin, les chouans ont assassiné ses parents et ont voulu le brûler vif.

— Oui, fit Petit-Jean en roidissant ses petits poings, et je veux les venger. Emmenez-moi, mon général, je connais le pays et les chouans, je sais leurs caches et leurs cris de ralliement. Laissez-moi embrasser mes amis et je vous suivrai partout.

— Bien ! répondit Hoche tout ému. Prends ton temps, mon garçon ; tu es un brave enfant. Reviens me trouver quand tu voudras, et je me charge de toi. A la paix, je te ramènerai chez moi, et, si tu n'as plus de mère, la citoyenne Hoche t'en servira.

Petit-Jean jeta sur le général un long regard de reconnaissance.

Il voulait dire quelque chose, mais il n'osait pas.

Hoche s'aperçut de son embarras et crut lire dans les yeux de l'enfant qu'il avait quelque chose à lui demander.

— Voyons, lui dit-il en adoucissant sa voix, je vois que tu as encore quelque chose à me dire. Que veux-tu ?

— Ah ! mon général.

— Eh bien, parle donc.

— Je voudrais vous embrasser.

Hoche ouvrit les bras et, aux applaudissements des soldats, l'enfant s'y précipita en pleurant de joie.

III

La catastrophe.

Cependant Hoche n'était pas homme à laisser sa victoire incomplète. Il était de ceux qui pensent que rien n'est fait tant qu'il reste quelque chose à faire. Aussi donna-t-il, après avoir pourvu à la sûreté du fort, l'ordre de poursuivre à outrance les royalistes.

Les chouans, un détachement du Royal-Emigrant, tentaient encore un semblant de résistance dans le camp retranché; ils sont attaqués de tous côtés et forcés de déguerpir.

Une colonne d'émigrés, commandée par Vauban, Contades, Bois-Berthelot et le major d'Aize, tente vainement d'arrêter la marche du général Humbert. Puisaye, avec douze cents hommes, veut tenter une diversion. Efforts inutiles ! Lui et ses soldats sont enveloppés, entraînés par cinq ou six mille paysans de tout sexe et de tout âge qui se précipitent vers le rivage, dans l'espoir de s'y embarquer.

Cette multitude éperdue entraîne avec elle, sous l'influence contagieuse d'une irrésistible panique, les soldats de Puisaye. Derrière eux, sont les républicains vainqueurs, devant eux la mer, seule issue qu'un oubli fatal va leur fermer.

En effet il avait été convenu avec le chef de l'escadre anglaise, que, dans le cas d'une surprise, un feu serait élevé au mât du pavillon du fort, pour l'avertir. Dans la confusion et la terreur qui suivirent l'éruption des républicains dans la citadelle, on oublia ce signal. La brume ne permit pas aux vaisseaux anglais, à la distance où ils se trouvaient de terre, de s'apercevoir du changement de drapeau et nul moyen ne

restait à Puisaye de remédier à cet oubli.

Le général royaliste envoie à l'amiral Warren un chouan, Rohn, pilote habile, pour l'instruire de ce qui se passe et le conjurer d'arrêter les progrès des vainqueurs.

Mais une demi-heure s'écoule, Rohn ne reparaît point, et les républicains gagnent toujours du terrain. Puisaye se décide alors à s'embarquer lui-même pour la flotte anglaise, afin, a-t-il dit plus tard pour sa justification, de sauver sa correspondance avec les princes, et surtout le secret et la destinée des affaires de Bretagne. Il laissait au jeune comte de Sombreuil le commandement des troupes royalistes.

« Dans ce moment-là, dit le comte de Vauban (1), — il était quatre heures du matin, — l'on embarquait dans le port d'Orange tous les hôpitaux, les blessés, enfin toutes les personnes qui étaient inutiles à la défense. Le régiment d'artillerie aux ordres de M. de Rotalier s'embarqua en totalité; il regarda son service comme inutile, ayant perdu toute l'artillerie. Alors s'embarquait qui voulait : il y avait une grande quantité de chasse-marée et autres embarcations qui sauvèrent tout le monde, à l'exception de ceux qui arrivèrent trop tard, ou qui se crurent obligés de rester jusqu'à la dernière extrémité. » — Ainsi fut embarqué d'Hervilly, mortellement blessé dans l'attaque du 16.

D'une extrémité à l'autre de la presqu'île de Quiberon, tout ce qu'elle contenait d'habitants accourait au rivage, en proie aux angoisses de la terreur et du désespoir. Les femmes poussant des cris, s'arrachant les cheveux ; les hommes contemplant d'un œil stupide ces vaisseaux immobiles qu'ils s'étaient flattés de voir accourir à leur secours.

Plusieurs s'élancent à la mer dans le fol espoir d'atteindre la flotte et trouvent la mort où ils cherchent le salut.

Tout à coup on apprend le départ de Puisaye. Cette nouvelle porte jusqu'au délire l'épouvante et la colère des royalistes. Les chouans se roulent dans la poussière en poussant des cris affreux ; les soldats furieux jettent leurs armes,

_____
(1) *Mémoires sur la Vendée.*

vociférant contre leur général qu'ils appellent lâche, traître.

Leurs chefs, indignés eux-mêmes, n'osent plus les commander.

Sombreuil, qui a réuni autour de lui plus de trois mille hommes qu'il pourrait opposer aux sept ou huit cents grenadiers qui le poursuivent, au lieu de tenir et de laisser aux chaloupes anglaises le temps d'arriver à son secours, faiblit et se replie précipitamment sur Port-Aliguen, son point de retraite.

Là s'engage un simulacre de fusillade, bientôt suivi de la déroute générale des émigrés, qui se retirent en désordre jusqu'au fort Saint-Pierre, redoute éloignée d'un kilomètre du Port-Aliguen, qui défend la côte, mais est dépourvu de fortifications du côté de terre.

Ce fut sur ce rocher qu'aboutirent les débris de cette expédition qui devait changer la face des affaires, tant en France qu'en Europe, et que se réfugièrent les débris de l'armée royaliste, jetant ses armes et suivis de quelques milliers de paysans qui s'y entassèrent confusément avec elle.

Cependant, Hoche, constamment à la tête de ses grenadiers, comme un simple officier, poursuivait son avantage avec ardeur et sans presque rencontrer de résistance.

Il fut arrêté cependant par des tirailleurs ennemis qui se présentèrent avec assez de résolution sur le penchant d'une hauteur couronnée d'un moulin.

Ce fut à ce moment seulement que l'amiral Warren, prévenu par Rohn et par Puisaye, qui le suivit presque immédiatement, envoya deux corvettes et une frégate pour foudroyer la plage par laquelle on arrivait au fort Saint-Pierre et pour sauver le plus grand nombre possible d'émigrés.

A ce propos, les écrivains royalistes ont fait preuve d'ingratitude envers l'amiral anglais et ses officiers, qui firent preuve d'un dévouement et d'une abnégation héroïques dans l'opération du sauvetage.

Ils oublient qu'à la générosité des Anglais, en cette circonstance, on peut opposer la barbarie de fuyards français qui, craignant que leurs embarcations ne vinssent à chavirer, coupaient à coups de sabre les malheureux qui s'y accrochaient pour les forcer à lâcher prise (1).

En dépit de cette résistance et du feu des Anglais, Hoche parvint au pied du port Saint-Pierre à la tête de ses grenadiers qu'il rangea en bataille derrière le rocher, à l'abri du feu des corvettes.

— Amis, s'écria-t-il, en s'adressant à ses soldats, finissons-en ; et se tournant vers Petit-Jean, élevé au grade d'élève tambour et qui se trouvait près de lui en tête de la colonne : Tu vas battre la charge, lui dit-il impétueusement.

— Ah ! général, s'écria Rouget de l'Isle qui l'accompagnait, les malheureux ! quelle boucherie.

— Et que voulez-vous que j'y fasse ? reprit Hoche avec brusquerie, dois-je perdre le fruit de ma victoire ? Faut-il leur permettre de se porter sur mes derrières et de me couper la retraite ?

— Mais, général, lui dit le poète-soldat, il y a là des prisonniers républicains, soldats malgré eux.

Hoche se frappa le front.

— Eh bien, fit-il, allez leur dire de se rendre, sinon je les jette tous à la mer.

Rouget de l'Isle partit en toute hâte, suivi du général Ménage. Quelques instants après, les royalistes mettaient bas les armes, et les soldats républicains qui se trouvaient parmi eux se précipitaient, à l'appel de Ménage, dans les bras de leurs frères d'armes.

« A peu de distance de ce rocher fatal, dit Rouget de l'Isle dans sa relation si consciencieuse et si détaillée, nous trouvâmes la colonne des émigrés qui avaient mis bas les armes (2) et qui défilaient sur le terrain que parsemaient les débris de celles qu'ils avaient jetées

---

(1) Rouget de l'Isle : *Historique et Souvenirs de Quiberon.*

(2) Selon le récit d'un écrivain royaliste (De Corbehem, *Dix ans de ma vie*), les grenadiers de Hoche crièrent aux émigrés : « Rendez vous, on ne vous fera rien » ; et le général leur donna une demi-heure pour se rembarquer, après laquelle il les enveloppa et les fit prisonniers. Le narrateur confond. Ce sont les soldats du général Humbert qui ont poussé ce cri d'humanité et, comme on le verra plus loin, Hoche n'avait le droit d'accorder aucune capitulation, les représentants étant présents.

dans leur retraite. Ils étaient séparés de deux à trois mille chouans qu'on emmenait à l'intérieur par un autre chemin.

« Le temps n'a point affaibli l'impression que produisait sur moi la vue de ce déplorable cortége. Ils me sont toujours présents, les yeux baissés, la marche lente et silencieuse de ces mille ou douze cents gentilshommes, leurs traits altérés par la fatigue et l'humiliation, la douleur virile de la plupart, la pusillanimité de quelques autres, ces figures pâles, agitées par l'indignation, la colère, la détresse et tous les tourments de l'incertitude...

« Si quelque chose peut adoucir pour moi ces souvenirs, c'est celui de la conduite que tinrent les vainqueurs. Ces républicains farouches, qui tout à l'heure frémissaient au seul nom d'émigrés, dès que ceux-ci furent à leur merci, les traitèrent avec une douceur presque affectueuse et leur prodiguèrent tous les ménagements, tous les égards dus au malheur.

« Officiers et soldats, je les entendais inviter leurs prisonniers à quitter leurs cocardes blanches et les autres insignes qui pourraient, au fort Penthièvre, provoquer la risée et les insultes. J'en ai vu qui escortaient de vieux chevaliers de Saint-Louis, les soutenir et couvrir de leurs schakos ces têtes vénérables exposées aux injures de l'air, et dénués de tous secours humains, excepté de la généreuse compassion de leurs ennemis... Nobles vétérans de nos jours pleins d'orage, si tardif et si peu important qu'il soit, puisse mon témoignage vous être de quelque consolation au milieu de votre indigence, après tant d'injustices dont vous fûtes abreuvés, tandis qu'on prostituait à d'insolents usurpateurs le prix de votre sang et les récompenses dues à vos belles et généreuses actions ! »

Un aide de camp envoyé par Hoche sur le rocher pour s'assurer qu'il n'y restait personne, trouva sur l'extrémité d'une plate-forme à pic sur la mer un jeune homme seul, d'une beauté singulière, et qui semblait absorbé dans ses pensées.

A la vue de l'officier républicain, le jeune homme se leva et vint au-devant de lui.

— Vous me cherchez peut-être ? lui dit-il. Je suis le comte Charles de Sombreuil et je voudrais parler à votre général.

— Le général est à deux cents pas, dit l'officier ; je suis un de ses aides de camp, et je puis vous conduire à lui ou l'amener.

Le comte de Sombreuil fit un geste d'acquiescement et retomba dans sa mélancolique rêverie.

Immédiatement prévenu, Hoche accourut après avoir donné l'ordre d'amener les représentants au lieu de l'entrevue.

Quelques instants plus tard, Blad et Tallien se rendaient à l'invitation du général.

Ils le trouvèrent se promenant côte à côte avec son prisonnier. Dès que Hoche les aperçut, il s'avança vers eux.

— Citoyens, leur dit-il, je vous présente le comte de Sombreuil.

— Messieurs, dit le comte, les malheurs de ma famille vous sont connus, j'ai voulu la venger.

— Eh ! monsieur, répondit Tallien, nous avons été ou failli être victimes des temps dont vous parlez, mais cela ne nous a pas fait prendre les armes contre notre patrie, ni amener l'étranger.

Sombreuil rougit légèrement et ne répondit que par un signe de résignation.

— Monsieur, dit alors le général Hoche, j'ai le regret de vous rappeler que vous êtes prisonnier.

Sans répondre, Sombreuil tira les deux pistolets qu'il avait à sa ceinture et les remit à l'officier le plus voisin, puis, détachant son sabre, il le tendit à Tallien.

Après quelques mots échangés, il fut confié à la garde d'un colonel auquel il fut expressément recommandé d'avoir pour lui les plus grands égards.

Vers une heure, après avoir réglé ce qui concernait les prisonniers et leur translation, les représentants et le général se mirent en route pour Auray, et le même soir ils vinrent coucher à Vannes.

Sur le reçu de lettres arrivées par le courrier, Lariveaudière était subitement parti pour Paris et Tallien qui ne se souciait pas de coopérer au résultat sanglant qu'il prévoyait devoir être la suite de ce triomphe, prépara tout pour son départ.

Hoche, de son côté, annonça aux représentants que pour n'être pas témoin des exécutions qu'il n'avait que trop sujet de craindre, il allait, avec douze bataillons, rejoindre la portion de son armée, qui défendait Saint-Malo et les côtes du Nord, menacées par les Anglais.

Les prisonniers confiés au général Lemoine partirent, le 21 au soir, pour Auray ; de là une première colonne fut dirigée sur Vannes; parmi ceux-ci se trouvaient le comte de Sombreuil, l'évêque de Dol, qui avait prêché la croisade contre son pays en Angleterre, puis MM. de Rieux, de Soulanges et de Broglie, qui s'étaient signalés parmi les royalistes les plus ardents à amener l'étranger sur le sol français.

Une faible escorte surveillait cette colonne, et quelques prisonniers en profitèrent pour s'évader dans les bois et les halliers à la faveur de la nuit.

Deux jours après, cette première colonne fut suivie d'une seconde, composée des prisonniers chouans et des débris des régiments à la solde de l'Angleterre. Ils étaient plus de trois mille hommes gardés par un demi-bataillon. De ces derniers, beaucoup s'enfuirent avec la connivence tacite de leurs gardiens.

Ce furent surtout les chouans qui profitèrent de cette générosité de leurs vainqueurs; grâce à leur connaissance du pays, ils trouvèrent asile un peu partout, et purent échapper ; mais les émigrés, que désignaient leurs uniformes, et qui savaient à peine où ils se trouvaient, ne purent qu'en très petit nombre profiter de ces hasards heureux.

IV

Retour à Paris

Tallien partit de Vannes, le 28 juillet, accompagné seulement de Rouget de l'Isle, qu'un éclat de mitraille reçu à la cuisse faisait souffrir.

Durant le trajet, s'il faut en croire l'historien républicain, Tallien ne fut occupé que d'une idée, celle de sauver les émigrés pris à Quiberon. « Elle fut, dit Rouget de l'Isle, le thème exclusif de nos entretiens. La nuit, soit en voiture, soit lorsque la fatigue et la nécessité de ménager nos escortes nous forçaient de nous reposer dans quelque auberge, je l'entendais se réveiller en sursaut et m'appeler pour recommencer la conversation de la veille, et tâcher de mettre un terme à son irrésolution, qui s'augmentait à mesure que nous approchions de Paris.

« Elle ne se fixa qu'à la porte de cette ville. Le plan qu'il adopta fut de ne point ébruiter son retour et, le lendemain, de paraître inopinément, à la tribune, à l'heure même où, l'année précédente, il avait dénoncé Robespierre et ses complices. Là, dans un discours où il s'interdirait toute expression qui pût trahir une arrière-pensée favorable aux émigrés, il se proposait de tracer avec feu le tableau de l'affaire de Quiberon.»

Qu'eussent produit les efforts de Tallien ? C'est ce que nous ignorons, mais ils ne furent point mis à l'épreuve.

Lorsque la voiture qui ramenait les deux voyageurs s'arrêta devant la porte de Tallien, ce dernier sauta lestement à terre et s'avança à grands pas vers l'appartement de sa femme, qui, prévenue par Lariveaudière, l'attendait seule.

Il trouva la belle Térésa, languissamment étendue sur une ottomane, pâle et les traits fatigués.

En l'apercevant, et bien qu'elle fût préparée, elle jeta un cri de surprise.

— Ah ! quel bonheur ! fit-elle, je ne vous attendais pas si tôt.

Après les premières effusions, Térésa l'attirant près d'elle :

— Lanjuinais sort d'ici, dit-elle, il n'était que temps que vous revinssiez. Il m'a tenue au courant de tout ce qui se passait à la Convention ; vous y êtes l'objet des accusations les plus dangereuses. On se sert contre vous de votre généreuse initiative pour la restitution des biens des émigrés. On dit que vous êtes vendu à l'Espagne, aux émigrés qui colportent dans toute l'Europe qu'ils sont sûrs de vous. Chaque jour les dénonciations se multiplient, et Lanjuinais craint qu'elles ne finissent par donner de l'ombrage aux comités.

Sur ces entrefaites, Rouget de l'Isle étant entré pour saluer la femme de Tallien, celle-ci répéta devant lui ce qu'elle venait de confier à son mari.

Rouget de l'Isle regarda Tallien qui pâlissait, et, dès ce moment, il vit bien qu'en dépit des généreuses recommandations de Hoche, il ne fallait plus compter sur son intervention en faveur des prisonniers.

Tallien vit ce qui se passait dans l'esprit de son ami, et peu désireux d'entrer en explication avec lui à ce sujet, il prit soin de ne pas rester seul avec lui.

Le lendemain, qui était l'anniversaire du 9 thermidor, Rouget de l'Isle courut chez lui de très bonne heure, mais Tallien était déjà parti, et il ne put le rejoindre qu'à la Convention, trop tard pour lui parler.

V

L'anniversaire du 9 thermidor

Il faisait un temps superbe pour l'anniversaire de la chute de Robespierre, et la Convention avait décidé à cette occasion de se donner une petite fête intime afin de célébrer l'ère de la réaction.

Dès le matin, l'orchestre et les chœurs de l'Institut national de musique — depuis Conservatoire de musique — avaient pris place dans des tribunes décorées à leur intention. Les autres tribunes étaient occupées par la jeunesse dorée de Fréron et des femmes en grande toilette, parmi lesquelles brillait au premier rang la belle Teresa, cachant sa pâleur sous son rouge.

A dix heures, la séance s'ouvrit sous la présidence de La Reveillère-Lépaux. Les députés en costume prirent place et l'Institut national de musique ouvrit la fête par une ouverture de Heller, l'*Hymne à l'humanité*, de Baour-Lormian, musique de Gossec, et le *Chant du 9 Thermidor*, de Méhul, sur des paroles de Desouches.

Sur la demande du représentant Gi-

rard, l'air des Marseillais fut exécuté aux applaudissements unanimes de l'assistance, et la séance commença.

Après un petit discours du président dans le style ampoulé de l'époque, le représentant Lemoine présenta à ses collègues le sabre que Robespierre avait fait faire pour lui au moment où il rêvait la dictature. C'était une fort belle arme, toute brillante d'or et de nacre.

Un représentant fit observer qu'il y avait juste un an, heure pour heure, que Saint-Just montait à la tribune pour soutenir le « tyran ».

Après un second intermède musical, il se fit un grand silence, comme dans l'attente d'un événement important.

Tout à coup on vit paraître Tallien, auprès de qui se tenaient Fréron, Lanjuinais et Rouget de l'Isle.

Sa figure, qu'il avait eu le temps de composer, respirait une superbe confiance. D'un pas rapide il gravit les marches de la tribune. En même temps, les applaudissements éclatèrent dans les tribunes (1).

« Représentants du peuple », dit-il d'une voix forte, j'accours des rives de l'Océan joindre un nouveau chant de triomphe aux hymnes triomphales qui doivent célébrer cette grande solennité.

« Je te salue, époque auguste où le peuple écrasa la tyrannie décemvirale ! Heureux, trois fois heureux anniversaire où les défenseurs de la patrie ont terrassé la coalition de l'étranger et des parricides ! Je te salue. Le comité de Salut public nous a ordonné de vaincre les ennemis de la République, qui avaient osé souiller son territoire. Il est obéi. L'armée républicaine a vaincu celle de la contre-révolution. Quiberon, le fort Penthièvre et tout ce qui s'y est trouvé est au pouvoir de la République.

« Oui, représentants, courbé trop longtemps sous le faix ignominieux des vaisseaux d'Albion, l'Océan français a vu ses légitimes dominateurs reprendre, sur ses bords du moins, l'attitude qui leur est naturelle, l'attitude de la victoire.

« Il a tressailli à l'aspect de nos braves, armés par la vengeance, guidés par

(1) Tous ces détails sont empruntés au *Moniteur* et aux journaux de l'époque.

l'enthousiasme de la République, poursuivant au sein des flots *qui les ont rejetés sous le glaive de la loi*, ce vil ramas de complices, de stipendiés de Pitt, ces exécrables auteurs de tous les désastres et de tous les forfaits contre lesquels la France lutte depuis cinq ans.

« Ils ont osé, disions-nous en parlant « des émigrés dans une proclamation « publiée à Vannes, ils ont osé remettre « le pied sur la terre natale, la terre « natale les dévorera. » C'en en fait; l'oracle s'est accompli, la terre natale les a dévorés. »

Après cet exorde ampoulé, Tallien lut un long rapport, qui n'est qu'un exposé des faits dont nous venons de faire le récit. Puis, sentant le besoin d'un effet oratoire, il tira de son sein un poignard et le montrant à l'auditoire :

— Ce poignard, dit-il, était empoisonné ; on a fait l'essai sur un chien, qui est mort immédiatement. Eh bien, il a été pris à un émigré; presque tous en portaient de pareils.

Un cri d'horreur partit de tous les points de l'assemblée.

Tallien profita de l'émotion générale pour terminer son discours.

— Tel est, citoyens représentants, ajouta-t-il, le résultat de cette expédition vraiment étonnante, qui a fait tomber entre les mains de la République la totalité de cette armée prétendue si formidable, et qui avait été vomie sur nos côtes par le gouvernement anglais, pour assassiner les patriotes, et ravager les propriétés de ceux qui étaient restés fidèles à la cause de la République.

« Il existe, nous ont dit nos soldats vainqueurs, des lois contre les traîtres, nous demandons qu'elles soient exécutées. » Nous leur avons promis que justice serait faite par la commission militaire ; elle est actuellement en activité et s'occupe de l'application de la loi.

Ces dernières paroles étaient l'arrêt de mort des émigrés, mais la popularité de Tallien était sauvée.

Ce fut au milieu de l'indifférence générale qu'un des secrétaires de la Convention donna lecture d'une lettre et d'un rapport de Hoche pendant que tous les collègues de Tallien venaient le féliciter à son banc.

Dans les tribunes, c'était un brouhaha à ne pas s'entendre, on eût dit un entr'acte au théâtre de la République.

Quelques instants après, Tallien remonta à la tribune pour proposer diverses récompenses. Fréron, lui succédant, demanda pour Rouget de l'Isle un emploi dans les armées de la République, et cette proposition fut accueillie par des acclamations couvrant le *Chant du Départ*, qui clôturait la fête.

Le soir, il y avait un grand dîner chez Tallien, où se trouvèrent réunis Fréron, Lanjuinais, Rouget de l'Isle, Louvet, sans compter un grand nombre d'hommes politiques, d'artistes, de gens de lettres et quelques jolies femmes au milieu desquelles resplendissait, souriante à tous, reine par l'esprit et la beauté, la maîtresse de céans.

Le dîner fut déclaré digne de Lucullus et de feu Vatel ; le champagne ne cessa de couler à flots, et le premier toast, porté par Lanjuinais, fut pour les représentants qui, le 9 thermidor, avaient attaqué le tyran.

On se sépara assez tard, les uns pour aller voir, au théâtre de la République, le *Quintus Fabius* de Legouvé, un jeune auteur connu depuis le succès d'*Epicharis*, les autres pour aller terminer la soirée dans les brelans et les mauvais lieux qui avoisinaient le perron du palais National.

VI

La tour de Vannes

Revenons aux prisonniers de Quiberon, parmi lesquels se trouvait le vicomte de Sérent. L'aide de camp de Bois-Hardy faisait partie du convoi de prisonniers dirigé sur Auray. Arrivés dans cette ville, ils furent enfermés dans l'église du Saint-Esprit, où ils passèrent la nuit. M. de Sombreuil était du nombre.

Le lendemain, ils furent mis à part avec l'évêque de Dol et les quatorze prêtres qui l'accompagnaient et furent dirigés ensuite sur Vannes.

Le 29, une commission militaire fut

nommée et, une quinzaine d'émigrés ayant été interrogés, les membres de la commission déclarèrent à Bład que les prisonniers invoquant une capitulation confirmée par les soldats, ils ne pouvaient prononcer leur condamnation. Les officiers républicains, après s'être concertés, convinrent de refuser de faire partie des commissions, et force fut, devant cette disposition de l'armée, de choisir des juges aux émigrés parmi les Belges et autres officiers étrangers.

Ici s'impose pour le narrateur la nécessité de discuter cette prétention des prisonniers de Quiberon à une capitulation. Nous regrettons avec tous les historiens que les sentiments généreux de Hoche n'aient pu prévaloir, et Tallien ne se lavera jamais du crime d'avoir, pour sauver sa popularité d'un jour, excité contre les vaincus les colères de la Convention. Mais, en somme, il y avait une loi sur les émigrés; ceux-ci avaient été pris les armes à la main, à la solde et dans les rangs des étrangers envahissant le sol français; il s'agit donc de savoir s'il y eut, comme la plupart d'entre eux le prétendent, et comme plusieurs le crurent sincèrement, une capitulation, et s'il pouvait y en avoir une.

Quelle était la situation des royalistes lorsqu'ils furent pris? Une phrase du rapport de Hoche le dit fort exactement: « Placés entre l'eau et le feu, ils n'eurent d'autre parti que de se rendre. » Hoche, qui seul avait qualité pour accorder cette capitulation, et qui voulait sauver la vie des prisonniers, n'en parle pas.

Des écrivains royalistes prétendent qu'elle fut réglée par le général Humbert dans un pourparler avec Sombreuil sous le fort Saint-Pierre.

Aucune trace n'est restée de cet entretien; mais, dans tous les cas, Humbert, général en sous-ordre, n'avait aucun caractère officiel pour entamer une négociation de cette nature sans l'aveu de son chef, qui se trouvait à deux pas, et qui a toujours nié en avoir eu connaissance.

Ce qui semble être la vérité, c'est que voyant les royalistes acculés se jeter du rocher dans la mer pour échapper aux baïonnettes des soldats républicains, un grand nombre de ceux-ci leur crièrent: « Rendez-vous, on ne vous fera pas de mal. » Voulant dire par là qu'ils épargneraient ceux qui se rendraient prisonniers.

De là à une capitulation régulière, il y a loin. Hoche, le plus doux des hommes dans les relations ordinaires de la vie, était inflexible pour tout ce qui touchait à la discipline, et il n'aurait pas supporté qu'au mépris des lois militaires ses subordonnés prissent une telle initiative.

On invoque contre lui une lettre de Sombreuil écrite à l'amiral Warren et dans laquelle se trouve cette phrase:

« N'ayant plus de ressource, j'en vins à une capitulation pour sauver ce qui ne pouvait échapper. Le cri général de l'armée m'a répondu que tout ce qui était émigré serait prisonnier de guerre et épargné comme les autres : j'en suis seul excepté. »

Sombreuil n'invoque dans sa lettre ni le nom de Hoche, ni celui d'Humbert. Pouvait-il faire autrement que capituler? Qu'appelle-t-il le cri général de l'armée? Il s'agit de quelques centaines de grenadiers présents sur cette partie du champ de bataille. D'ailleurs il était militaire et devait savoir que parlementer avec des grenadiers n'est pas capituler.

Au reste, l'authenticité de cette lettre de Sombreuil a été contestée par M. de Puisaye.

« Elle est un faux, dit-il, où Sombreuil est mort comme un lâche : elle est donc un faux. »

Le comte de Vauban qui, lui, croit à l'authenticité de cette lettre, la juge sévèrement :

« Elle laissa, dit-il, sa réputation et sa fin à jamais entachées... » Et un peu plus loin : « Rien ne peut justifier M. le comte de Sombreuil d'avoir écrit une pareille lettre. Un homme brave comme il l'était doit savoir mourir froidement, et il s'avilit quand il souille ses derniers moments par l'expression du désespoir et de la *calomnie*. »

Plus loin encore, Vauban, qui tient la capitulation pour chimérique, l'appelle la prétendue capitulation.

Il est probable, malgré la réputation chevaleresque faite à M. de Sombreuil, qu'en alléguant une capitulation il a voulu se laver d'avance du reproche mérité d'avoir fait preuve de faiblesse, et préféré se rendre plutôt que de profiter de la bonne volonté de sa troupe et de la supériorité du nombre, — ils étaient trois contre un, — pour attaquer vigoureusement les républicains et donner le temps au vaisseau anglais d'arriver et de sauver les restes de l'armée royaliste.

Durant son court séjour à Auray, les républicains ayant, par humanité, laissé les prisonniers communiquer avec les habitants de la ville, le vicomte de Sérent avait reçu la visite de la gentille Yvonne, envoyée par Jeanne.

— Il a tenté de sauver Louise, avait-elle dit ; nous le sauverons à notre tour.

L'abbé Tréguier avait approuvé cette pensée généreuse et envoyé la fille du vieux Blandin visiter le prisonnier dans l'église du Saint-Esprit.

M. de Sérent s'était montré fort touché de cette démarche, et, toujours galant, avait exprimé sa reconnaissance à Yvonne, avec une vivacité qui la fit rougir.

Il fut convenu que la jeune fille viendrait chaque jour pour tenir les habitants du château au courant de ce qui se passait.

Yvonne avait remarqué le délabrement des habits du vicomte. Le lendemain, en même temps qu'un panier de provisions, elle lui apporta un vêtement complet.

Lorsqu'elle revint et qu'elle le vit revêtu de ses habits, elle ne put s'empêcher de lui trouver bonne mine et de le lui dire. M. de Sérent répondit au compliment par un baiser qu'on lui laissa prendre de peur d'attirer l'attention.

Yvonne pâlit lorsqu'elle apprit du vicomte qu'il allait, le même jour, partir pour Vannes. De Sérent la rassura de son mieux ; il avait conçu le projet de prendre un faux nom et construit tout un habile échafaudage de défense, mais il prévoyait cependant une condamnation et il tâcherait, dans ce cas, de s'évader. Dans ce cas, il lui serait nécessaire de communiquer avec quelqu'un du dehors.

— J'ai justement une tante qui demeure à Vannes, fit Yvonne toute joyeuse à ce souvenir. Je vais aller passer quelques jours chez elle et, de

cette façon, je trouverai moyen de communiquer avec vous.

— Excellente idée, fit le vicomte en serrant les deux mains de la jeune fille.

En arrivant à Vannes, les prisonniers furent enfermés dans une vieille tour à mâchicoulis dite la tour du Connétable. C'est un sombre débris du château ducal de l'Hermine, où Clisson fut perfidement emprisonné par Jean de Montfort, si l'on en croit la tradition.

Les vieilles murailles de la tour, percées de fenêtres aussi rares qu'exiguës, étaient baignées par un fossé peu profond qu'alimente un petit cours d'eau, le Conlo.

Le vicomte fut placé à l'étage le plus élevé de la tour, sous les combles, ce qui rendait à peu près impossible une tentative de fuite. Néanmoins, il eut la satisfaction de voir, en passant la tête par une petite lucarne, qu'il pouvait découvrir le pied de la muraille et qu'il n'y avait à cause du fossé aucun factionnaire de ce côté.

A l'heure du repas, le vicomte apprit, non sans une violente émotion, l'exécution du comte de Sombreuil, de l'évêque de Dol et des principaux officiers royalistes. Ils avaient été fusillés à deux portées de fusil de la tour, sur la promenade de la Garenne, située en dehors des murs qu'elle domine.

Le lendemain, on lui annonça qu'il allait passer devant la commission. En même temps, le geôlier lui remettait furtivement un petit paquet dont il eut bientôt deviné l'origine. Resté seul, il le défit et y trouva, entre divers objets dont un prisonnier peut seul comprendre toute l'utilité, un petit papier contenant vingt-cinq louis. Sur le papier, ces mots étaient tracés à la hâte et d'une écriture tremblée :

« Cette petite somme vous est envoyée par un ami. On veille sur vous. On sait que demain vous devez être jugé, et vous êtes recommandé à l'officier qui préside la commission. Ne manquez pas de prendre le nom que que vous avez dit. »

Il y a des moments où les cœurs les plus secs s'amollissent : le vicomte sentit une larme mouiller sa paupière devant l'obscur dévouement de cette enfant, qui risquait sa vie pour sauver la sienne.

Yvonne n'avait pu voir ce bel officier si près de la mort sans se sentir
prise pour lui d'une immense pitié. A
force de le voir, un sentiment plus tendre s'était à son insu glissé dans son
cœur, sans qu'elle en laissât rien paraître, et elle avait résolu de le sauver.

A cet effet, avant de partir pour
Vannes, elle s'était munie d'une lettre
de Gildas pour le général Lemoine et
dans laquelle on signalait à la clémence
de la commission un Suisse du nom de
Tresse, compris par erreur parmi les
prisonniers.

La commission tenait ses séances
dans l'hôtel de Gouvello. Elle était
composée d'un lieutenant-colonel président, d'un capitaine, d'un sergent,
d'un caporal et d'un fusilier.

Une trentaine de prisonniers furent
amenés dans la grande salle de l'hôtel.
Il était sept heures du matin, lorsque
le tribunal entra dans la salle, accompagné d'une escorte imposante. L'auditoire était composé d'une centaine de
curieux, au milieu desquels on voyait
la figure pâle et inquiète d'Yvonne.

Son visage se colora légèrement lorsqu'elle aperçut le vicomte qui lui adressa un sourire.

L'interrogatoire commença. Quelques émigrés se firent passer pour des
domestiques, d'autres affirmaient avoir
quitté la France avant 1789 ou émigré
avec leurs parents avant l'âge de seize
ans. Ces trois catégories de prisonniers obtenaient des sursis et étaient
ramenés en prison. Les jeunes gens de
dix-sept ans et au-dessous étaient acquittés et la commission n'y regardait
point de trop près.

Un canonnier toulonnais du nom de
Tressac, embarqué de force par les Anglais, fut acquitté à la condition de
prendre du service dans un des bataillons de la République.

Le même jugement fut rendu pour
les Toulonnais de l'ancien régiment de
Royal-Louis qui avaient été incorporés
dans celui de d'Hervilly.

Enfin vint le tour du vicomte de Sérent.

— Votre nom, citoyen? demanda le
président.

— Wilfrid Tresse.

— Où êtes-vous né?

— A Flü, canton de Bâle.

— Vous êtes donc de nationalité
suisse.

— Oui, et d'une République plus
vieille que la vôtre.

— Comment vous trouviez-vous parmi les royalistes émigrés?

— Je suis dessinateur, et à Londres
je fus recommandé à l'amiral Warren
qui me prit avec lui en qualité de secrétaire.

— Comment vous trouviez-vous au
fort Saint-Pierre, à peu de distance de
Sombreuil?

— La veille l'amiral m'avait chargé
de porter à ce dernier un billet. J'ai été
retenu à dîner, et comme il était trop
tard pour que je revinsse à la flotte, je
me préparais à passer la nuit au camp
lorsqu'il a été attaqué.

Après plusieurs questions sans importance, concernant ses papiers ou
les preuves qu'il pouvait avoir de ses
allégations, les membres de la commission se retirèrent pour délibérer.

Le vicomte avait eu assez d'empire
sur lui-même pour rester calme durant
son interrogatoire; il jeta un coup d'œil
sur Yvonne, qui, plus morte que vive,
attendait la décision des juges.

Elle devint plus froide qu'un marbre
lorsqu'elle vit le président se lever.

« Monsieur, dit-il d'un air grave, je
vais vous faire connaître le jugement
de la commission militaire devant laquelle vous venez de comparaître.

« Tresse, attendu que, quoique vous
apparteniez à une nation amie, vous
étiez au service d'un général anglais,
ennemi de la République française, le
tribunal décide que vous resterez déte-
nu comme prisonnier de guerre. »

Sérent se retourna vers Yvonne qui
rayonnait de joie et ne pouvait retenir
ses larmes. Elle tenait à la main une
rose qu'elle porta à ses lèvres en le
regardant. Son cœur s'était donné d'un
regard.

Quant au vicomte, il cachait avec le
plus grand sang-froid l'immense bonheur qui avait envahi tout son être. Il
entendit, sans paraître y accorder une
grande attention, la condamnation de
plusieurs officiers émigrés. Sur vingt-
huit, douze furent condamnés à être fusillés et acceptèrent stoïquement cet
arrêt.

L'un d'eux, un élève de la marine, le

jeune de Payen, n'avait que six mois de trop pour obtenir le sursis.

— Quel est votre âge? lui demanda le président.

— Dix-sept ans et demi, répondit-il.

— Vous ne paraissez pas cet âge, reprit le président, qui voulait le sauver; ne faites-vous pas erreur?

— Non, monsieur, reprit l'enfant; et, ajouta-t-il en se tournant vers le vicomte, je ne voudrais pas racheter ma vie par un mensonge.

L'audience était terminée; on emmena tous ceux qui venaient d'être interrogés. Les condamnés s'étaient groupés ensemble et faisaient bande à part. De Sérent, tout heureux qu'il fût de son sursis, ne pouvait les regarder sans un secret sentiment de honte.

Vers quatre heures, le détachement chargé de l'exécution des condamnés arriva; tous répondirent à l'appel de leur nom. L'appel terminé, les soldats les entourèrent, et ils s'acheminèrent vers le lieu de l'exécution.

Une demi-heure après, le bruit d'une décharge de mousqueterie vint apprendre aux prisonniers que tout était fini.

Cependant, ceux des détenus qui avaient obtenu un sursis ou qui étaient considérés comme prisonniers de guerre voyaient se relâcher la surveillance dont ils avaient été d'abord l'objet. On leur permettait même de recevoir du dehors des visites et des provisions. Ce fut ainsi que la gentille Yvonne, toujours à l'affût des nouvelles, parvint à communiquer avec le prisonnier, qui, lui, n'avait plus qu'une idée : fuir avant qu'on ne découvrît sa supercherie.

Ces allées et venues des visiteurs devant des sentinelles fréquemment relevées et sans que le service de la prison s'en inquiétât beaucoup, c'étaient autant de motifs pour que ceux des prisonniers qui songeraient à s'enfuir profitassent d'un instant favorable.

Mais il fallait un déguisement pour franchir... à la barbe des sentinelles et des guichetiers. Yvonne, la providence de l'officier royaliste, pourvut à tout. Pièce à pièce, un vêtement complet de paysan lui fut apporté et le jour de la fuite décidé.

La jeune fille devait attendre le vicomte le long des rives du Conlo, pro-

menade surtout fréquentée des amoureux; il sortirait déguisé de la tour et sans se presser, de peur d'éveiller les soupçons; il viendrait rejoindre Yvonne qui le conduirait chez sa tante. De là, on le ferait partir la nuit sur une barque qui devait l'attendre cachée dans une petite anse du Morbihan.

En effet, un soir d'août, de Sérent, après avoir laissé passer l'heure de la visite du soir, revêtit précipitamment ses habits d'emprunt, et après avoir dissimulé ceux qu'il quittait, ses moustaches soigneusement rasées, se glissa le long de l'escalier de la tour. En bas, trouva un long ais de menuiserie, s'en saisit et le plaça sur son épaule de façon à cacher son visage au portier, puis il s'avança délibérément en fredonnant jusqu'à la porte principale.

— En voilà, un travailleur qui finit tard sa journée! lui cria ce dernier.

— Mais, oui-dà, fit le vicomte en se dandinant.

La porte s'ouvrit, il la franchit et s'engagea dans le chemin qui longe le Conlo. Il aperçut de loin des laveuses qui frappaient leur linge en chantant et s'avança résolûment vers elles, après avoir déposé dans l'herbe sa planche désormais inutile.

Dès qu'il fut près d'elles, elles l'interpellèrent en breton, ce qui embarrassa fort le vicomte, tout à fait ignorant de la langue des Celtes; il allait probablement se trahir et, qui sait? peut-être se voir dénoncé, emprisonné, jugé de nouveau, lorsqu'une voix fraîche, bien connue, répondit aux laveuses dans l'idiome breton. Toutes éclatèrent de rire en regardant le beau paysan, qui cacha son embarras en riant de son côté.

Les paysannes rirent de plus belle, et Yvonne mit fin à la scène en entraînant par la main le vicomte qu'elle venait de désigner comme son promis.

Chemin faisant, elle expliqua au jeune homme le petit subterfuge au moyen duquel elle venait de le tirer des mains des bavardes laveuses, et rougit beaucoup en lui disant qu'elle l'avait fait passer pour son amoureux.

— Et tu n'as pas menti, adorable fille! s'écria le vicomte en la prenant dans ses bras.

— ... il se ... un ...
... de la ...

... de ...

... maison ...

Toute Maguree fit ...
... à ... à ... à l'aube.
Aussi, dit-il donc ... si nous allons à la ville, il faudra dans le ...
— Nous ferons le possible, mais, dit-elle, répondit la métayer.
— La chambre est-elle prête? demanda la jeune fille.
— Depuis hier.
— Eh bien! dit Yvonne en se retournant vers le ... en ... vous avez l'air de quoi dîner, ou vous devez mourir de faim.
— Je n'y pensais plus, répondit le jeune homme en souriant, mais ce qui est que je mangerais volontiers un morceau de pain.
— Maguree va vous donner ce qu'il vous faut, et moi je vais vous souhaiter le bonsoir.
— Quoi! déjà? s'écria le vicomte, mais vous-même n'avez pas soupé.
— Non, mais il se fait tard, et je tournerai à Vannes.
— Pourquoi pas avec moi? demanda le jeune homme, pendant que Maguree apportait sur la table de la chambre du pain bis, des galettes de sarrasin, de la viande froide et des fruits.
— Et ma tante qui doit m'attendre. Il est vrai que j'ai la clef et qu'elle se couche de bonne heure.
— Alors, fit joyeusement le vicomte, restez, Yvonne, Maguree ira vous reconduire.
— Oui, oui, dit Maguree, restez avec le cousin; moi, je m'en vais faire un somme, et quand vous voudrez partir, vous n'aurez qu'à me tirer par un bras.
— C'est cela, dit vivement le jeune homme.
Yvonne se retourna vers lui.
— Allons, dit-elle en souriant, il faut faire ce que vous voulez.
Quelques instants après, les deux

... bon ... de re-
... bien. Mais je
... Maintenant que
... peur.
... la peur te défen-
... que j'ai peur.
... dit gaiement le vi-
...
... jeunes gens, se tenant
... se mirent à courir jusqu'à

... Il faut d'une petite émi-
... s'arrêta la première:
... dit-elle au jeune hom-
... de la mer, cette petite
... blanche au milieu de la
... brille une lumière?
...
... c'est là que je vais vous
... y passerez le temps néces-
... je trouve un homme sûr
... à vous passer en Angle-
... C'est une retraite où personne
... de vous venir chercher,
... dehors du métayer et de ses en-
... qui vous sont dévoués, il n'y en-
... peut-être pas un voyageur dans
...
— Viendrez-vous m'y voir? demanda le vicomte.
— Certainement. De Vannes, c'est une promenade.

jeunes gens attaquaient, avec l'appétit de leur âge, un morceau de porc frais qu'ils arrosaient d'un cidre pétillant.

Tous deux jasaient comme des oiseaux. De Sérent avait forcé Yvonne à s'asseoir près de lui, et après avoir poussé la porte de la chambre, pour ne plus entendre les ronflements de Magurec, il était revenu se placer plus près encore de la jeune fille, dont il avait entouré la taille de son bras.

Yvonne avait essayé de se reculer, mais le jeune homme l'avait serrée plus près de lui, et, toute rougissante, sentant son cœur battre à lui rompre la poitrine, la jeune fille n'avait pas eu la force de se dégager.

Elle écoutait, la tête baissée, les paroles d'amour que le vicomte murmurait à son oreille, et jamais plus douce musique ne l'avait frappée.

La lumière de la petite lampe se mourait, sans que les deux amoureux prissent garde aux reflets vacillants qui annonçaient sa fin prochaine. Elle s'éteignit enfin, les laissant dans l'obscurité.

Yvonne voulut alors se lever, mais le jeune homme, l'attirant vers lui, la fit tomber dans ses bras et la couvrit de baisers ardents auxquels elle n'avait plus le courage de se dérober et qu'elle lui rendit bientôt, à moitié folle d'amour et de frayeur.

. . . .

Lorsqu'elle dut réveiller Magurec, Yvonne, après avoir allumé une chandelle fumeuse, ramena sa mante sur son visage, afin de cacher sa confusion, et s'arrachant des bras de son amant, elle secoua brusquement le métayer qui, les yeux demi-clos, la regarda d'un air étonné.

— Il me semble, dit-il, que j'ai dormi longtemps.

— Oui, dit le vicomte, nous voulions vous laisser reposer.

— Oh! fit le paysan, ce n'était point la peine, vous n'aviez seulement qu'à me héler. Y sommes-nous, mamselle ?

— Oui, Magurec, dit Yvonne d'une voix tremblante.

— Eh bien, en route donc ; dites au revoir au cousin et nous partons.

— A bientôt, fit Yvonne en tendant la main au vicomte sans oser le regarder.

— A la mode de chez nous, on s'embrasse entre cousins, fit Magurec.

— Pardieu, il a raison, s'écria le vicomte en attirant la jeune fille à lui. Au revoir, cousine, ajouta-t-il entre deux gros baisers.

— Au revoir, dit Yvonne.

— Eh ben, fit Magurec qui s'amusait de cette scène, vous ne lui rendez pas ce qu'il vous a donné ?

— Non, répondit-elle en s'enfuyant; ce sera pour une autre fois.

Arrivée à la maison de sa tante, Yvonne se glissa sans bruit jusqu'à sa petite chambre, où elle se jeta tout habillée sur son lit, sans pouvoir fermer l'œil de la nuit.

Vers le matin seulement, elle s'endormit d'un sommeil lourd, et troublé par des songes affreux.

VII

Le trésor

Pendant que la pauvre Yvonne s'abandonnait à ses rêves, le père Blandin, resté seul à Auray et fort peu soucieux de sa fille, avait soigneusement fermé ses portes et s'était renfermé dans un petit cabinet du rez-de-chaussée dont seul il avait la clef.

Aucune fenêtre n'éclairant ce réduit, le vieillard avait pris pour s'éclairer une vieille lampe de cuisine, polie comme de l'or, son métal favori. Une fois dans le cabinet, il déposa son luminaire sur une sorte de console, et, tirant de sa poche une clef d'une forme étrange, véritable bijou par le fini du travail, il se dirigea vers un gros coffre de fer orné d'ogives lancéolées en relief, véritable chef-d'œuvre de quelque artiste du quinzième siècle.

Le père Blandin attachait peu de prix à cette merveille de serrurerie qu'un antiquaire payerait aujourd'hui son poids d'argent fin ; ce coffre n'avait pour lui de mérite que par sa lourdeur et sa solidité qui défiaient à la fois le rapt et l'effraction.

Le vieillard, à la lueur fumeuse de la lampe, s'agenouilla devant le coffre et l'ouvrit lentement.

L'intérieur était divisé en comparti-
ments. Dans les uns se trouvaient des
rouleaux d'or, dans d'autres des piles
..., enfin, dans le plus grand, un
monceau de pièces d'or et d'argent de
toutes provenances, de toutes les
... et de toutes les tailles, depuis
... anglaise jusqu'aux quadruples
...

... immobile devant son
... l'avare contempla dans une joie
... cet amas métallique en
... duquel il eût pu, au taux des
... acheter la ville de Rennes.
... il se pencha en avant, et, plongeant
... mains dans cet amas de pié-
... il le fit ruisseler et étinceler à la
... ... de la lampe, s'enivrant
... et de la couleur de l'or, rafraî-
... ses mains enfiévrées à ce froid
...

— Mon or ! Que c'est beau ! murmura-t-il. Il est bien à moi, s'il me coûte
cher, ajouta-t-il en frissonnant. Dire
qu'il faudra le quitter un jour ! La mort
ne m'effraie que pour cela. Si encore
on pouvait emporter son trésor avec
soi, mais non, il faut tout quitter, tout
perdre. Oh ! c'est dur. Mais je suis encore jeune, pensa-t-il en se redressant,
et j'ai le temps de l'augmenter encore,
si Bras-de-Fer est de parole.

L'avare en était là de son monologue
intérieur lorsqu'un coup violent frappé
à sa porte ébranla toute la maison.

Le père Blandin pâlit et se hâta de
fermer son coffre après avoir jeté sur
son or un regard de regret et d'amour.
Puis, sortant du cabinet dont il referma
non moins soigneusement la porte, il
se hâta d'aller regarder quel était le
nouveau venu par un judas pratiqué à
hauteur d'homme. Un second coup retentit.

C'était Bras-de-Fer. Le père Blandin
sachant qu'il ne fallait pas mettre à
une trop rude épreuve la patience de
son terrible ami, se hâta de pousser les
verrous et d'ouvrir la porte.

Bras-de-Fer, après avoir jeté dans la
rue un regard soupçonneux pour voir
s'il était suivi, entra rapidement dans
la maison, dont il referma la porte derrière lui.

— Es-tu seul ? demanda-t-il à l'a-
vare.

— Absolument seul, répondit celui-

ci. Ma fille est à Vannes, chez sa tante,
et elle ne doit revenir que...

— Assez de bavardage, interrompit
le bandit. C'est aujourd'hui le grand
jour, Blandin ; c'est aujourd'hui, ajouta-
t-il avec un terrible sourire, que je vais
te récompenser des services que tu m'as
rendus.

— Comment cela ? fit Blandin troublé.

— J'ai le secret du trésor de l'espion, il est à moi, à nous, veux-je dire.
Mais il faut que tu viennes m'aider à le
transporter, car aucun de mes hommes
n'est assez sûr pour que je l'associe à
cette besogne.

En entendant parler de trésor, une
vive rougeur avait envahi les joues éma-
ciées du vieillard, dont les yeux brillèrent de convoitise.

— Quand irons-nous ? demanda-t-il
d'une voix étranglée.

— Ce soir, à la nuit, répondit Bras-
de-Fer. Tu as une carriole et un cheval ?

— Oui.

— C'est tout ce qu'il faut.

— En attendant donne-moi à manger.
Depuis que les patauds sont les maîtres
ici, je n'aime pas trop à manger dans
les hôtelleries. Aussi cette nuit, je te
fais mes adieux, je quitte le pays.

— Et où allez-vous ? demanda Blandin.

— Dans la seule ville où les gens intelligents peuvent encore faire des affaires ; à Paris.

L'avare posa d'un air assez maussade
quelques restes de viande et un pot de
cidre sur la table et s'assit en silence
devant Bras-de-Fer.

— Comment, tonnerre ! fit celui-ci,
vieux pingre, vieux grigou, tu donnes
un mauvais pot de cidre à un ami qui
va t'enrichir. Je veux du vin, et de ton
meilleur, entends-tu ?

Blandin se leva :

— Je n'en ai guère, fit-il ; à peine
deux ou trois vieilles bouteilles que je
gardais, en cas de maladie.

— Monte-les.

Le vieillard obéit en grommelant et
revint bientôt portant avec soin deux
fioles poussiéreuses qu'il posa sur la table.

— A la bonne heure, s'écria le brigand, en faisant sauter le goulot d'une bouteille, voilà une vraie boisson.

Et Bras-de-Fer se versa une pleine rasade d'un généreux bourgogne. Blandin pensant, non sans raison, qu'il ferait mieux de prendre sa part du pillage de son bien, tendit son verre.

— Ah ! tu t'humanises, dit en riant le bandit.

— Dame ! fit le vieillard, il faut bien que je vous fasse raison.

— Eh bien ! répondit Bras-de-Fer en lui choquant le verre, à ta santé, vieux, et puisse la possession du trésor te sauver de toutes les maladies!

Le bandit eut un si étrange sourire en prononçant ce souhait, que le vieillard reposa tout tremblant son verre sur la table.

Pendant ce temps, Bras-de-Fer se versait d'énormes coups de vin, comme un homme qui veut s'étourdir ou se monter la tête.

L'avare le regardait du coin de l'œil. Le bandit surprit un de ces regards:

— Eh bien ! qu'as-tu à me regarder, vieille taupe? lui dit-il.

— Rien, rien, se dépêcha de dire Blandin.

— Tu ferais bien mieux d'atteler ton haridelle. Voici la nuit, et nous ferons un détour avant d'arriver à l'endroit, pour éviter les curieux.

— Où est-ce?

— Tu le verras ; va atteler.

Au bout de quelques instants, la voiture était prête. Bras-de-Fer y monta le premier.

— Eh bien, dit-il, montes-tu?

— Attendez, fit le vieillard, je vais prendre mon manteau.

Il rentra en effet dans la maison et prit un vêtement, puis, s'approchant d'une armoire, il l'ouvrit et en tira un objet qu'il cacha soigneusement. Il sortit ensuite et monta à côté de Bras-de-Fer.

La voiture partit dans la direction de Vannes, mais, arrivée à la distance d'un kilomètre environ, elle obliqua à droite et remonta dans la direction de Brech, contourna le village à une certaine distance et s'arrêta derrière le mur du parc d'Alraé.

Les deux hommes s'avancèrent ensuite avec précaution vers le lac verdâtre d'où s'élevait la vapeur dense du soir.

Bras-de-Fer découvrit la planche dans l'herbe, la franchit, suivi de Blandin, et pénétra par la fenêtre dans la salle basse où se trouvait la trappe secrète.

Il fit jouer le ressort, et la trappe s'ouvrit, laissant à découvert l'escalier de pierre, où tous deux s'engagèrent, Bras-de-Fer marchant le premier.

Ils suivirent à tâtons le couloir étroit qui conduisait au caveau où Louise, prisonnière, avait failli être victime de l'espion.

La porte était fermée ; mais ce n'était pas là une grande difficulté pour un homme d'expédients tel que Bras-de-Fer. Il tira de sa poche un outil en fer de forme spéciale et opéra une pesée sur la serrure, qui céda, et la porte s'ouvrit d'elle-même.

Une bouffée d'air humide frappa les deux hommes au visage.

— Allons, fit Bras-de-Fer, il faut un peu de lumière.

Et tirant de sa poche un briquet, il en tira quelques étincelles et alluma une mèche qui répandit dans le souterrain une clarté douteuse.

Ensuite, allant droit à la cavité, dissimulée dans le mur, il fit tourner la pierre qui la cachait et les trésors d'Aré apparurent aux yeux éblouis de l'avare.

Les yeux démesurément agrandis, le père Blandin contempla cet immense amas de richesses, dans lequel il pouvait puiser à son gré, et se sentit pris de vertige.

— Allons, dit brusquement le bandit, il ne s'agit pas de perdre son temps à regarder les jaunets, il faut les porter dans le coffre de la carriole. Tiens, voici des sacs que j'ai préparé tout exprès; aide-moi à les remplir. Et les deux hommes, s'attelant à cette incroyable besogne, firent rouler dans les sacoches l'or et les bijoux qui remplissaient la cachette.

Lorsqu'un des sacs fut rempli, le père Blandin alla le porter dans la voiture. Il en avait sa charge, et son vieux corps ployait sous le poids des louis. Bras-de-Fer, à son tour, porta le second sac, et les deux hommes se relayèrent ainsi jusqu'au dernier.

C'était au tour de Blandin de porter le sac, et, tout ruisselant de sueur qu'il [était des] précédents voyages, il se précipita sur la sacoche, mais il fut prévenu par Bras-de-Fer qui la lui prit presque [des mains].

— Doucement, vieux, fit-il, tu t'en [vas] avec la monnaie.

— Oh! monsieur Bras-de-Fer.

— [J'ai] que tout juste confiance [...] donne-moi la sacoche et pendant [que je vais] la porter, tu ramasseras les [...].

— Oui, pour que vous m'enfermiez [dans le souter]rain, fit l'avare.

— [...], répondit le bandit d'un air [...], c'est une idée. A quoi bon [voyager] avec toi, tu es assez riche; je [puis bien] tout garder; tu m'as assez volé dans ta vie.

— Moi?

— Oui, toi. Ma foi, c'est une bonne [ac]tion que je ferai en te laissant crever [là] comme un chien. Ta fille héritera, [et] cela fera un bon parti.

— Bras-de-Fer, vous plaisantez?

— Non pas; tu es vieux, faible; moi, je suis fort comme un bœuf. D'ici, personne ne t'entendra crier. Reste donc, moi je pars.

— Mais je ne veux pas rester, moi, fit Blandin en se redressant.

— Ah! tu fais le méchant, s'écria le bandit en tirant de sa ceinture un long couteau; eh bien! vieille bête, je vais te saigner comme un mouton.

Bras-de-Fer n'eut pas le temps de s'élancer sur le vieillard; une détonation se fit entendre et Bras-de-Fer roula foudroyé par un coup de pistolet que l'avare venait de lui tirer en pleine figure.

Le bandit ne fit pas un mouvement.

— Ah! gueux, fit Blandin, en poussant du pied le cadavre, je m'en doutais; mais j'avais pris mes précautions. Le trésor est bien à moi maintenant, à moi tout seul, et sans reproche, car je n'ai fait que défendre ma vie. Remontons vite, le bruit a pu attirer quelqu'un.

Et, après avoir empli ses poches de pièces d'or qui avaient roulé aux quatre coins du caveau, l'avare remonta l'escalier de pierre.

Aux dernières marches, sa tête heur-ta contre la trappe qu'il poussa de la main.

La trappe résista, le vieillard redoubla ses efforts, mais infructueusement. En vain, muni de la mèche de Bras-de-Fer, le père Blandin inspecta tous les abords de la maudite trappe; aucun indice ne lui dévoila le secret qui la faisait ouvrir et que seuls Bras-de-Fer et l'espion connaissaient.

Alors l'horrible vérité commença à se faire jour dans son esprit, et le vieillard frémit à l'idée d'être enterré vivant dans ce sombre caveau.

Il redescendit précipitamment et courut au caveau dans l'espoir que le bandit respirait encore; mais il était bel et bien mort, la moitié de la tête emportée par la décharge. Il eut beau le secouer, le prier, l'injurier, c'était un cadavre inerte qu'il avait dans les bras.

Alors un immense désespoir s'empara du malheureux; il remonta l'escalier, usa ses ongles après la porte, en poussant des cris inarticulés.

Deux heures durant, ses bras débiles s'acharnèrent contre l'impassible résistance de la trappe massive qu'il ne parvint pas même à ébranler.

A la fin, à bout de forces, il chancela comme un homme ivre et roula comme une masse jusqu'au bas de l'escalier, où il demeura sanglant et inanimé.

Le lendemain matin, Yvonne fut réveillée par un coup violent frappé à la porte de la maison de sa tante. Elle s'habilla à la hâte et descendit ouvrir au visiteur matinal. C'était leur voisin d'Auray.

Yvonne devint très rouge.

— Mon père m'envoie chercher? demanda-t-elle.

— Non, mam'selle, fit le paysan, car nous ne savons seulement pas ce qu'il est devenu.

— Que voulez-vous dire?

— Que le père Blandin n'est pas rentré depuis hier, et que son cheval avec la carriole est revenu tout seul à votre maison, mon gars a entendu la bête qui piaffait à l'entrée de l'écurie, il a mis le nez à la fenêtre et il a vu la voiture sans maître. Tout de suite il a cru à un malheur, et il est descendu. Il a fait entrer la voiture dans votre cour, et pour savoir il a regardé dedans : elle était quasiment pleine de sacs de monnaie.

— Mon Dieu !

— Voyant que l'argent se trouvait dans la voiture, nous avons pensé à un accident, et mon fils est allé de suite prévenir l'adjoint, qui est venu à la maison avec des hommes de loi. On a compté l'argent, et on l'a porté à la mairie ; pour la bête...

— Mais, mon père... interrompit Yvonne.

— Ah ! voilà ! .. Vot' père, on ne sait point où il est.

— Mon Dieu ! fit la jeune fille en pleurs, que lui sera-t-il arrivé ?

— Peut-être rien ; mais l'adjoint a demandé après vous. J'ai dit comme ça que vous deviez être chez la tante de Vannes. Pour lors, l'adjoint m'a dit :

« — Eh ! Mathurin, toi qui es un bon garçon, veux-tu aller la chercher, cette fille ?

« — Tout de même, » que j'ai répondu, et me v'là. Voulez-vous vous en venir avec moi ?

— Certainement. Le temps de prévenir ma tante.

— Allez, je vas vous espérer ici.

Quelques minutes après, Yvonne redescendait enveloppée dans sa mante et prenait en compagnie de Mathurin la route d'Auray.

En arrivant, la jeune fille trouva devant sa maison un grand rassemblement de commères ; elle aurait voulu les éviter, mais force lui fut de répondre aux questions qui lui furent adressées de toutes parts. Elle parvint, cependant, à pénétrer chez elle, où elle trouva tout dans l'état où se trouvait son domicile, lors du départ des deux hommes.

Les deux verres et les bouteilles vides sur la table lui indiquèrent de suite que son père n'était pas parti seul. Un seul homme venait ainsi s'attabler familièrement chez eux ; c'était Bras-de-Fer de qui son père avait toujours ressenti une crainte inexplicable.

Dès lors, ses soupçons prirent un corps ; nul doute que le bandit n'eût attiré son père dans quelque guet-apens pour lui voler son argent. Mais comment le coup avait-il manqué dans sa partie essentielle, puisque le cheval était revenu avec les sacs d'argent ?

Yvonne en était là de ses réflexions lorsque l'on frappa à sa porte. Elle se leva d'un bond pour aller ouvrir et se trouva en face de l'abbé Tréguier, que Joseph Marteau avait envoyé chercher au château de Rochecombe, qu'il ne quittait plus depuis les derniers événements.

— Je vous attendais plus tôt, ma fille, lui dit-il.

— Monsieur l'abbé, j'étais restée chez ma tante pour veiller au salut de M. de Sérent.

— N'est-il pas à la métairie ?

— Si fait.

— Eh bien, il fallait revenir... Que me dit-on ? Votre père a disparu !

— Oui, monsieur l'abbé ; vous me voyez dans une inquiétude... d'autant plus que je suis sûr qu'il n'est pas parti seul.

— Avec qui supposez-vous qu'il est allé ?

— Avec Bras-de-Fer.

— Bras-de-Fer ! s'écria Petit-Jean, en entrant dans la chambre. Vous croyez, mam'selle, que votre père était avec lui ?

— J'en suis presque sûre, fit la jeune fille, en rendant à l'enfant ses caresses.

— Alors, fit Petit-Jean, je me doute où ils ont dû aller.

— Peux-tu me l'indiquer ? s'écria Yvonne.

— Oui bien. Il y a plusieurs jours qu'en allant à Rochecombe, j'ai vu rôder Bras-de-Fer du côté du domaine d'Alree où vous étiez prisonnière.

Yvonne eut une intuition soudaine.

— Ils sont allés prendre le trésor.

— Quel trésor ? demanda l'abbé.

— Un trésor que Pierre Guerno prétendait caché dans le caveau où vous m'avez trouvée.

— Il faut y aller, dit l'abbé.

— Marchons, fit l'enfant, dans un quart d'heure nous y serons.

— Auparavant, reprit l'abbé Tréguier, il faut aller chercher M. Marteau et des témoins.

Les trois interlocuteurs se rendirent aussitôt à l'hôtel de ville, où ils trouvèrent l'adjoint, qui prit avec lui deux hommes de garde réquisitionnés pour la circonstance, et la petite troupe s'achemina vers le village de Brech.

Yvonne ne put s'empêcher de frissonner en approchant du moulin abandonné. Néanmoins, elle eut bientôt surmonté cet effroi involontaire et pénétra avec ses compagnons, que guidait Petit-Jean, dans le souterrain qui avait dû être son tombeau.

L'enfant marcha droit à la porte du caveau. Là il s'arrêta et écouta.

Aul bruit de l'intérieur ne vint signaler la présence d'un être humain.

La porte était fermée.

Un soldat frappa avec le pommeau de son sabre.

Pas de réponse.

— Allons, fit l'adjoint, enfoncez la porte.

Les soldats obéirent, mais la porte trop solide; elle résista.

L'abbé s'approcha alors et de sa robuste épaule fit sauter la serrure.

Un des soldats porta en avant sa lanterne. Un affreux spectacle s'offrit alors aux yeux des assistants.

Le père Blandin, revenu de son évanouissement, s'était traîné jusqu'au souterrain; là, il avait malgré sa souffrance, essayé une dernière fois d'arracher le secret à ce corps inerte; puis, voyant que tout espoir était perdu, il avait dû se livrer à un affreux désespoir, ses vêtements étaient en pièces, il s'était déchiré la poitrine avec ses ongles et finalement avait dû expirer dans d'atroces convulsions.

D'un geste, l'abbé Tréguier avait écarté la jeune fille. Les soldats et l'adjoint restèrent auprès des deux cadavres, pendant que Yvonne, soutenue par l'abbé, retournait à Auray.

Arrivée chez elle, Yvonne se laissa aller sur une chaise où elle donna un libre cours aux sanglots qui l'étouffaient.

— Allons, mon enfant, fit l'abbé, calmez-vous, du courage! Je comprends votre douleur, mais rappelez-vous que vous avez encore du bien à faire.

— Oh! monsieur Tréguier! s'écria la jeune fille, je suis bien coupable!

— Vous? fit l'abbé au comble de l'étonnement.

— Oui; c'est de ma faute si mon père est mort...

— Comment?

— Je suis restée trop longtemps à Vannes; si j'étais revenue plus tôt, ce malheur ne serait pas arrivé.

— Eh! mon enfant, vous ne pouvez vous reprocher une bonne action dans laquelle je suis votre complice, d'ailleurs.

— Ah! monsieur l'abbé, si vous saviez... je suis bien coupable! J'aurais pu, j'aurais dû revenir, mais j'étais folle... J'aime M. de Sérent!

— Vous ne pensez pas ce que vous dites, Yvonne.

— Si fait, monsieur l'abbé.

— Mais avez-vous songé, malheureuse enfant, à la distance qui vous sépare du vicomte?

— Il l'a bien oubliée, lui.

— Vous aurait-il parlé d'amour?

La jeune fille baissa la tête.

— Quoi, reprit l'abbé, lorsque vous venez de lui sauver la vie au péril de la vôtre...

— Mais s'il m'aime aussi, reprit Yvonne d'une voix faible.

— Il vous l'a dit; mais ces jeunes seigneurs ont des paroles dorées pour tromper de pauvres filles comme vous.

— Il m'a juré qu'il n'aurait jamais d'autre femme que moi.

— Lui aviez-vous donné le droit de faire ce serment?

La jeune fille garda de nouveau le silence.

— Allons! dit l'abbé, se parlant à lui-même, j'aurais dû m'y attendre; c'est ma faute. Il faut que je répare le mal que j'ai causé. Yvonne, mon enfant, ne pleurez pas. Je vais aller trouver M. de Sérent et savoir de lui-même quelles sont ses vues.

— Oh! monsieur l'abbé, ne lui dites pas...

— Oubliez-vous, ma fille, que je vous ai vue naître et que je dois vous servir de père aujourd'hui? Confiez-vous donc à moi et me laissez faire. Ce soir, j'irai à la métairie, je verrai ce jeune homme, et je vous dirai au retour si vous devez ou non revoir M. de Sérent.

— Oh! monsieur Tréguier, il sait bien que ma vie est à lui.

— S'il en est digne.

Sur ce mot, l'abbé sortit, laissant Yvonne en proie aux larmes.

Pendant ce temps, le vicomte, avec toute l'insouciance d'un gentilhomme français, s'était vite accoutumé à sa nouvelle existence. Il attendait cependant avec impatience le retour d'Yvonne, qui lui avait promis de venir le soir même, et de temps à autre la gracieuse image de la jeune fille lui revenait à l'esprit.

Le soir approchait ; Magurec venait de rentrer, et le voyant songeur :

— Je parie, lui dit-il, que vous songez à la petite cousine ?

— Ma foi, vous avez gagné, dit en riant le vicomte :

— Ah ! c'est un beau brin de fille.

— Assurément !

— Et qui a l'air de bien aimer son cousin.

— Est-ce qu'elle vous l'a dit ?

— Non pas, mais ça se voit de reste. Au fait, les jeunes gens sont faits pour s'entendre, sans compter que vous ne feriez pas une mauvaise affaire. Si ce qu'on dit est vrai, le père Blandin est le plus riche du pays. Pour mon compte, je lui connais de beaux biens au soleil, et on prétend qu'il a une cave pleine d'or.

— Ah ! fit le vicomte avec curiosité.

— Je crois bien : il a acheté de magnifiques domaines depuis la révolution, et il y a longtemps qu'on dit dans la contrée qu'il a trouvé un trésor dans un de ces trous aux fées comme il y en a tant dans le Morbihan. Seulement, il ne donnera pas de dot ; mais il laissera tout après sa mort.

Le métayer en était là de ses confidences lorsqu'on frappa à la porte.

Les deux hommes se regardèrent.

— Faut-il ouvrir ? demanda Magurec.

— Va, lui dit le vicomte en s'assurant que ses pistolets étaient dans sa poche.

Le paysan ouvrit la porte.

— Ah ! c'est vous, monsieur l'abbé, fit-il en ôtant son chapeau de feutre noir.

— Oui ; ton pensionnaire est-il ici ?

— Me voici, monsieur Trégnier, fit le vicomte en s'avançant, tout heureux de vous recevoir.

— Laisse-nous seuls, dit l'abbé à Magurec, qui sortit aussitôt.

— Monsieur le vicomte, dit l'abbé, ma visite doit vous surprendre.

— En effet, monsieur, je ne m'attendais pas à cet honneur, dans ma situation et après ce qui s'est passé entre nous.

— Ne parlons pas du passé, monsieur ; la meilleure preuve que je l'ai ou-blié, c'est que c'est moi qui vous ai envoyé Yvonne, avec l'assentiment de Mlle de Rochecombe.

— Mlle Jeanne se porte bien ?

— A merveille, mais ce n'est pas d'elle qu'il s'agit.

— Parlez, monsieur.

— Je vais droit au fait, monsieur le vicomte, reprit l'abbé. Mon âge, mon caractère m'en font un devoir. Yvonne m'a tout avoué.

— Yvonne ?

— Oui, la pauvre enfant m'a dit quel avait été le salaire de son noble dévouement. Elle croit en vous, en vos promesses, et je viens savoir, monsieur le vicomte, ce que vous comptez faire de cette malheureuse fille après avoir abusé de sa jeunesse et de son inexpérience.

Le vicomte avait écouté sans mot dire cette tirade. Il songeait aux millions du père Blandin, à son blason quelque peu obscurci, à l'avenir qui l'attendait.

— Est-ce Yvonne qui vous envoie, monsieur l'abbé ? demanda-t-il.

— Non, monsieur, c'est de mon propre mouvement que je suis venu. D'ailleurs la pauvre fille vient de perdre son père, et je l'ai laissée tout en pleurs.

Ces derniers mots parurent frapper le vicomte.

— Monsieur l'abbé, dit-il d'une voix qu'il s'efforçait de rendre émue, votre démarche me touche au dernier point. Oui, j'ai été coupable, mais seulement d'un entraînement que les circonstances peuvent excuser. Mais le mal que j'ai fait, je puis le réparer.

— Avec de l'argent, n'est-ce pas ?

— Non, monsieur, fit le vicomte avec dignité, en donnant mon nom à celle dont le dévouement a sauvé mes jours et qui a eu confiance dans ma parole de gentilhomme.

— Vous ferez cela, vous, monsieur de Serent ? fit l'abbé d'un air incrédule.

— Oui, monsieur l'abbé, et je vous prierai même de bénir notre union, car il m'est de toute impossibilité, dans ma situation, de la faire prononcer par les magistrats du district.

— Certainement, fit vivement l'abbé en lui tendant les mains. Voilà, jeune homme, des paroles qui me raccommo-

... avec vous. Un vicomte, un émigré, ... une petite paysanne, sans ins... sans fortune, c'est bien, très ...

... je vous ... avoir tant ... à ma ... elle me doive tout à son ...

... raison, fit l'abbé d'un ... que vous n'aurez ... de cette bonne ac...

... bien sûr, monsieur l'ab... le vicomte sans paraître ... ...

Les ... se séparèrent, ... se tournant dans les ... de Magurec, rêva cette ... château de Sérent, non ... resplendissait de ... dorures, et qu'il y recevait ... de la noblesse française. L'ima... Yvonne tint moins de place dans ... songes de splendeur que le coffre... ... de Blandin.

Quant à l'abbé, il reprit le chemin ... tout joyeux de la bonne nou... velle qu'il allait porter à Yvonne.

... jeune fille faillit s'évanouir en ap... ... le bonheur qui lui était ré... ...

Quelques jours plus tard, dans la chambre même du vicomte, l'abbé, as... ... de Petit-Jean, bénit les deux jeu... ... gens qu'une barque devait prendre ... nuit même à la jetée de Locmaria... ... pour les conduire à l'un des croi... ... ennemis, d'où le vicomte devait ... ... en Angleterre.

VIII

Repentir

Un mois après les événements que nous venons de raconter, nous nous retrouvons dans ce château de Roche- combe, témoin naguère d'une si grande animation et qui semble avoir repris sa physionomie accoutumée.

Les cours ne sont plus remplies de chevaux et d'hommes armés, on n'en- tend plus les commandements des offi- ciers ni le bruit des armes retentissant sur le sol dont les pavés commen- cent à s'encadrer d'herbe verte.

A peine voit-on, de temps à autre, un domestique ou quelque servante coiffée de la cornette blanche traverser les cours désertes.

Les appartements sont vides et ont conservé ce caractère de tristesse et de sévérité que la comtesse leur avait im- primé.

Cette dernière est étendue sur une chaise longue dans cette même cham- bre dont la décoration rappelle un peu celle d'un oratoire.

Autour d'elle se tiennent Jeanne et Louise. Dans un coin, l'abbé Tréguier cause à voix basse avec Marcel Rey.

La comtesse de Rochecombe som- meille assez profondément, ce qui ne lui est pas arrivé depuis de longs jours. Le médecin qui est venu le matin l'a trouvée dans cet état et a bien recom- mandé qu'on évitât le moindre bruit auprès d'elle, car ce repos salutaire peut être l'avant-coureur de la guérison.

Les deux jeunes filles observent en silence leur mère endormie. Ce n'est plus cette fière comtesse dont la beauté resplendissait encore d'un impérieux éclat. Ses cheveux si noirs ont blanchi sur les tempes, des rides se sont creusées sur ce front hautain, et la pâleur de l'ivoire a remplacé les vives couleurs qui animaient son visage.

Jeanne commençait à s'inquiéter de ce sommeil prolongé, lorsque la com- tesse fit un léger mouvement.

D'un geste, Mlle de Rochecombe fit signe aux deux hommes et à Louise de se retirer un peu en arrière.

Les yeux de la comtesse s'ouvrirent lentement. Ce n'était plus déjà le regard égaré de la folle, mais une sorte d'é- tonnement se peignait sur son visage. Elle tourna les yeux vers Jeanne, age- nouillée devant elle, puis, la regardant fixement, elle parut se souvenir. Un pâle sourire vint errer sur ses lèvres.

— Ma fille ! dit-elle en se penchant vers elle.

— Ma mère, vous me reconnaissez ? fit doucement Jeanne.

— Oui, mon enfant, oui, je te vois, c'est bien toi... Mais, poursuivit la com- tesse, pourquoi suis-je ici, sur cette chaise longue ?

— Vous avez été très malade, chère mère.

— Mais ces vêtements de deuil ?...

— M. de Rochecombe a succombé dans les rangs de l'armée royale.

La comtesse resta quelques instants silencieuse.

— La volonté de Dieu soit faite, dit-elle à voix basse, et, ajouta-t-elle, n'avons-nous pas d'autres pertes à déplorer?

— Non ma mère.

— Où est l'abbé Tréguier?

— M. l'abbé est venu chaque jour prendre de vos nouvelles.

— Ah! fit la comtesse. Seul?

— Non avec d'autres personnes qui devaient s'intéresser à votre rétablissement.

— Je voudrais voir l'abbé, lui parler.

Pendant cet échange de paroles, les assistants s'étaient discrètement retirés dans la chambre voisine.

— Cela sera d'autant plus facile, dit Jeanne en se levant, qu'il est près d'ici. Je vais l'appeler.

— Oui, je t'en prie.

La jeune fille alla chercher l'abbé Tréguier, qui rentra seul dans la chambre de la comtesse.

En l'entendant, celle-ci se retourna; une rougeur passagère colora son visage émacié.

— Monsieur Tréguier, dit-elle à voix basse, j'ai besoin de vous parler, à vous seul.

L'abbé comprit et alla fermer la porte.

Lorsqu'il revint, la comtesse s'était laissé tomber sur les genoux.

— Pardon! fit-elle.

— Oh! madame, fit l'abbé en se précipitant pour la relever.

— Oui, continua la comtesse, je me fais horreur, à présent que mon orgueil est brisé; je vois, je comprends l'énormité de mes crimes.

— Il est pardonné à qui se repent, madame. Vous pouvez réparer bien des fautes.

— Oh! dites, que faut-il faire? J'ai été bien coupable envers vous.

— J'ai tout oublié, madame la comtesse; mais il ne s'agit pas de moi.

— Vous voulez parler d'*un autre*?

— Non plus, madame; car celui-là aussi pardonne, si vous rachetez le passé en rendant heureux ceux qui dépendent de vous.

— Oui, fit la comtesse; je comprends.

Cette jeune fille... Je voudrais la voir.

— Peut-être, madame la comtesse, serait-il plus prudent d'attendre quelques jours. Le médecin a défendu pour nous de violentes émotions.

— Oh!... je me sens forte à présent, et ce ne sont pas des émotions de cette nature que je puis redouter. Dites-moi, l'abbé, fit en se penchant la comtesse, à qui ressemble-t-elle?

— Madame, c'est le vivant portrait de Yolande de Porhoet.

— Vraiment?

— Et de plus un ange de bonté.

— Il me semble que j'aurais du plaisir à l'embrasser maintenant, mais elle doit me haïr.

— Vous vous trompez, madame, Louise a partagé avec Mlle Jeanne les soins incessants que nécessitait votre situation.

— Elle est venue ici?

— Elle y est encore.

— Oh! faites-la venir, l'abbé, que je la voie, que je lui tende les bras.

— Soit, je vais l'amener devant vous, mais seule.

— Non, avec Jeanne; je veux les voir toutes deux ensemble.

— Vous allez les rendre bien heureuses.

— Faites donc vite.

— Je reviens.

L'abbé sortit et revint un instant après, précédant les deux jeunes filles qui se tenaient par la main.

Jamais plus adorable contraste ne s'était présenté aux yeux d'un artiste que celui de ces deux sœurs, l'une blonde, l'autre brune, toutes deux pâlies par les veilles, mais dont les beautés si dissemblables se rehaussaient mutuellement.

En se retournant pour les regarder, la comtesse fut frappée de cet admirable spectacle. Elle resta muette un instant devant les deux jeunes filles debout et arrêtées devant elle, puis, tout à coup, ouvrant les bras:

— Mes enfants, dit-elle, venez m'embrasser.

Jeanne poussa Louise dans les bras de sa mère; par une délicatesse exquise, elle voulait que la pauvre délaissée reçût son premier baiser; puis elle vint à son tour dans les bras de la comtesse, qui les tenait toutes deux ressées sur son cœur et les regardait avec amour.

— Que c'est bon d'aimer ! disait-elle. Ah ! vivrai-je assez longtemps pour réparer le temps perdu ?

— Oui, mère, dit Jeanne en l'entourant de ses bras, vous vivrez pour que nous vous aimions et que nous vous fassions oublier, à force de tendresse, tout ce que vous avez souffert.

— Ce n'est pas de mon bonheur, dit la comtesse, qu'il faut s'occuper, mais du vôtre, Jeanne, où est M. de Kervinac ?

— Chez moi, en ce moment, madame, dit l'abbé.

— Vous lui direz que je désire le voir... Et ce jeune homme auquel vous vous intéressez, l'abbé ? ajouta-t-elle en regardant Louise qui rougit.

— Marcel Rey ?

— Précisément.

— Je veux le voir aussi.

— J'aurai l'honneur de le présenter à madame de Rochecombe.

— Le plus tôt possible, n'est-ce pas.

— Aujourd'hui même.

— Nous allons le chercher, dit Jeanne.

— Eh bien, dit la comtesse à l'abbé, pensez-vous que je serai pardonnée ?

— Vous l'êtes déjà, madame.

— L'abbé, reprit la comtesse d'une voix affaiblie, je ne me sentirai réellement pardonnée que lorsque j'aurai réparé, dans la mesure de mes forces, le mal que j'ai pu causer. J'ai beaucoup de choses à vous dire, monsieur Tréguier, bien des explications à vous donner.

— Oui, mais demain...; aujourd'hui vous êtes fatiguée.

— Oh ! non, pas demain, dit Mme de Rochecombe avec un triste sourire. Aujourd'hui nous appartient, qui sait où je serai demain ?

— Ne dites pas cela, madame.

— Si, il est nécessaire que j'y pense et que je le dise. Lorsque j'aurai rempli la tâche qui me reste à accomplir, il me semble que je m'en irai plus calme et consolée... Il paraît, ajouta-t-elle, en s'adressant à l'abbé, qu'il y a de braves cœurs en ce monde ; je m'en aperçois trop tard.

Puis, indiquant au prêtre, qui se tenait debout, un siége auprès d'elle :

— Asseyez-vous là, monsieur Tréguier, dit-elle.

L'abbé obéit.

— Il me semble, reprit la comtesse, que je me réveille d'un long sommeil... Je ne me souviens pas de tout ce qui s'est passé... J'ai été folle, n'est-ce pas ?

L'abbé ne répondit pas.

— Votre silence me prouve que j'ai deviné. Ma raison a succombé à cette vision... Puis, la nuit s'est faite... Ce matin, lorsque j'ai ouvert les yeux et vu ces enfants près de moi, il m'a semblé que j'entrais dans une nouvelle existence. Tout ce qui m'entourait me semblait nouveau. Jamais je n'avais ainsi regardé Jeanne. N'est-ce pas qu'elle est belle ?

— Mlle de Rochecombe est un ange de bonté, madame.

— Vous dites vrai... Chère, chère enfant, et quand je pense que je l'ai fait tant souffrir ! Maudit orgueil ! A présent, lorsque je songe au passé, il me semble impossible que j'aie fait tout ce mal, que ce doit être une autre que moi.

Puis après un silence :

— Ecoutez-moi, monsieur l'abbé, il faut que je vous raconte, non l'histoire de ma vie, que vous ne connaissez que trop, mais l'histoire de mes secrètes pensées.

Alors la comtesse, d'une voix faible, mais distincte, entama le triste récit de son existence ; ce fut avec une sincère émotion qu'elle raconta ses premières années, ses rêves, ses aspirations de jeune fille. Elle expliqua comment l'égoïsme, la sécheresse, dont l'exemple lui avait été donné par ceux qui l'entouraient, avaient peu à peu influé sur elle, et développé dans son cerveau ces appétits irraisonnés, ce délire des sens auxquels elle devait plus tard se livrer tout entière.

— Je n'étais pas méchante au fond, dit-elle. Nul ne m'avait montré la différence qui existe entre le bien et le mal ; on m'avait habituée au contraire à me croire d'une essence supérieure aux autres créatures. Que voyais-je autour de moi ? Toujours la force s'imposant à la faiblesse, l'orgueil brutal pesant sur l'humilité. On m'avait appris à ne pas reculer devant un acte, si inhumain qu'il fût, dès qu'il pouvait réaliser un de mes désirs. Je n'ai même pas essayé de réagir contre le courant qui m'entraînait. Ma conscience était fermée au sentiment de la justice, un mot pour moi vide de sens.

Puis elle dit son mariage, elle analysa le caractère de M. de Rochecombe qu'elle avait épousé par orgueil et dont l'égoïsme enchérissant sur le sien propre n'avait fait que la rendre plus dure et plus hautaine.

— Le mariage, ajouta-t-elle, devrait être la seconde, la véritable éducation de la femme. Si cet homme, que je n'aimais pas, que je ne pouvais aimer, eût été bon, humain, confiant, s'il s'était donné la peine de réformer ce qu'il y avait de mauvais en moi, peut-être eût-il ouvert mon esprit à de meilleures impressions; mais notre union ne fut que l'association de deux égoïsmes, de deux orgueils. M. de Rochecombe acheva de me sécher le cœur.

Alors elle baissa la voix, comme si ce qui lui restait à dire eût été plus pénible encore.

Elle allait parler de Gildas.

— Comment, pour son malheur, me suis-je donnée à ce jeune homme que je n'aimais pas? Aimer! comme si je savais seulement ce que ce mot signifiait! Outre un entraînement naturel des sens, ce que j'avais voulu, c'était porter un défi à moi-même, au sentiment de la pudeur inné chez la femme. J'avais voulu me prouver qu'on pouvait impunément braver toutes les convenances sociales, pourvu qu'on fût habile et surtout implacable...

Pauvre Gildas! il m'aimait, lui, avec toute l'ardeur de sa nature sauvage, et, tandis qu'il était à mes pieds, plongeant son regard dans le mien, je ne pensais qu'à étudier jusqu'où pouvait aller mon empire sur lui. Mon plus grand crime n'a pas été de le faire jeter à la Bastille, mais d'avoir torturé cet homme naïf et bon.

Puis, arrivant à la naissance de Louise:

— Savais-je seulement ce que c'est d'être mère! Et lorsque je sentis tressaillir en moi ce pauvre petit être, ce fut sans remords comme sans conscience de cet acte horrible que je te vouai d'avance à la mort. J'avais la haine de Gildas, qui, — c'est étrange à dire, — avait eu l'audace de me rendre mère. Cela me paraissait une insolente profanation. Je crus ma vengeance légitime.

La comtesse laissa tomber sa tête sur ses mains amaigries. Le poids de ces souvenirs l'écrasait.

— Que signifie, murmura-t-elle, ce déchirement qui s'est produit dans mon cerveau? Vous ne voudrez pas me croire, l'abbé, mais ces monstruosités je ne puis me les rappeler aujourd'hui sans frissonner jusqu'aux fibres les plus profondes de mon être. Ce que je trouvais alors rationnel, c'était de trancher par un crime une situation insoluble. Et je ne croyais pas commettre un crime, pensant que tout est permis aux gens de ma caste. J'exerçais un droit, j'en avais la conviction intime. Tout ce qui me faisait obstacle devait être écarté de mon chemin.

Tout entière à ses souvenirs, la comtesse se tut, semblant récapituler en elle-même ces événements, maintenant si loin d'elle.

L'abbé, respectant son silence, la regardait avec une pitié infinie, tenant une de ses mains dans les siennes.

Mme de Rochecombe releva la tête.

— Ce qu'il y a de plus singulier, continua-t-elle, c'est l'insensibilité complète dans laquelle me laissa la naissance de Jeanne. Et cependant je ne pouvais lui reprocher à elle la faute de sa naissance. Mais je ne songeai, tout entière à mes rêves d'orgueil et de domination, qu'à écarter de moi ce petit berceau dont la contemplation m'eût peut-être sauvée. Une étrangère eut ses premiers sourires, entendit ses premiers bégaiements. Je ne songeais qu'à prévoir si, dans l'avenir, elle pourrait être une aide ou un obstacle à mes projets. Puis, quand elle grandit, je fus jalouse de sa beauté jusqu'au jour où je pensai à m'en servir. Plus elle était douce, aimante, soumise, plus je la détestais comme un vivant reproche.

— Pauvre enfant! murmura l'abbé.

— Oui, plaignez-la, reprit la comtesse, car j'ai torturé cette pauvre enfant, n'admettant pas que son bonheur pût même entrer en balance avec la

en nous vivons, il
qu'elles puissent compter
plus efficace que
femme malade. Votre
heu demain en même
de Jeanne...
allon s'étaient le
instant, la porte s'ouvrit
passer l'abbé, qui tenait par la
Raoul de Kervignac.

chevalier s'avança vers la com-
s'inclina profondément.

on pauvre Raoul, dit Mme de
combe de sa plus douce voix, me
bénirez-vous si je vous donne ma
fille ?

— Ah ! madame, fit le jeune homme
fou, je vous bénirai chaque jour de
ma vie.

— Être bénie ! dit lentement la comtesse parlant à elle-même, qui me
l'a dit ? Soyez donc heureux comme
vous le méritez tous. Demain matin,
l'abbé procédera à votre double
union, après qu'elle aura été prononcée
par les nouveaux magistrats ; ajouta-
t-elle avec une nuance de dédain, puisque maintenant les hommes passent
avant Dieu. Enfin, le principal est que
vous soyez mariés dans le plus bref
délai.

Jeanne, qui se tenait près de sa mère,

pour se rendre dans un grand appartements, on avait disposé un autel et
que l'officier municipal procéda à l'u-
nion des jeunes gens dans une pièce
contiguë à la chambre de la malade.
Ensuite, l'abbé prononça quelques
paroles de circonstance et bénit leur
union sans le concours des cérémonies
habituelles de l'Église. C'était un vieillard, un ami dévoué qui leur donnait
des conseils pour leur bonheur à venir
et des encouragements pour les épreuves qui pouvaient encore leur être ré-
servées.

— J'ai peu de jours à vivre, dit la
comtesse, lorsque l'abbé eut terminé
son allocution, et je voudrais conserver encore mes enfants quelques jours.

Le chevalier de Kervignac et Marcel
s'étant déclarés aux ordres de la comtesse, celle-ci parut plus tranquille
jusqu'au soir, où elle se sentit plus
mal.

L'abbé, qui ne l'avait pas quittée, fit
prévenir les nouveaux mariés, qui montèrent à la hâte auprès d'elle.

Un changement effrayant s'était produit depuis le matin dans le visage de
la comtesse.

Les yeux éteints brillaient d'un éclat
extraordinaire, de larges plaques rouges marbraient ses pommettes que la

maigreur rendait saillantes. Un souffle haletant sortait de sa poitrine.

— Mes enfants, fit-elle en se redres-
srnt, je n'avais pas mérité d'être témoin de votre bonheur, je vais mourir,
je le sens, j'ai voulu vous embrasser
une dernière fois...

Les deux jeunes filles s'agenouillèrent en pleurant devant le lit de la mou-
rante.

— Je ne sais, reprit la comtesse
dsnt la voix allait s'affaiblissant, quel
avenir est réservé à la cause que j'ai
voulu défendre, mais je n'ai plus qu'un
vœu à former... c'est que vous vous te-
niez éloignés des discordes civiles. C'est
trop affreux. Ah ! si j'avais su plus tôt
ce que ma conscience me dit en ce
moment suprême, je n'eusse jamais
poussé M. de Rochecombe dans cette
lutte impie... Au moment de la mort,
la vérité m'apparaît dans toute son
horreur. Des Français massacrés par
d'autres Français, le brigandage dans
nos pauvres campagnes, l'étranger sur
notre sol, tout cela a été notre crime,
le mien surtout...

— Votre repentir vous absout, madame, dit gravement l'abbé.

— Oh ! ce n'est pas le repentir, c'est
le remords qui m'assiége, fit la comtesse en se tordant les bras. Car j'ài
commis d'autres fautes encore, d'autres crimes.

L'abbé mit un doigt sur sa bouche.

— Oh! poursuivit Mme de Rochecombe dont les yeux semblaient chercher un être absent, il me semble que
je mourrais tranquille si j'avais son
pardon, à lui, mais c'est impossible...
fût-il là devant mon lit de mort, sa
bouche se refuserait à prononcer les paroles de pardon...

Tout à coup, comme mue par une
force supérieure, la comtesse se redressa sur sa couche funèbre. Des pas se
faisaient entendre dans la pièce voisine. Un homme de haute taille parut
dans l'encadrement de la porte.

Il s'arrêta, et ôtant le large chapeau
qui cachait son visage, chacun put reconnaître le calme et sévère visage de
Gildas.

— Comtesse de Rochecombe, dit-il
d'une voix douce et grave, mourez en
paix, vous êtes pardonnée.

Comme si elle n'eût attendu que cette
parole, la comtesse, dont le visage s'é-
tait illuminé d'un éclair de joie, se laissa
retomber sur son lit en fermant les
yeux.

L'abbé se pencha vers elle, écoutant
les dernières palpitations de celle qui
avait été la fière comtesse de Rochecombe.

Quelques instants après, il se releva :

— Tout est fini, dit-il, mes enfants,
vous n'avez plus de mère.

FIN

Paris. — Imp. Dubuisson et Cᵉ, rue Coq-Héron, 5.

www.ingramcontent.com/pod-product-compliance
Lightning Source LLC
Chambersburg PA
CBHW070758280626
47162CB00016B/1541